Gerhard Gaedke
Sibylle oder Die Zugfahrt

GERHARD GAEDKE

Sibylle oder Die Zugfahrt
Geschichten

Leykam

© 2016 by Leykam Buchverlagsges. m. b. H., Nfg & Co. KG

Kein Teil des Werkes darf in irgendeiner Form (durch Fotografie, Mikrofilm oder ein anderes Verfahren) ohne schriftliche Genehmigung des Verlages reproduziert oder unter Verwendung elektronischer Systeme verarbeitet, vervielfältigt oder verbreitet werden.

Coverbild: © Prof. Gerhard Gaedke
Foto von Gerhard Gaedke: © Teresa Rothwangl, Camera Obscura
Covergestaltung: Mediendesign Graz
Lektorat + Satz: Mag. Elisabeth Klöckl-Stadler
Gesamtherstellung: Leykam Buchverlag
ISBN 978-3-7011-8039-4
www.leykamverlag.at

INHALT

Über den Wolken — 7

Charlotte — 21

Der Koch und die Klavierspielerin — 29

Die Muschelkette — 51

Sie zählte die Regentage — 71

Sibylle oder Die Zugfahrt — 83

Ernesti — 101

Peter-Sammlung — 127

Waldmeisterbowle — 139

Onkel Franz — 153

Das Seehaus — 167

Der erste Satz des Romans — 185

Vaters Tagebuch — 213

Durch das Kornfeld schreiten Mäher — 233

Autorenporträt — 240

ÜBER DEN WOLKEN

Über den Wolken. Unter uns lag die Nordsee. Meine Frau kramte in ihrer Tasche und gab mir einen kleinen Novellenband. Irgendwo da unten steht er, sagte sie und blieb trotz Nachfrage bei dieser Andeutung. Sie habe das Büchlein zufällig entdeckt, gab mir einen Kuss auf die Wange und schloss die Augen.

Der Leuchtturmwärter. Unbekannter Autor. Gott sei Dank kein 1000-Seiten-Wälzer, dachte ich. Vor uns lagen noch einige Flugstunden. Der Lesestoff würde mir die Flugzeit angenehm verkürzen. Und so machte ich mich unverzüglich an die Lektüre.

Womit begann alles?, fragte ich mich. Eigentlich mit dem Streit in der Redaktionskonferenz. Ich hatte einen mir wesentlich erscheinenden Artikel erst im letzten Augenblick abgeliefert, was selten vorkam. Der Chefredakteur vergaß Bildung und Position. Dass ich unfähig sei, war noch das Gelindeste, was er herausschrie. Ich schwieg. Es war nicht das erste Mal. Diesmal aber wollte ich konsequent handeln. Ich stand auf und erklärte vor versammelter Mannschaft, die Kündigung anzunehmen.

Von Kündigung sei keine Rede, bei diesem Satz mäßigte er den Ton.

Ich habe sie aber als solche verstanden, replizierte ich, nahm Block und Bleistift in die Hand und verließ den Raum, ging in mein Büro und steckte die wenigen persönlichen Dinge in meine Aktentasche. Milla, meiner Sekretärin, schenkte ich meinen Ficus benjamina mit der Auflage, ihn regelmäßig zu gießen, und verabschiedete mich.

Bei Josef, dem Wirt, der eigentlich nur von der Redaktion gut lebte, bestellte ich mir ein Glas Bier und erklärte ihm, dass ich mich mit dem Chef angelegt habe und daher meine Tage beim Tagblatt gezählt seien.

Das glaube er nicht, erwiderte Josef, auf mich könne die Redaktion niemals verzichten.

Doch, antwortete ich, jeder sei ersetzbar.

Was ich nun zu tun gedenke, fragte er.

Aussteigen, antwortete ich. Mit 55 könne man doch aussteigen. Schafhirte in der Lüneburger Heide, einen Mal- oder Töpferkurs belegen, oder mit dem Geschichtestudium beginnen, das wollte ich immer schon machen, erklärte ich ihm. Endlich frei zu sein, ohne Termindruck, ohne oberlehrerhafte Kürzungen der von mir verfassten Artikel, frei von unqualifizierten Äußerungen mancher Leserbriefschreiber.

Josef, bitte noch ein Bier.

Das gehe heute aufs Haus, erklärte er mir.

Milla, meine Redaktionsassistentin, stürmte bei der Tür herein, vermutlich hatte sie Josef verständigt.

Wenn ich ginge, gehe sie auch.

Nein, Milla.

Josef mischte sich ein. Er wird Schafhirte, erklärte er ihr mit einem Lächeln und tippte sich dabei mit dem Zeigefinger an die Stirn.

Ich ignorierte Josefs Geste und versprach Milla, mich jeden Tag zu melden. Und dass ich keine Dummheiten vorhabe.

Am nächsten Tag kaufte ich mir die Wochenendausgaben verschiedener Zeitungen, kochte eine große Kanne Tee und lag den restlichen Vormittag entspannt auf der Couch. Ich las vom Angebot einer Greyhound-Tour von Seattle nach San Diego, vom Indian Summer in Vermont, einer Trekkingtour durch den Kaukasus. Dann stand nicht ganz unerwartet Milla mit einem selbst gebackenen Kuchen vor der Tür. Aus der Handtasche zog sie einen Brief. Ich wusste sofort, Milla war als Botschafterin ausgesandt worden. Ich konnte mir alle Redewendungen des Chefredakteurs vorstellen. Man bedaure zutiefst, stressbedingter Ausrut-

scher, man kenne sich doch so lange, das ganze Team trauere. Ungelesen gab ich den Brief Milla zurück.

Der Kuchen war besonders gut gelungen, wir tranken schon am Nachmittag eine Flasche Wein aus. Abends bestellten wir uns eine Pizza. Pizza Margherita. Und eine Flasche Rotwein. Im Bett gestand mir dann Milla, dass der Chefredakteur sie gebeten habe, sich für die Sache zu opfern. Es sei aber kein Opfer, erklärte mir Milla lachend.

Am nächsten Tag brachte ich Milla mit dem Taxi nach Hause, besorgte mir noch Sonntagszeitungen und widmete mich ihnen unten im Park. Und ich las: Leuchtturmwärter gesucht. Drei Wochen am Stück, eine Woche Landurlaub. Befristet von September bis Ende Februar. Technisch versierte Personen werden bevorzugt.

Leuchtturmwärter! Leuchtturmwärter auf einer einsamen Insel. Auszeit pur, dachte ich sofort. Ich lief in meine Wohnung, setzte mich an den Computer und schrieb sofort meine Bewerbung. Den akademischen Grad ließ ich weg, dafür verwies ich auf die norddeutschen Wurzeln meines Vaters und auf meinen Segelschein, den ich einmal in den Ferien in der Glücksburger Segelschule erworben hatte. Auch dass ich familiär ungebunden sei, erwähnte ich.

Und ich dachte nach. Für den Fall des Falles würde sich Milla um die Wohnung und meine Post kümmern, um meine Mieter im Haus die Hausverwaltung. Das Auto würde ich mitnehmen und auf dem Festland in einer Garage unterstellen.

Immerhin nahm man mit mir nach einer Woche Kontakt auf. Man mache aufmerksam, dass das Postschiff nur einmal pro Woche anlege. Man sei natürlich per Telefon verbunden und könne jederzeit, aber nur, wenn es die See zulasse, bei Notfällen ein Boot schicken. Neben der Wartung der Technik des Leuchtturms seien zwei Mal pro Tag das Wetter durchzugeben und eine Windmessung vorzunehmen. Zum Erstgespräch möge ich ein Gesundheitszeugnis mitbringen, man wolle schließlich kein Risiko eingehen. Nach dem Auslaufen des Vertrages werde der Leuchtturm umgebaut und mannlos betrieben.

Hamburg. Die beiden Herren vom Küstenamt waren freundlich, sie würden mich zur Besichtigung meiner künftigen Arbeitsstätte kommenden Freitag begleiten. Und ob ich seetauglich sei, wollten sie wissen. Oft könne nämlich die See sehr rau sein.

Ich verwies darauf, dass ich ein Hochseefischen ohne größere Probleme überstanden habe. Beide lachten, Hochseefischen wiederholten sie.

Der scheidende Leuchtturmwärter war, anders als ich es mir vorgestellt hatte, ein gepflegt aussehender älterer Herr. Am Anfang habe er sich einen Bart wachsen lassen. Tun Sie das auch, das verbessert die Eingewöhnung, riet er mir. Und dass zu einem Leuchtturmwärter der Bart dazugehöre, dabei lachte er. Bei der Anlegestelle könne man immer wieder kleinere, aber auch größere Fische fangen, die Angelrute lasse er mir da. Einer der beiden mich begleitenden Herren warf ein, dass ich ja ein Hochseefischer sei. Und jetzt lachten wir alle. Und wenn es einmal ganz fürchterlich stürmen sollte, empfehle er mir Flensburger Rum oder einen Bommerlunder. Ob den einer, der aus dem Rheinland kommt, kennt?, fragte er.

Ich schwieg.

Der Tag sei lang, erklärte er mir, er empfehle mir einen Stapel Bücher mitzunehmen, einige Bände würden sich auf der Stellage im Schlafraum finden. Außerdem werde man genügsam.

Genügsam, das Wort wiederholte ich leise. Das war ja genau das, was ich anstrebte.

An den Wänden des Stiegenaufgangs waren Fischnetze und ein Enterhaken befestigt. 200 Stiegen seien zu bewältigen. Ich sah es als tägliches Training. Sogar bezahlt, dachte ich mir. Der Ausblick von der Turmspitze war großartig, von hier aus sah man nicht nur die in der Ferne kreuzenden Schiffe, sondern konnte auch die gesamte Insel überblicken.

Falls Sie Seeräuber überfallen, sagten fast alle gleichzeitig, sperren Sie sich ein, dabei lachten sie laut. Eine Signalpistole liege unten im Vorraum, ergänzte der Leuchtturmwärter.

Dann wurde ich eingewiesen. Täglich Reinigung der Glasscheiben und Kontrolle der Lampen, Führung des Kontrollbuches und Meldungen von Wetter und Windstärke.

Jetzt könne ich es mir noch überlegen.

Ich schüttelte den Kopf. Ich hätte nur Angst vor der Technik gehabt, aber das müsste zu schaffen sein, ergänzte ich.

Milla war über meinen Entschluss entsetzt. Alle hätten bis zum Schluss gehofft, ich würde mich umbesinnen. Und ob ich regelmäßig nach Hause komme. Ich hätte doch Anspruch auf Freizeit.

Man werde sehen, erklärte ich Milla und bat sie, sich um meine Post zu kümmern, Wichtiges nachzusenden. Dann flossen Tränen.

Mit einem etwas größeren Koffer und einer Flasche Flensburger Rum stand ich pünktlich an der Mole und wartete auf das Postschiff, um mich bei ruhiger See zur Leuchtturminsel fahren zu lassen.

Der Kapitän des Postschiffes war wenig gesprächig. Er rate mir, bei Sturm niemals den Leuchtturm zu verlassen, Essen und Getränke könne man vorbestellen, sonst würde die Zentrale Standardware, wie er sich ausdrückte, liefern. Das meiste sei in Dosen, auch das Bier. Und dass ich den Müll ordentlich sammeln und verpacken solle, schließlich sei das Boot ein Postschiff und kein Müllcontainer.

Nach einem Schluck aus der Rumflasche verflog das Mürrische in seinem Gesichtsausdruck.

Damit war ich allein auf dem Eiland. Noch bevor ich meine Habseligkeiten auspackte, erkundete ich einen Teil meines Refugiums, meines Zufluchtsortes, dabei dachte ich an Robinson Crusoe. Ob ich auch auf einen Freitag treffe?, fragte ich mich gut gelaunt. Und ich stellte mir weiters die Frage, ob man die Insel nicht kaufen oder zumindest pachten könnte, so beeindruckend präsentierte sie sich.

Danach nahm ich meinen Arbeitsplatz in Augenschein. An der Wand hing eine Tafel mit Hinweisen. Dass man nur mit der Zentrale telefonisch verbunden sei, was mich freute, da ich damit vor unerwünschten Anrufen geschützt war. Kein bettelnder Chefredakteur, keine Milla, auch nicht mein Bruder, der mich monatlich einmal um Geld anpumpte. Zumindest war ich ein gutes halbes Jahr von der Landkarte, ich wiederholte das Wort Landkarte und lachte dabei, verschwunden. Ich nahm mir vor, egal was kommen sollte, jeden Augenblick zu genießen, bewusster zu leben, als ich es bisher getan hatte. Und wenn man mir meine Insel nicht verkaufte oder verpachtete, dann würde ich eben ein Haus auf Rügen, Föhr oder Sylt mieten, ein reetgedecktes Haus jedenfalls müsste es sein. Vielleicht gab es aber auch irgendwo einen stillgelegten Leuchtturm zu erwerben.

Ich inspizierte die Vorräte. Einige Dosen Bier, eine halbe Flasche von diesem Bommerlunder, Butter, Honig, Knäckebrot, Fisch- und Fleischdosen, Reis, Öl, ein Haltbarkuchen. In einem Weidenkorb Äpfel und Zitronen. Genug zum Leben, dachte ich in diesem Augenblick. Wer benötigt mehr?

Die erste abendliche Wettermeldung funktionierte problemlos, die Frage des Mitarbeiters der Zentrale, ob ich es schon bereue, löste in mir einen kaum verhüllten Ärger aus. Lediglich ein nächtliches, wiederholtes metallisches Klopfen machte mich besorgt. Nur keine Panne, bat ich, schlief aber dennoch bis zum Morgengrauen. Möwen empfingen mich beim Spaziergang, ich vermutete, dass einige von ihnen hier gebrütet und mich als Eindringling wahrgenommen hatten.

Die Tage vergingen gemächlich, auf die Uhr blickte ich nur morgens und abends, um die Wetter- und Windmeldungen nicht zu versäumen. Donnerstags urgierte die Zentrale meine Bestellung für die kommende Woche.

Ich sei wunschlos. Doch, einen Laib Brot und Milch.

Dann dachte ich darüber nach, dass man mit so wenig leben kann. Mir fiel ein, dass ich noch kein einziges Mal fischen war. Ich saß an der Anlegestelle auf einem Stück Holz und warf immer wieder die Angelhaken aus, so wie es mir der alte Leuchtturmwärter empfohlen hatte. Nach einigen Stunden hatten sich dann endlich einige Sprotten erbarmt. Ich nahm mir aber vor, den Postschiffkapitän um fachmännischen Rat zu fragen.

Der war dann erstaunt, als er mir nur eine Obstkiste mit Brot und Milch sowie einigen Zeitungen übergab. Ich lud ihn auf eine Tasse Kaffee ein und er gab mir tatsächlich wertvolle Tipps. Ich möge die Reuse auslegen, das habe mein Vorgänger erfolgreich gemacht. Was infolge auch erfreulicherweise klappte.

Wie ich schon bei meiner Einstellung kundgetan hatte, nahm ich keine Auszeit, keinen Landgang, sondern tat weiterhin meinen Dienst. Ich stellte dabei für mich fest, dass ich noch nie in meinem Leben zufriedener gewesen war.

Eines Tages kam außerhalb der Routinefahrt das Postschiff. Ich nahm mein Fernglas und stellte fest, dass Personen an Bord waren. Besucher hatte ich ausdrücklich für unerwünscht erklärt. Vielleicht eine außerordentliche Inspektion der Behörde? Die aber wäre angekündigt worden. Einer der Passagiere fotografierte, der andere winkte mir zu.

Es waren zwei ehemalige Kollegen vom Tagblatt.

Wir machen eine Story über dich als Aussteiger, erklärten sie. Mit ausdrücklicher Genehmigung des Chefs. Der kurzzeitige Ärger wich, da ich mich über den Besuch der beiden letztlich doch freute. Von der mitgebrachten Dosenbierpalette blieb an diesem Nachmittag nichts mehr übrig, der Kapitän, das wusste ich, war trinkfest.

Ob sie mir den Artikel vorweg schicken müssten?, fragten sie vor der Abfahrt.

Ich verneinte.

Dann kam der November und die ersten schweren Stürme trieben mich ins Haus. Endlich kam ich dazu, mir die vorhandenen Bücher anzusehen: Härtlings Schubert, Bölls Mann mit den Messern, von Thomas Mann Der Erwählte, eines meiner Lieblingsbücher, eine Autobiografie von Emil Nolde, Biografien von Kokoschka und Anais Nin. Als Erstes nahm ich mir aber den Gedichtband von Joachim Fernau zur Hand. Mir schien, glücklicher könne man nicht sein.

Am nächsten Morgen beschloss ich, mir den Drei-Tage-Bart nicht mehr zu rasieren, ich hatte das Bild von Robinson vor meinem geistigen

Auge und fand, dass dadurch mein Aussteiger-Dasein erst richtig Gestalt annahm.

Den Brief der Hausverwaltung, dass ein Mieter größere Probleme mache und man eine Entscheidung erbitte, beantwortete ich nicht. Für Problemlösungen wählt man doch einen Verwalter. Dann kam ein Paket von Milla mit Briefen und Mahnungen. Und einer Karte. Sie vermisse mich.

Ich schrieb ihr zurück und bat sie, einzelne Zahlungen für mich vorzunehmen, und unterschrieb mit Robinson, Leuchtturmwärter.

Da die Stürme immer heftiger wurden, hatte ich mit dem Fischfang keinen Erfolg mehr. An einem Freitag blieb dann das Postschiff aus. Auch der Schiffsverkehr, an den ich mich gewöhnt hatte, wurde schwächer. Störend empfand ich, dass das Tageslicht merklich kürzer wurde. An manchen Tagen benötigte ich dann schon am frühen Nachmittag ein Glas Flensburger Rums.

Da ich mich auf die kalte Jahreszeit und die starken Windböen nicht eingestellt hatte, bat ich die Zentrale, mir auf meine Kosten einen regen- und winddichten Mantel sowie eine Wollmütze zu schicken. Und zwei Flaschen Bommerlunder, ich war auf den Geschmack gekommen.

Tatsächlich kam das Postschiff am Freitag pünktlich. Statt der üblichen Versorgungskiste lud Oskar, Oskar Hansen, wir hatten uns bald angefreundet, zwei Pakete aus. Die beiden Bommerlunderflaschen überreichte er mir gesondert und lachte dabei. Natürlich musste ich gleich zwei Gläser mit ihm trinken.

Zwei Pakete. Ich war neugierig. Auch wenn ich mich an das Robinsonleben gewöhnt hatte, so war doch der Zivilisationssee noch nicht ausgetrocknet und übermäßige Freude kam beim Auspacken auf. Ein gefütterter Regenmantel, Haube, Schal, Handschuhe, passende warme Stiefel. Im zweiten Paket dann Schokolade, Rotwein, Käse, Baguettes und ein Brief. Vermutlich von Milla.

Weit gefehlt. Unterschrift Ilse. Wer zum Teufel ist Ilse?, fragte ich mich. Eine sich erbarmende Frau in der Zentrale? Und ich wiederholte *immer und immer den Namen Ilse in der Hoffnung, es würde sich doch ein Gedankenblitz einstellen.*

Nach einiger Zeit gab ich auf, öffnete die Rotweinflasche, deckte mir, was selten vorkam, ordentlich den Tisch, zündete eine Kerze an und genoss den Abend als Fastrückkehrer in die Zivilisation. Und ich dachte erstmals seit Langem an meine Freunde zu Hause. An die Redaktion, an Milla, an Weihnachten im Turm. Da kam etwas Wehmut auf. Sicher würde man mir rechtzeitig einen Weihnachtsbraten herüberschicken und vielleicht käme auch wieder ein Paket dieser Ilse. Wie aber sollte ich mich für das Paket von ihr bedanken? Brief an Ilse, Adresse unbekannt? Ich beschloss, einfach abzuwarten.

Zwei Tage vor Weihnachten kam dann das Postschiff mit Oskar. Er lächelte. Wieder zwei Pakete von deiner unbekannten Verehrerin, rief er mir schon beim Anlegen zu. Ich hatte ihm von einer mir unbekannten Ilse erzählt. Natürlich tranken wir wieder Bommerlunder, diesmal drei, wegen Weihnachten, meinte Oskar. Dann umarmte er mich und fuhr los.

Das kleinere Paket kam von Milla. Briefe, Weihnachtskarten, ein Album mit Bildern von der Redaktionsweihnachtsfeier, eine kleine Marzipantorte und ein Brief von Milla. Sie würde mich so vermissen. Ob ich sie denn auch vermisse.

Gute Milla, ich bin 55, du 35, dachte ich.

Im größeren Paket fand ich einen schicken Norwegerpullover vor, einen ähnlichen hatte ich als Student in Heidelberg getragen, dann noch ein kleines Modell eines VW-Käfers aus den 80er-Jahren und ein antiquarisches Buch von Hemingway, Der alte Mann und das Meer. Kurz kam Ärger auf. Der alte Mann ... Dann schlug ich die erste Seite auf. Weihnachten 1985. Deine Ilse.

Ilse! Dass es mir nicht früher eingefallen war! Damals trug ich einen Norwegerpullover, ich glaube, sie hatte ihn mir auch damals geschenkt. Und der VW-Käfer war ein Fingerzeig auf das Auto, das ich damals besessen hatte.

Wie hatte sie mich entdeckt? Ich las die Karte.

Du warst ein wunderbarer Mann, in den ich mich Hals über Kopf verliebt hatte. Klug und auch romantisch. Mit dir hat es sich das erste Mal richtig angefühlt. Wir waren auf dem Uni-Ball, haben im Regen getanzt und am Ende saßen wir auf einer Parkbank und haben Wein getrunken. Und irgendwann haben wir uns geküsst. Dann waren wir ein Jahr lang ein Paar.

Ob ich es aushalte, wenn du ein Jahr nach Berlin gehst, hast du mich gefragt. Ich habe bejaht.

Dann aber kam Jörg. Er war reifer und älter als wir. Er kaufte mir Kleider mit tiefen Ausschnitten und Schuhe mit hohen Absätzen. Ich fand sie schick, auch wenn sie mir beim Gehen weh taten. Später erinnerte ich mich daran, als du mir ein rotes Kleid gekauft hattest, dass ich enttäuscht war, weil es so bieder ausgesehen hatte. Deine Reaktion? Ein rotes Kleid braucht keinen aufregenden Ausschnitt.

Mir fiel alles wieder ein. Jörg, dieser Angeber, mit seiner Anwaltei in den Konkurs gerutscht. Auch an den Satz mit dem roten Kleid erinnerte ich mich.

Du warst natürlich enttäuscht, bliebst in Berlin. Nicht einmal deine persönlichen Sachen wolltest du nachgeschickt bekommen. Briefe hast du nicht mehr beantwortet und ich habe dich aus den Augen verloren. Ich konnte dir dann auch nicht mehr schreiben, dass ich dich wollte. Es war leider schon zu spät. Dann kamen andere, für kürzere oder längere Zeit.

Ich nickte stumm mit dem Kopf.

Aber dann las ich durch Zufall den Artikel über den letzten Leuchtturmwärter. Ich habe dich nach all der Zeit gleich erkannt – und da war ja auch noch dein Name.

P.S. Das Weihnachtsmenü habe ich in meiner Kochschule in Hamburg gekocht.

PP.S. Darfst du Besucher empfangen?

Ilse

Ich dachte nach. Zwischen damals und heute lagen fast 30 Jahre. Ihren Verrat hatte ich lange nicht verkraftet. Und jetzt lockt sie mich aus meinem Wohlfühlleben. Ilse, störe meine Kreise nicht.

Nein, Ilse darf.

Ich schrieb am Weihnachtsabend einen langen Brief, unter Einfluss des französischen Rotweines, den sie mir mitgeschickt hatte. Eine Woche darauf kam ihre Antwort und ich konnte mich nicht mehr daran erinnern, was in meinem Brief gestanden war. Also schrieb ich wieder, wie es mir ging, vom Sturm, dem aufgewühlten Meer und den Möwen. Ich vermied es, das Ende meines Robinsondaseins bekanntzugeben. Ich wollte trotz des Briefwechsels mein restliches Inselleben genießen.

Dann vergingen wieder zwei Wochen, eben ein Briefverkehr wie zu Zeiten der Postkutsche, dachte ich. Und dann wieder zwei. Dann waren die letzten Tage da und Hektik stellte sich ein. Langsam musste ich mich auf das Landleben einstellen. Daher rasierte ich mich so gut es ging und bat Oskar beim nächsten Besuch, mir behelfsweise die Haare zu schneiden, er hatte einmal erwähnt, dass er eine Friseurlehre begonnen, dann aber abgebrochen hatte. Ich blickte in den matten Spiegel. Statt Defoes Robinson erblickte ich wieder mich.

Ich nahm Abschied. Den Inselmöwen versprach ich, wiederzukommen.

Die Mitarbeiter der Küstenbehörde hatten einen kleinen Empfang vorbereitet und auch die Presse dazu eingeladen. Ob ich ein Buch über meine Auszeit schreiben werde, wurde ich gefragt.

Man habe mich auf eine Idee gebracht, antwortete ich. Dabei schien mir, als bewege sich der Boden unter meinen Füßen.

Als ich zum Aufbruch mahnte, kam eine Frau auf mich zu. Unter ihrem Mantel trug sie ein rotes Kleid. Unverkennbar Ilse. Die gleiche Frisur, die gleichen flachen Schuhe, wie ich es immer geliebt hatte.

Es gebe statt der Brötchen ein Rückkehrmenü.

Was sie unter Rückkehrmenü verstehe, fragte ich.

Statt einer Antwort küsste sie mich und zog mich zu ihrem Auto.

Ich schlug das Büchlein zu und sah hinaus auf das vorbeifliegende Wolkenband. Meine Frau öffnete die Augen und lachte mich an.
Gedanklich bei deiner Ilse?, fragte sie.
Man erwarte Turbulenzen, man möge sich anschnallen, tönte es aus dem Cockpit.
Leicht errötend blieb ich meiner Frau eine ehrliche Antwort schuldig.

CHARLOTTE

Das Thema *Charlottes Leben nach mir* beschäftigte mich seit geraumer Zeit. Immer wieder kam ich darauf zurück. Begonnen hatte alles mit der Visite beim Augenarzt. Hartmut. Während er mir eine Flüssigkeit ins Auge tropfte, sie sei harmlos, richtete er mir Grüße an die charmante Gattin aus. Wie es ihr gehe, wollte er wissen. Fragt er sie bei ihrer Untersuchung, wie es mir gehe? Wie oft ist eine Routinekontrolle eigentlich zu empfehlen? In meinem Alter, so seine Meinung, einmal jährlich. Charlotte klagte regelmäßig darüber, dass sie eine Augenentzündung habe, ein Flimmern bemerke, ihre Tränendrüsen verstopft seien, sie eine neue Lesebrille benötige, ein dringender Termin beim Augenarzt zu vereinbaren sei. Und während er mir das zweite Auge eintropfte, kam mir der Gedanke, ohne Vorwarnung, sozusagen aus heiterem Himmel, dass dieser Hartmut nach meinem Ableben seine Blicke – Augenblicke! Ich lachte über das Wortspiel – auf sie richten würde. Ich habe Ihnen ja schon öfter in die Augen gesehen – ich kann die Sätze dieser Hyäne förmlich von seinen Lippen ablesen. Selber Jahrgang wie ich, aber bereits zweimal geschieden, hatte er mir bei einem meiner Besuche erzählt. Beide Male habe ihn das ein Vermögen gekostet, er habe vielleicht den falschen Anwalt zur Seite gehabt.

Vertreten Sie auch Mandanten in Scheidungsangelegenheiten?, diese Frage stellte er mir, während er meinen Augenhintergrund begutachtete.

Ich verneinte.

Schade, sagte er, mit Ihren Augen, Ihren Sehnerven und der guten Durchblutung müssten Sie mehr sehen als Ihre Kollegen! Dabei lachte er.

Nur die Anwesenheit seiner Assistentin hinderte mich daran, seine Wortspiele fortzusetzen. War er denn blind bei der Wahl seiner Frauen?

Ich bedankte mich für seine Expertise, versprach, die Grüße ausrichten zu wollen, und verabschiedete mich. Kurzerhand hatte ich beschlossen, zu Fuß den Heimweg anzutreten. Dabei ließ mich das Thema *Charlottes Leben nach mir* nicht los, sodass ich öfter, als ich es sonst tat, Pausen einlegte, mich auf Randsteine und Bänke setzte und grübelte. Mein Ableben, die Zeit nach meinem Ableben, tat sich vor meinem geistigen Auge auf. Die Deutschstunde in der ersten Klasse Gymnasium fiel mir dabei ein. Vorzukunft. Wenn ich gestorben sein werde. Also dann: das Begräbnis. Laut Regieanweisung: Sargträger, die trauernde Witwe, die Schwester, die mir immer fremd war, die Freunde, die einem toten Indianer nur Gutes nachsagen. Nach-sagen, wiederholte ich, während ich in eine Seitengasse einbog. Was würde man mir nach-sagen? Ich lauschte, aber der starke Wind irritierte mich und verblies so die Grabreden. Dafür aber sah ich die Hyänen. Dietmar, der pensionierte Richter und Bergsteiger, Höhlenforscher und Hobbyarchäologe, den seine Frau schon vor Jahren verlassen hatte. Naturbursch durch und durch, das reine Gegenteil von mir. Würde ich Charlotte dann noch fragen können, würde sie mir antworten, dass sie eben auch anderes kennenlernen wollte. Wer immer im Restaurant isst, hat auch Lust auf ein Picknick mit Speckbrot und Schnaps. Vielleicht auch mehr? Rasch im Gebüsch? Ausleben, austoben, auslieben? Charlotte! Zutrauen würde ich es ihr. Soll sie darben? Ich beschloss, die letzten Sätze meiner Gedanken zu löschen.

Was war mit den anderen Männern? Olaf, der Apotheker, mit dem hatte sie etwas vor unserer Zeit. Der würde sich, trotz seiner Hüftoperation, jugendlich geben. Lust auf ein Tennismatch? Wenn nicht gleich, dann vielleicht später? Im Übrigen fahre ich auf ein Tenniscamp, da könntest du mitfahren, auf neue Gedanken kommen. Ja, auf Olaf-Gedanken! Nein, den würde sie nicht reaktivieren. Ich strich ihn von der Liste.

Und dieser Jugendfreund? Mir fiel der Name nicht ein. Der regelmäßige Briefschreiber, Briefe ohne Absender, aber mit schwungvoller Anschrift. Ich lachte. Immer würde er Grüße aus Arkadien senden. Arkadien. Ich nahm mir vor, im Lexikon nachzusehen.

Charlotte musste mich in den letzten Minuten vom Gartentor aus beobachtet haben. Worüber ich nachgedacht und gelacht habe, wollte sie wissen.

An den Mann, den du nach mir nehmen würdest, antwortete ich.

Sie bleibe allein, sie würde sich das nicht wieder antun, außerdem sei ich unersetzbar. Aber es schien mir, dass sie in den Sprechpausen bereits nach einem männlichen Wesen Ausschau hielt. Ich ermunterte Charlotte, mir den einen oder anderen Namen zu nennen.

Dumm wäre ich, sagte sie. Aber der Stachel saß.

Charlotte lenkte dann das Gespräch, wir hatten inzwischen auf der Gartenbank Platz genommen, in eine andere Richtung. Nach dem Motto, dass Angriff immer die beste Verteidigung ist. Und du?, fragte sie, wen würdest du nach mir nehmen? Dabei nannte sie auch gleich einige Frauen, deren Nähe sie ungern ertrug. Ich wurde auch gleich auf deren Fehler aufmerksam gemacht. Mich wunderte, dass Frauen so spontan zu Qualifikationen greifen können. Sozusagen auf Abruf. So, als habe man darüber bereits des Öfteren nachgedacht.

Ich schüttelte den Kopf. Du bist auf der falschen Fährte. Lee Miller, die Fotoreporterin, leider verstorben, oder Audrey Hepburn, Anouk Aimée – sie blieb mir seit ihrer Rolle in *Ein Mann und eine Frau* – unvergessen, diese blonde Sprecherin bei Arte. Charlotte warf mit einer Zigarettenschachtel nach mir. Ich würde sie bewusst missverstehen.

Meine Ex-Frau schloss ich kategorisch aus, obwohl Charlotte sie mir ans Herz legte. Dann erwähnte sie Anna-Maria, deine Steuerberaterin, 50, ledig, etwas hantig, ergänzte sie und lachte dabei. Lädt sie dich nicht ständig in ihren Reitstall ein? Mit ihr könntest du, wie ein jugendlicher Liebhaber, im gestreckten Galopp über herbstliche Stoppelfelder jagen. Mit mir ginge das nicht, ergänzte sie. Charlotte lehnte den Pferdesport ab, da sie sich die Angst vor diesen großen Tieren eingestand. Und Elli, deine Jugendliebe! Dabei zündete sich Charlotte genussvoll eine Zigarette an. Nichtraucherin, Nichttrinkerin, Esoterikerin. Sie lachte laut. Die Zigarettenschachtel flog zurück. Von Nico, eigentlich hieß sie Nicole, aber sie wollte so gerufen werden, war Gott sei Dank nicht die Rede. Ein heikles Thema für Charlotte. Nico, die Musikliebhaberin. Zugegeben eine hübsche Frau. Ein Abend mit ihr ist nur anfangs angenehm. Solange sie Debussy, Gounod und Berlioz vorspielte. Wenn sie aber anfing, Wagner-Opern zu erklären und man sie dabei nicht unterbrechen durfte, wurde es anstrengend.

Danach vergingen einige Wochen, das Nachfolge-Thema wurde nicht mehr besprochen, insgeheim aber schien mir, dass die Büchse der Pandora geöffnet worden war. Dazu gehörte die mir eines abends gestellte Frage, ob ich denn – nur für den Fall des Falles – alles geregelt habe.

Und du?, fragte ich.

Ja, sie wisse, auch sie müsse Diverses regeln.

Ihre Mahnung nahm ich ernst, ergriff Papier und Füllfeder – Testamente kann man nicht mit einem Reklamekugelschreiber verfassen – und blieb lange vor dem leeren Blatt untätig. Ich vernahm Glockengeläut, das Geräusch von Schritten auf Kieswegen, leises Gemurmel einer Menschenmenge, Ansprachen, wohlgemeinte letzte Worte. Und ich sah die Freier herumstehen. Wie im Palast zu Ithaka, dachte ich, Werber um die Hand der Penelope. Schufte. Und ich schwor mir, mit allen zu brechen, die ich gesehen hatte.

Wie würde eigentlich Elvira reagieren, ließe ich mich auf eine neue Beziehung ein? Papa, noch eine Stiefmutter? Mach das bitte nicht. Denke an dein Alter.

Sie würde mein Alter ins Spiel bringen. 58. Ich würde ihr antworten, mich wie 50 zu fühlen. Würde sie Urlaubsreisen mit mir unternehmen? Gerne, aber Freddy könne sie doch nicht eine Woche allein lassen. Ihren Langzeitfreund. Und Langzeitstudent. Fragen habe ich mir in diesem Zusammenhang abgewöhnt.

Eine Woche später kam Charlotte von einem Opernbesuch kurz vor Mitternacht nach Hause. Man sei noch im Operncafé gewesen. Die Aufführung habe alle aufgewühlt. Sie würde mit mir gerne noch ein Glas Wein trinken. Ich ließ Hitchcock Hitchcock sein und brachte Charlotte ein Glas Wein. Mit wem warst du eigentlich in der Oper?

Mit Eva, ihrem Mann und einem Bekannten. Du hast ja keine Lust, Samstagabend in die Oper zu gehen. Mit einem Bekannten. Noch einer dieser Freier, dachte ich.

Man habe unter anderem über Orpheus und Eurydike gesprochen, Kreneks Oper. Würdest du – wenn wir schon davon sprechen – es auch wagen, mich aus der Unterwelt zurückzuholen? Mit all den Gefahren?

Mir fielen Charon, der Fährmann, der keinen Lebenden in seinem Kahn übersetzen darf, die Styx, der Höllenhund Kerberos und der unendlich lange Abstieg ins Schattenreich ein.

Natürlich, antwortete ich, aber ich sei kein Orpheus und besitze keine göttliche Leier, um Hades gütig zu stimmen.

Ausflüchte, also ein Nein. Charlotte bat um ein zweites Glas Wein. Sie habe Lust, selbst zur späten Stunde, noch einmal Scrabble zu spielen. Um es mir zu erleichtern, schlug sie vor, dass auch Namen aus der griechischen Mythologie erlaubt seien. Mit IO, ION, HYDRA, NIOBE, GORGO, IDA und GAIA hatte ich nach Langem wieder einmal gesiegt.

Ich schlief dennoch schlecht und träumte vom Schattenreich. Hades saß neben seiner Gemahlin Persephone und gestattete mir, Charlotte aus seinem Schattenreich zu entführen. Unter einer Bedingung. Ich müsste die ersten zehn Stellen von Pi hinter dem Komma nennen. In der Ferne sah ich Archimedes, der mir helfen wollte, seine Stimme drang aber nicht bis zu mir vor.

Schade, sagte Hades, du bist an der Aufgabe gescheitert. Da mischte sich Persephone ein. Sie würde an Charlottes Stelle gerne wieder einmal unter Menschen weilen. Als ich näher hinsah, hatte Persephone die Gestalt von Charlotte angenommen. Noch ehe Hades antworten konnte, entflohen wir dem Schattenreich.

Beim Morgenkaffee erzählte ich Charlotte meinen Traum.

Sie sei froh, dem Schattenreich entkommen zu sein, sagte sie. Und ich war mir nicht sicher, wer mir geantwortet hatte.

DER KOCH UND DIE KLAVIERSPIELERIN

Der Regen passte mir gar nicht. Die vereinbarte Radtour mit Freunden fiel aus. Was tun? Ein Samstag, den ich verwünschte.

Meine Frau meinte, ich könnte mich doch einmal der Bibliothek widmen. Sortiere doch die Bücher, ordne sie nach Fachgebieten, nach Autoren oder lass dir selbst etwas einfallen.

Kein kurzer Regenschauer, das wird ein Landregen, dachte ich. Also auf zur Bibliothek. 750 Bücher zählte ich, noch zehn im Wohnzimmer, zehn im Schlafzimmer, fünf hergeborgt.

Hast du gewusst, dass wir 775 Bücher unser eigen nennen?, fragte ich meine Frau. Die Antwort blieb aus.

Die Fächer wurden von mir sorgfältig gesäubert. Dann nahm ich ein Buch nach dem anderen zur Hand, las kurz darin, legte manche auf einen Stapel, um sie später noch einmal zu lesen, und begann eher unsystematisch mit dem Einordnen.

Ich nahm einen dünnen Band zur Hand. Grau-blauer Einband, Autor mir unbekannt, der Titel: Der Koch und die Klavierspielerin, ostdeutscher Verlag. Ich schlug das Büchlein auf. Eine Widmung, die mich erstaunte: Für Ida. Dein Wolf.

Wolf. Die Affäre, verleugnet, verjährt zumindest. Aber warum kenne ich das Büchlein nicht, diese kurze Novelle? Versteckt. Vielleicht heimlich wiedergelesen? Ich nahm mir vor, abends nach der Sauna das Werk im Ruheraum zu lesen.

Also, Der Koch und die Klavierspielerin. 1. Auflage, 2000, unbekannter ostdeutscher Verlag. Erstlingswerk eines Deutschen. Geboren in Berlin. Ich begann zu lesen:

Eine kleindeutsche Stadt, ein Mehrparteienhaus, gepflegt, ein Vorgarten mit Rosenstöcken und einer kleinen Gartengarnitur. Wann bin ich eigentlich hergezogen?, fragte sich André, es war eigentlich sein Künstlername, getauft war er auf den Namen Andreas. Vor drei oder doch schon vier Jahren? Übernahme der Genussbar. Olaf, dem Vorbesitzer, ist die Frau davongelaufen und er hat alles hingeschmissen. Der Hauseigentümer war glücklich, so schnell einen Pächter gefunden zu haben. 15 Sitzplätze im Inneren, 5 an der Bar, 10 im Freien. Auch ein Glücksfall für André. Geöffnet Dienstag bis Samstag, nur abends. Eine Küchengehilfin und Paola, eine hübsche Italienerin, als umsichtige Servierkraft. Eine Vitrine mit kalten Vorspeisen, eine kleine Tageskarte, italienische Weine, deutsches Bier, Brot vom örtlichen Bäcker.

Es war dann an einem Samstagabend, die letzten Gäste waren gegangen. André saß diesmal auf der anderen Seite der Theke und bat Paola um ein Glas Bier.
Zufrieden?, fragte sie André.

Erschöpft, antwortete er ihr, aber er lachte dabei. Er müsse ihr aber gestehen, dass es ihm zunehmend schwerer falle, die täglichen Menüs zusammenzustellen. Ihm fehle die Kreativität der ersten Zeit. Es habe sich totgelaufen.

Paola warf ein, dass er monatelang keinen Urlaub genommen habe. Sie dachte dabei auch an sich, auch sie war ausgelaugt, die Beziehung mit ihrem George war vermutlich deswegen, auch deswegen, korrigierte sie sich, in Brüche gegangen. Insgeheim hoffte sie, dass sie André für ein paar Tage mitnehmen würde. Man kennt sich, vermeidet Anfangsfehler, die einer neuen Beziehung eigen sind, kein Probelaufen, man könnte gleich zur Sache kommen. Vielleicht würde daraus auch mehr.

Vielleicht hast du recht, antwortete er. Aber der Umsatzverlust, jetzt kämen die umsatzstärksten Wochen, bis Weihnachten müsse er durchhalten. Und was die fehlende Kreativität betreffe, würde er auf seine Kochbücher zurückgreifen.

Das sei nicht authentisch, warnte Paola, die Gäste würden das merken, ein- bis zweimal noch kommen und dann ausbleiben.

Aber er sei ausgebrannt, leer.

Drei, vier Tage London, Paris, Rom, Wien, vielleicht auch nur Triest oder Zürich mit dem Auto, mein Gott, jede Stadt biete doch genügend Spannung oder Entspannung und danach Inspiration.

André versprach darüber nachzudenken.

Paola ergriff seine Hand. Vielleicht fehlt dir auch nur eine große Portion Zuneigung?

Vielleicht, antwortete André.

Paola schenkte den Rest einer geöffneten Champagnerflasche in zwei Gläser. Morgen ist Sonntag, sagte sie, auch ihr fehle eine Portion Zuneigung.

André sah sie an, atmete tief durch, trank das Glas mit einem Zug aus und fragte Paola aus einer augenblicklichen Laune heraus, worauf sie dann noch warte, und löschte das Licht im Lokal. Plötzlich war seine Müdigkeit verflogen, er drehte sich mehrmals beschwingt auf dem Gehsteig vor Paola und fing zu singen an. Er dachte kurz daran, dass seine letzte Beziehung vor mehr als einem halben Jahr von dieser Silvia beendet worden war.

Die Wohnung war klein, die Puppen auf der Vitrine fielen ihm auf. Paola, eben eine Frau, dachte er.

Als André am Morgen erwachte, hörte er Paola schon in ihrer Küche arbeiten. Er schloss die Augen und schlief wieder ein. Erst als sie laut „Bon giorno" rief, schlug er wieder die Augen auf. Frühstück bei Paola, rief sie ihm zu und lachte. Frühstück bei Paola, wiederholte er und erinnerte sich dabei, dass sie noch, bevor sie im Bett landeten,

Urlaubspläne gewälzt hatten. Der Bäcker habe Sonntag geschlossen, entschuldigte sie sich, aber Knäckebrot mit selbstgemachter Marmelade müsse doch nach so einer schönen Nacht auch genügen. Der Kaffee tat André gut. Wir machen uns einen schönen Tag, sagte er zu Paola, aufräumen könne er das Lokal auch am Abend. Er würde sich nur gerne umziehen und schlug einen Ausflug zum nahen See vor. Man kann dort ein Boot mieten, ergänzte er.

Paola strahlte und er versprach, sie um elf Uhr abzuholen.

Auf der Straße zündete André sich eine Zigarette an und freute sich auf die kommenden Stunden. Ein wenig hatte er sich in den letzten zwölf Stunden in Paola verliebt. Wie Paola gemeint hatte, dass ihm Zuneigung gefehlt habe. Und die Puppen fielen ihm wieder ein.

Aus dem Klein-LKW, der vor seinem Wohnhaus parkte, entluden vier kräftige Männer ein Klavier. Wer bekommt in unserem Haus ein Klavier? Ohne zu fragen, ging er an ihnen vorbei. Er duschte sich und zog sich passend für den geplanten Ausflug an. Im Stiegenhaus traf er wieder auf die Klavierträger. Gott sei Dank nur in den zweiten Stock, meinte einer der Männer, zur Japanerin.

Tatsächlich war vor einigen Tagen eine neue Mieterin eingezogen. Yukiko hatte er auf dem Briefkastenschild im Hausflur gelesen, den Nachnamen vergessen. Er nahm sich vor, in den nächsten Tagen bei ihr anzuläuten und sich vorzustellen, Neugier schwang dabei mit.

Obwohl es ein herrlicher Oktobertag war und sie nur wenigen Booten auf dem See begegneten, war André einerseits mit seinen Gedanken beim Menüplan für die kommenden Abende, andererseits ging ihm die neue, ihm unbekannte Mieterin nicht aus dem Sinn, er wiederholte still ihren Namen, Yukiko.

Du bist abwesend, sagte Paola.

Er entschuldigte sich. In den See springen und einfach untergehen, dachte er, dann ergriff er die beiden Ruder und trieb das Boot so kräftig an, dass sie fast kenterten.

Komm, lass mich, bat Paola und sie tauschten die Plätze, tranken dann noch einen Kaffee bei der Bootsanlegestelle und fuhren anschließend nach Hause. Die Arbeit rufe, damit verabschiedete er sich von Paola. Ja, er rufe sie morgen an. *Ciao,* rief sie ihm nach. *Ciao,* wiederholte er.

Statt ins Restaurant fuhr er nach Hause, Sonntagnachmittag könnte er sicher einen Besuch bei seiner neuen Nachbarin machen, dachte er und läutete an ihrer Wohnungstür. Eine hübsche, schwarzhaarige, mittelgroße junge Frau, er schätzte sie auf Anfang 30, öffnete.
Bitte?, fragte sie mit einem ihn fast belustigenden Akzent.
André stellte sich als Mitbewohner des Hauses vor. *Unter ihnen,* sagte er und deutete dabei mit der Hand auf den Fußboden, *First Floor,* ergänzte er in der Annahme, sie würde englische Konversation bevorzugen.
Sie lächelte und bat ihn herein. Ob er Tee möge, fragte sie.
André bejahte.
Sind sie Musikerin?, fragte er, während sie ihm Tee in seine Tasse goss.
Ja, sie unterrichte an der örtlichen Musikschule, sie habe in Salzburg studiert. Sie liebe Mozart, ergänzte sie, wie alle Japaner.
Dann schwieg sie, sodass André die Initiative ergriff und das Gespräch fortsetzte. Er sei Koch, habe sein eigenes Restaurant, „Genussbar", er nannte ihr die Adresse und die Öffnungszeiten, was er kurz darauf bedauerte, es musste für seine Gesprächspartnerin wie eine Einladung zu Besuch und Konsumation aussehen.
Sie komme aus Seto, das liege in der Nähe der Stadt Toyota, Vater und Bruder seien Keramiker, sie dagegen habe die Liebe zur Musik schon früh entdeckt.
Lieben Sie klassische Musik?, fragte sie André.
Er habe sich, gestand er ihr, damit nicht näher beschäftigt, aber Mozart kenne er natürlich. Dann dachte er nach und Ravel fiel ihm

ein, und Gershwin, natürlich Beethoven und Tschaikowski. Und Salieri, den Gegenspieler von Mozart, erwähnte er und die Préludes von Debussy.

Seine Gesprächspartnerin applaudierte, setzte sich ans Klavier und spielte eine ihm bekannte Melodie. Ravel, sagte sie und blickte sich zu ihm um, ihre zarten Finger glitten über die Tasten.

André war von dieser ersten Begegnung stark beeindruckt, war es das Fremdländische? Wer hatte in der Stadt schon Kontakt mit einer Japanerin? Jetzt er, dachte er und sah es als Glücksfall. Noch nie hatte er auch nur wenige Worte mit einer Asiatin gewechselt. In Paris gesehen, neben einer Nationalchinesin im Flugzeug gesessen. Ja, natürlich in einem japanischen Restaurant gegessen, aber das kann man nicht mit dem, was er meinte, vergleichen. Spontan sprach er eine Einladung aus und schlug vor, am nächsten Tag, das Restaurant hatte ja Montag geschlossen, für sie zu Hause zu kochen. Da haben Sie es nicht weit nach Hause, sagte er.

Sie dachte kurz nach. Vormittag unterrichte sie, Nachmittag müsse sie sich auf ein Konzert vorbereiten, aber abends habe sie frei. 20 Uhr?

Er nickte. Kaum war er in seine Wohnung zurückgekehrt, nahm er Papier und Bleistift zur Hand und überlegte, was er kochen werde. Es fiel ihm nichts Passendes ein, was seinen Gast begeistern könnte. Dann hörte er plötzlich Klaviermusik. Seine japanische Nachbarin spielte die Préludes von Debussy, vielleicht für ihn?, fragte er sich. Und augenblicklich flog der Bleistift, geführt von seiner Hand, über das leere Papier. Rüben, Karotten, kleine Kartoffeln, Rindfleisch mit Hagebutten-Kürbis-Chutney, Birnen für eine Tarte, leichter Rosé. Ein Ende von Leere und Einfallslosigkeit, Unlust oder Müdigkeit.

Er bedauerte, dass die Klaviermusik abbrach, vielleicht nur eine Pause, hoffte er. Nach zehn Minuten war ihm klar, dass das Privatkonzert beendet war. Er war enttäuscht, der kurze Aufstieg hatte schon sein vorläufiges Ende gefunden.

Am nächsten Morgen war er früh im Lokal, es roch nach Speiseresten und abgestandenen Getränken, um neun kam seine bosnische Putzfrau, erstmals lächelte er sie an, was sie ihrem Gesichtsausdruck nach sichtlich irritierte.

Er eilte auf den kleinen Markt, besorgte die Zutaten für das abendliche Essen, trank wie immer im Marktcafé einen kleinen Espresso und fuhr anschließend nach Hause. Paola rief an und fragte, ob sie sich sehen würden, er war kurz angebunden, was ihm augenblicklich leid tat, nein, morgen, entschuldige, ich habe eine Menge zu tun.

Um vier Uhr Nachmittag begann pünktlich das Klavierspiel. Er legte sich auf die Couch und lauschte. Mozart?, fragte er sich und nahm sich dabei vor, sobald es seine Zeit zuließe, einige CDs mit klassischer Klaviermusik zu erstehen. Dann schlief er ein. In dem Augenblick, in dem die Musik endete, erwachte er, sah auf die Uhr, begab sich in die Küche und begann mit den Speisevorbereitungen.

Kurz vor acht Uhr zog er sich um und deckte den kleinen Tisch. Sein Gast kam pünktlich. Yukiko überreichte ihm ein kleines Geschenk, ein Konzertmitschnitt auf CD, sagte sie. Er bat sie ins Wohnzimmer, ließ sie für einige Minuten allein und kam mit einer größeren Keramikplatte, die er von einem Meister seiner Kunst vor einigen Wochen erstanden hatte, auf der sich nun das kunstvoll arrangierte Essen befand, zurück. Karotten und Rüben hatte er ähnlich einer Klaviertastatur angeordnet, auf dem Fleischstück lagen Blüten, die er noch kurz vorher aus dem Garten geholt hatte. Er entzündete den dreiflammigen Kerzenständer und lächelte. Nur die Musik fehlte, er hatte nicht gewagt, einen seiner Lieblingsinterpreten, Udo Jürgens oder Dean Martin, zu spielen.

Nach dem ersten Glas Wein bot ihm Yukiko, im Übrigen hieße das Schneekind, das Du-Wort an.

Für André waren die Erzählungen Yukikos eine Reise durch ein unbekanntes Land. Sie erzählte von ihrer Jugendzeit, von Religion und Tradition in der japanischen Familie, von ihrer Ankunft in Europa und von ihrer Liebe zur Musik, seitdem sie denken könne.

Und die Liebe?, fragte André.

Yukiko lächelte, Mozart sei ihre Liebe und Ravel. Natürlich habe sie sich schon einmal verliebt, in ihren Musiklehrer, aber diese Liebe sei nur platonisch gewesen.

Und dann fragte sie André: Und du?

Er sah sie an. Sollte er ihr jetzt schon gestehen, dass er sich in sie verliebt hatte? Er wich der Frage aus. Immer habe er so viel zu tun, auch nächste Woche, aber am nächsten Sonntag würde er sie gerne wiedersehen.

Yukiko dachte nach und sagte zu. Dann lobte sie das Abendessen und die Atmosphäre, stand plötzlich auf, sie verneigte sich und verließ André grußlos.

André konnte nach dieser Begegnung nicht einschlafen, Yukiko hatte ihn aufgewühlt. Er beschloss, sich sämtliche Bücher über Japan und die japanische Lebensweise zu besorgen. Ihm war klargeworden, dass er dieser Frau anders begegnen müsse. Sich nicht sogleich auf seine Beute stürzen durfte – eher wie ein Condor, der Vergleich gefiel ihm, der stundenlang ohne Flügelschlag kreisen kann.

Dienstagvormittag ging er wie üblich ins Lokal, gab seine Anweisungen. Chef, sagte die Hilfskraft, so fröhlich habe ich Sie noch nie gesehen.

Er lächelte und dachte dabei an Yukiko. Die Abendgäste lobten die Speisen, er habe sich wieder einmal ausgezeichnet, beschwingt ging er um Mitternacht nach Hause.

Der nächste Tag verlief routinemäßig, nachmittags um vier Uhr lag er auf der Couch, Papier und Bleistift in den Händen, und pünktlich begann das Klavierspiel. Zuerst lauschte er mit geschlossenen Augen und dann notierte er sich eine neue Speisenfolge. Noch nie hatte er davon gelesen, noch nie Ähnliches gekocht oder auch nur gekostet. Fisch mit roter Rübe und Petersilienöl, Artischockenherzen gefüllt mit Tomaten und Sojasauce, als Nachspeise hielt er fest: Feigeneis mit Marzipanflocken. Er sah vor seinem geistigen Auge die Speisen entstehen.

Am nächsten Vormittag setzte sich André ins Auto und fuhr alle ihm bekannten Produzenten der von ihm für das Abendmenü benötigten Lebensmittel ab. Schließlich erstand er in der Buch- und Musikalienhandlung einige Klavierkonzert-CDs, in der Gärtnerei einen Blumenstrauß, ja bunt, sagte er zur Verkäuferin, gab ihn zu Hause in eine Glasvase und stellte ihn vor Yukikos Tür.

Pünktlich um vier Uhr begann wieder das Klavierspiel, wie immer zuerst die Tonleiter. Dann einige Einzeltöne, als ob sie Yukiko zum Spiel riefen, wie eine Mutter, die mit ihren Kindern Fangen spielte, sie ausruhen ließ und sie dann wieder in alle Richtungen davonjagte. André konnte sich vorstellen, wie ihre Finger über die Tastatur glitten, sich ihr Kopf im Takt hin und her bewegte und sie leise mitsummte. Er notierte: Zitronenhuhn mit Salbeiblättern, Kürbis mit Honig-Senf-Dressing, gebeizter Lachs mit Fenchel- und Koriandersamen, getoastetes Weißbrot, Ziegenweichkäse und Quittengelee. Er sprang auf, riss die Arme in die Höhe und stieß ein kräftiges und allzu lautes JA heraus. Dann eilte er ins Restaurant, er hatte die Zeit wieder einmal übersehen, und bereitete das Abendmenü vor.

Paola kam wie immer um Punkt sechs, strahlte und küsste ihn auf die Wangen. George sei wieder zu ihr zurückgekehrt, darauf müsse sie mit ihm, André, ein Glas Prosecco trinken. Dabei sah sie auf die Speisentafel, die André täglich neu beschriftete. Fisch, Artischocken, Marzipan las sie. Chef!, rief sie aus, das gab es noch nie. Es werde jeden Abend kreativ zusammengestellte Speisen geben, sagte er, jeden Abend. Dabei dachte er an Yukiko.

Paola dachte, diese neue Kreativität sei auf sie und ihre Zuneigung, genau genommen auf diese eine stürmische Nacht, die sie mit André verbracht hatte, zurückzuführen. Wie sollte sie nun mit André und *dem zu ihr zurückgekehrten George umgehen? Mit André schlafen, damit die zum Leben erwachte Kreativität nicht wieder in sich zusammenfällt?, dachte sie. Gut, für eine gewisse Zeit eine Ménage-à-trois eingehen. Doch bevor sie die eine oder andere gewagte Idee mit André besprechen konnte, hatte er sich bereits in die Küche zurückgezogen.*

Um halb neun waren alle Plätze besetzt, Paola empfahl auf Andrés Rat einen französischen Roséwein. Nachdem die letzten Speisen aus der Küche getragen worden waren, band er sich eine saubere Schürze um und betrat den Gastraum. Applaus brandete auf, Gläser wurden auf ihn erhoben, er sei ein begnadeter Koch, morgen würden sie alle wiederkommen, versprachen sie. André dachte dabei an Yukiko und wie er auf Condorart seine Beute erlegen könnte.

Die letzten Gäste hatten das Lokal kurz vor Mitternacht verlassen, Paola noch eine CD von Ennio Morricone eingeschoben, dann setzte sie sich auf den Schoß von André, küsste ihn und flüsterte ihm ins Ohr, dass sie jetzt lieber mit ihm nach Hause ginge als zu George. Seine Gedanken waren bei Yukiko, er eilte nach Hause.

In Yukikos Schlafzimmer brannte noch Licht. Ob sie Besuch hat?, fragte er sich. Bisher hatte er noch nie einen Besucher registriert. Seine spätnächtlichen Gedanken hatten etwas Besitzergreifendes, morgen würde er sie fragen.

Um 9 Uhr vormittags hörte er Geräusche im Stiegenhaus, er öffnete seine Wohnungstür, vor ihm stand Yukiko. Ob es ihn störe, wenn sie ausnahmsweise vormittags übe.

Nein, antwortete er, und wiederholte, nein. Aber er würde sie gerne auf einen Tee und an einem der kommenden Abende in sein Lokal einladen. Dabei sah er sie erstmals näher an. Sie hatte einen seidenen roten Hausanzug an und er bemerkte, dass sie barfuß vor ihm stand. Das mache sie zu Hause immer, erklärte sie, da sie seine erstaunten Blicke registriert hatte.

Tee nein, sagte sie dann, aber abends würde sie gerne kommen.
Fast hätte André einen Freudenschrei ausgestoßen.
20 Uhr?, fragte er.
20 Uhr, antwortete sie.
Dann beschrieb er ihr den Weg. Wenig später lauschte er der Klaviermusik, die aus dem zweiten Stock kam. Die Musik kam ihm bekannt vor, mein Gott, rief er aus, warum bin ich so ungebildet? Dann dachte er an das Abendmenü. Er musste umdisponieren. Er hatte in einem Gastronomiefachmagazin gelesen, auf japanische Teller müsse Gemüse. Und während Yukiko spielte, fielen ihm ein: Okra, Ginkgo, Wasabi, Fushimi, Lotuswurzel, Satoimo-Knolle. Und da er selbst in der Großstadt, in die er augenblicklich aufbrach, Kobe-Beef nicht bekommen würde, dachte er an ein Filet vom Milchlamm. Und zum Abschluss ganz, ganz feine Pralinen. Er lachte. Heute Abend, sagte er immer wieder, heute Abend.

Schon am frühen Nachmittag war er alleine im Lokal, probierte alles, was er erstanden hatte, zuerst roh, dann gekocht, frittiert, mischte einmal Olivenöl, einmal Weißwein darunter, würzte mäßig und fand, dass sich dieses besser als Vorspeise, jenes als Hauptspeise eigne. Seine inzwischen eingetroffene Küchengehilfin sah ihn erstaunt an, die Zutaten kenne sie nicht, die würden die Gäste ablehnen, verschrecken, mein Gott sagte sie, was tun Sie?

Sie möge kosten, schlug er ihr vor.

Vorsichtig nahm sie eine Gabel und kostete von jeder Speise. Ganz wenig. Großartig, rief sie aus, grandios! Sie nehme ihre Kritik zurück. Er sei ein Zauberer. Aber sie habe jetzt ein Problem.

André sah sie an.

Das Problem sei: Kaum habe sie die Distanz zu seiner Kochkunst um einen Meter verkürzt, vergrößere sich der Abstand am nächsten Tag um zwei. Woher er seine Inspiration, sein Feuer nehme?

Zufall, sagte er und zerlegte das Wort in ZU- und FALL. Es sei ihm zugefallen.

Durch wen oder was?, fragte die Küchengehilfin.
Das bleibe zumindest vorerst sein Geheimnis.
Drogen!, rief sie.
Ja, antwortete André. Es sei eine Droge, die er täglich konsumiere.
Paola hatte die letzten Sätze des Gesprächs mitangehört. Sie glaube, und damit gab sie dem Gespräch neuen Schwung, sie glaube, er, André, genieße die Zuneigung einer Frau, die beflügle ihn.
André lachte, sah auf die Uhr und mahnte die weiteren Vorbereitungen ein. Einen Platz an der Theke möge man für einen ausländischen Gast, eine Japanerin, reservieren. Vielleicht werden in Zukunft sogar mehr asiatische Gäste in unsere Stadt kommen, sagte er.
Das Lokal füllte sich, André sah öfter als sonst auf die Uhr. Er hatte Paola gebeten, ihn beim Eintreffen der Japanerin zu rufen. Paola sah ihn an. Eine Japanerin, sagte sie leise und lächelte. Und dann sagte sie noch: Vielleicht eine Geisha.
Zehn Minuten nach acht Uhr betrat Yukiko das Lokal. Als ob André es geahnt hätte, stand er in diesem Augenblick in der geöffneten Schwingtüre, die Küche und Gastraum verband. Er begrüßte Yukiko, er freue sich, und führte sie zu ihrem Platz an der Theke. Sobald es seine Arbeit in der Küche erlaube, werde er ihr Gesellschaft leisten.
Yukiko bestellte bei Paola, die sie, so oft es ihre Arbeit zuließ, ansah, ein Glas Wein. Dann brachte ihr Paola den ersten Gang. Selbst Paola musste schlucken und den Duft der Speise kräftig einatmen. Sie sah André an und verdrehte die Augen. Nach zwanzig Minuten folgte die Hauptspeise. Das Milchkalb und ein buntes Gemüsepotpourri. Die Gäste kosteten, André kam aus der Küche, erläuterte Fleisch und Beilagen und wünschte guten Appetit.
Er habe sich wieder ausgezeichnet, riefen ihm einige Gäste zu. Sie glaubten nicht, dass es weitere Steigerungen gebe. Er winkte ab. Alles sei Zufall, dabei lachte er und setzte sich neben Yukiko.
Natürlich kenne sie die eine oder andere Beilage, aber was es ausmache, sei die Komposition.

Komposition, wiederholte er. Ja, die Komposition, dabei dachte er an Yukikos Klavierstunden.

Sie bitte ihn um einige Blätter Papier und um einen Stift, sagte Yukiko.

Ob sie die Speisen notieren wolle, fragte André, die Komposition? Yukiko lächelte ihn an. Komposition sei richtig. Dann fing sie an, Noten zu schreiben, die kleine Welt um sie versank. Die anderen Gäste verabschiedeten sich nach und nach, auch Paola meinte mit einem Augenzwinkern, sie würde heute Abend nicht mehr gebraucht werden. Dann waren Yukiko und André allein. André zündete sich eine Zigarette an und beobachtete sie. Sie schrieb und summte, sah zur Zimmerdecke und auf das Blatt vor ihr. Wein, bat sie.

Eine Stunde nach Mitternacht hielt sie mehrere Blätter Papier in die Höhe. Sie habe das noch nie erlebt, sagte sie zu André. Beim Verzehr der Speisen habe sie plötzlich eine Melodie im Kopf gehabt, nicht nur eine Melodie, eigentlich ein ganzes Musikstück, das sei ihr wirklich noch nie passiert, es war wie ein Zwang, als ob jemand ihre Hand, den Bleistift führe. Sie würde sich zu Hause sofort ans Klavier setzen und ihre Arbeit fortsetzen.

André sah sie an. Er müsse ihr etwas gestehen, sagte er. Sobald er ihre Musik höre, ihrem täglichen Klavierspiel lausche, sehe er vor seinem geistigen Auge ihre Hände über das Klavier tanzen, dann greife er zu Papier und Bleistift und kreiere, ja man könnte ohne Weiteres auch sagen, dass er seine neuen Speisen, seine Zutaten komponiere. Er wage sich an neue Produkte, kombiniere viel gewagter als je zuvor und alles, was ihm unter dem Einfluss ihres Klavierspiels einfalle, gelinge fabelhaft, seine Küchengehilfin, eine äußerst begabte Schülerin im Übrigen, habe sogar gemeint, er koche neuerdings wie ein Zauberer.

Yukiko lachte. Dann sieht es ja so aus, als ob ich deine und du meine Muse wärst, sagte sie und küsste ihn.

André mahnte zum Aufbruch. Hand in Hand gingen sie nach Hause.

Vor seiner Wohnungstür sagte Yukiko: Zwei Musen wünschen sich eine Gute Nacht, gab ihm noch einen Kuss und lief die Treppen hoch. Diese Nacht sei der Musik gewidmet, dem Präludium, rief sie ihm zu. Paola rief am nächsten Tag recht früh an. Und, fragte sie, neue Liebe, neues Glück?

André verneinte.

Schade, antwortete Paola, sie glaube, Yukiko stecke hinter seinen Speisen-Kompositionen, dann beendete sie das Gespräch.

André sah beim Fenster hinaus und beobachtete Tauben beim Turteln. Und dann fiel ihm das Wort Präludium ein. Vorspiel. Er war sich augenblicklich sicher, Yukiko habe dieses Wort nicht nur seiner musikalischen Bedeutung nach erwähnt. Er fühlte sich, als ob Tausende Glückstaler vom Himmel fielen.

André musste unbedingt wieder in die Großstadt, frische Feigen, Ziegenweichkäse, Oliven vom Griechen, auch wenn es verdammt spät für den Großmarkt war, Schalentiere sollten abends auf die Tische der Gäste, beim Sarden Wein, diesen herrlichen Vermentino.

Mit ihm, dem Weinhändler Leonardo, trank er einen Espresso. Bist du verliebt?, fragte er André.

André lächelte und nickte. Schwer, ergänzte er und bestellte für sich und Leonardo zwei Grappa. Sie beflügelt mich, sagte er, ich experimentiere, kreiere Neues, und alles gelingt.

Leonardo legte die Hand auf Andrés Schulter. Dann sagte er, er möge diese Frau das nächste Mal mitbringen, er würde auch gerne Flügel bekommen, dabei lachte er.

Mittags ruhte André sich ein wenig aus. Dann begann er mit den Vorbereitungen für den Abend. Pünktlich um vier Uhr begann die Muse-Stunde. Anders als man es sich nach dem Begriff vorstellt. Kaum hörte er, wie Yukiko die Tonleiter mit elfenhafter Leichtigkeit spielte, schon fielen ihm neue Speisen ein: Rosmarinrisotto, Spaghetti mit Zitrone, Knoblauch und Parmesan, Mark auf geröstetem Schwarzbrot,

Gänseleber mit Birnen- und Quittengelee. Er nahm einen Schluck Pastis. Damit könnte man eine Fischsuppe verfeinern, auch mit Safran und Orangenzesten, schrieb er auf den Notizblock. In Schreibpausen lauschte er der Musik. Chopin! Und dabei fragte er sich, ob ihm irgendjemand glauben würde, erzählte er von dieser magischen Verbindung zwischen Yukikos Klavierspiel und seinen Kochkreationen.

Die Vorbestellungen nahmen zu, die Wartefristen für einen Tisch wurden immer länger. Paola fand seine Speisen himmlisch. Und leise flüsterte sie André ins Ohr: und sexuell äußerst anregend.

Tatsächlich?, fragte er.

Sie bejahte. George würde sich schon über ihre Aktivitäten, so nannte sie es, wundern.

Wenn das tatsächlich der Fall ist, sagte sich André, dann müsse er Yukiko öfter zum Abendessen einladen. Dabei musste er wieder laut lachen.

Samstagmittag, er kam gerade vom Markt, traf er Yukiko im Stiegenhaus. Er dachte sofort an eine Essenseinladung. Sie kam ihm aber zuvor. Morgen Nachmittag um vier, sie würde sich über sein Kommen sehr freuen.

Um vier, wiederholte André.

Obwohl er wegen der von Yukiko ausgesprochenen Einladung abends etwas unkonzentriert war, gelangen ihm im Großen und Ganzen wieder alle Gänge. Immer dachte er daran, wie er die Zeit bis vier Uhr totschlagen könnte.

Sonntag um acht Uhr zog er sich die Laufschuhe an und lief hinunter zum Fluss, unterwegs kaufte er noch zwei Tageszeitungen und trank zu Hause eine große Tasse Kaffee, immer wieder blickte er dabei auf die Uhr. Dann las er die Tageszeitung ein zweites Mal und schlief dabei ein. Er träumte von Yukiko. Komm, sagte sie, wir nehmen ein gemeinsames Bad, ein Ritual in Japan, bevor man das erste Mal mitein-

ander schläft. Das Wasser war aber einmal siedend heiß, das andere mal eiskalt. Dann müsse er eben verzichten, sagte Yukiko im Traum. Er erwachte und dachte über den Traum nach. Die japanische Lebensweise war ihm tatsächlich fremd. Und er dachte nach: der japanische Kaiser heißt Akihito, die Währung ist der Yen, es gibt den Shintoismus und den Buddhismus, sie trinken Sake-Reiswein. Aber sonst? Er schämte sich, dass er nicht früher auf die Idee gekommen war, sich mit der japanischen Kultur auseinanderzusetzen. Die Kirschblüte fiel ihm ein und das eine oder andere Schriftzeichen und die japanische Keramik.

André sah auf die Uhr. Dreiviertel vier! Er entnahm seinem Weinregal eine Flasche Wein und ging nach oben.

Yukiko öffnete die Tür, sie stand im Kimono vor ihm. Willkommen zur Premiere, sagte sie.

André sah sie an und ihm fiel der Begriff Präludium ein.

Sie nahm zwei Gläser, schenkte den von André mitgebrachten Wein ein, setzte sich ans Klavier und begann zu spielen. Die Melodie war ihm von den Nachmittagsstunden schon bekannt. Hätte er nur Papier und Bleistift zur Hand, er müsste eine neue Speisenvariation notieren. Er zwang sich zum Zuhören.

Nach einer Weile beendete Yukiko das Spiel. Ob es ihm gefallen habe?

Er applaudierte verspätet.

Sie müsse ihm die näheren Umstände erklären. Beim Verzehr der Speisen in seinem Lokal habe sie spontan die Melodie, ja eigentlich das ganze Werk im Kopf gehabt. Es war eine besondere Inspiration, es war der Ausgangspunkt der künstlerischen Kreativität, die sie in dieser Form noch nie erlebt habe.

André sah sie an. Auch er müsse ihr gestehen, dass seine ganze Kreativität aus den Klavierstücken, die sie täglich spiele, resultiere.

Beide schwiegen.

Sind wir zwei Königskinder?, fragte Yukiko.

André konnte auf diese Frage keine Antwort geben, er verstand ihren Sinn nicht.

Es waren zwei Königskinder, die hatten einander so lieb, sie konnten zusammen nicht kommen, dann stockte Yukiko, das stamme aus einer Ballade, ergänzte sie.

Warum sollten sie nicht zusammenkommen?, fragte André.

Yukiko schwieg, dann sagte sie, dass sie nach Hause zurückkehren müsse, Vater und Bruder würden sie vermissen.

Ich dich auch, sagte André, es war ein weiterer Vorstoß, ein gewagter, wie er meinte.

Yukiko lächelte. Es blieben ja noch einige Wochen, sagte sie und trank das Glas aus.

André sah sie an. Und dann folgt die Vertreibung aus dem Paradies, dachte er.

Stumm saßen sie dann da und tranken den restlichen Wein. Sie sei beschwipst, sagte Yukiko, sie habe den ganzen Tag nichts gegessen.

André bot an, ein kleines Abendessen zu kochen. Einzige Bedingung, sie müsse Klavier spielen.

Yukiko nickte und setzte sich augenblicklich ans Klavier.

André lief in seine Wohnung. Er lauschte und schrieb: Tomatensuppe! Vor dem Servieren in die Mitte des Tellers den Ziegenkäse geben, den er im Kühlschrank wusste, dann die Tomatensuppe und danach das geeiste Olivenöl, einen Spritzer Zitrone, eine Prise Thymianblätter, fertig! Danach die gestern erstandenen Feigen mit Joghurt und Salbeihonig auf Süßwaffeln. Er stieß einen Schrei aus, lief zurück zu Yukiko und versprach, dass er das Essen in einer Stunde servieren werde.

Dann aßen sie. Yukiko sah ihn fast verträumt an, so als sei sie abwesend. Sie erhob sich nach dem Essen, nahm ein Notenblatt und setzte sich ans Klavier. Sie komponierte.

Verzeih, sagte sie, aber ich kann nicht anders, die Speisen hätten sie so inspiriert.

André schenkt sich ein Glas Wein ein und rückte den Stuhl näher ans Klavier. Yukiko war entrückt, in der Parallelwelt der Künstlerin, zwischendurch nahm sie einen Schluck aus Andrés Weinglas, lächelte ihn an und setzte ihre Arbeit fort.

André war fasziniert. Er sah, wie der Kopf die Hände, die Hände die Klaviertasten, die Klaviertasten die Töne befehligten. Und er fiel vom Wach- in einen Traumzustand. Er saß in einem Konzertsaal in der ersten Reihe, Yukiko saß am Klavier, allein auf einer großen Bühne. Die Zuhörer applaudierten, sein Name wurde aufgerufen, er, André, wurde als Komponist begrüßt. Aber man habe von ihm noch nichts gehört, wie das sein könne.

André antwortete, er komponiere nur für seine Frau. Aber da stand kein Klavier mehr auf der Bühne und auch Yukiko war nicht mehr zu sehen. Im Traum rief er sie, immer und immer wieder.

André erwachte. Yukiko beugte sich über ihn und trocknete mit einem Taschentuch seine Stirn. Er möge sich beruhigen, sie sei doch nicht fortgegangen. Nein, sie habe das Stück vollendet. Ein kurzes Stück zwar, aber ein wunderbares. Und sie habe es „Für André" betitelt. Denn ohne seine Speisen hätte es ihr an Inspiration gefehlt. Sie verglich es mit den großen Malern, mit Picasso, der, wenn er sich in eine neue Bindung begab, in seinem Schaffen beflügelt wurde.

Picasso, beflügelt, wiederholte er. Er befand sich halb im Traum- und halb im Wachzustand. Bedeutete dies nun, fragte er sich, dass sie sich in eine Bindung mit ihm einlasse? Deutete man eine Beziehung in Fernost in Vergleichen an, obwohl man im 20. Jahrhundert lebt? André versagte die Stimme, der Mut fehlte ihm, ihr sein Verlangen zu gestehen. Das Zarte, Fremdländische, Höfliche umgaben sie mit einem unsichtbaren Schutzschild. Er gab auf, erhob sich und verabschiedete sich. Einen Stock tiefer trank er zwei Gläser Kümmelschnaps und fluchte auf die Frauenwelt.

André widmete sich dem Alltag. Markt, Lokal, einige Telefonate, darunter eines mit Paola. Ob es ihm, André gut gehe?

Ja, warum fragst du?

Nachmittag um vier trank er Kaffee und wartete auf das Klavierspiel. Es blieb aus. Im Stiegenhaus hörte er Männerstimmen. Er sah nach. Sie trugen Yukikos Klavier hinunter. Er lief hinauf und da die Türe offen stand, rief er Yukikos Namen.

Die Dame sei schon abgereist, man habe den Auftrag, die Wohnung zu räumen.

Abgereist, wohin?

Nach Hause, habe sie erklärt, nach Japan.

Er stürzte in die Wohnung zurück. Taxi! Zum nächsten Flughafen. Überall Menschen, keine Yukiko. Sie war tatsächlich abgereist. Er fluchte, rief Paola an und teilte ihr mit, dass das Lokal heute geschlossen bleibe. Er fuhr nach Hause und betrank sich mit dem Rest des Kümmelschnapses.

Ein unbefriedigendes Ende, dachte ich, nachdem ich die letzte Zeile gelesen hatte. Ich klappte das Buch zu, dann las ich nochmals den Klappentext und das Kurzporträt des Autors. Wolf A. Dornhai. Wolf!, rief ich halblaut aus. Von ihm! Wie alt war sie damals, als sie das Buch bekommen hatte? 40? Jede Frau hat mit 40 eine Krise, die Worte sind mir noch immer in Erinnerung. Ha, eine Krise, ein Verhältnis, sechs Wochen an der Ostsee, diese Sommerakademie. Ach weißt du, die bringt viel Geld ein, bezahlter Urlaub sozusagen. Und du kommst nach. Vielleicht fahren wir noch ein paar Tage nach Dänemark, Jütland soll so schön sein.

Und dann kam alles ganz anders. Sie habe diese Arbeit mit den Studenten mehr als sonst angestrengt, sie würde lieber ein paar Tage allein drüben auf Rügen verbringen. Drüben auf

Rügen! Mit diesem Wolf, das verschwieg sie natürlich. Danach merkwürdige Anrufe, Kollegen der Sommerakademie hieß es. Dann kamen regelmäßig Karten aus Berlin, aus Dresden, aus Prag, Geburtstags- und Weihnachtspakete. Und wenn ich früher schlafen ging, wurde Ravel gespielt.

Nun gut, dachte ich und legte das Büchlein wieder hinter eine Bücherreihe.

DIE MUSCHELKETTE

Lieben Sie Oliven und Rotwein? Kornaten, Steinhaus, alle Anschlüsse vorhanden, angemessene Preisvorstellung. Eine Telefonnummer. Die Immobilienanzeige fand mein besonderes Interesse. Ich griff spontan zum Telefon und rief an.

Die Immobilienhändlerin war zuvorkommend, sie kenne das Objekt, es liege in einem Verbund, man könne es als Reihenhaus bezeichnen, sie selbst habe es für sich ins Auge gefasst, Lageplan und nähere Details sende sie mir gerne zu.

Mein Status war damals: 53, Reni, eigentlich Irene, von mir aber zeitlebens so gerufen, meine Frau, war nun genau ein halbes Jahr tot. Reni. Ich dachte an unsere gemeinsame Schulzeit, ein blonder Lockenkopf, blaue Augen, sie war mir eine Freundin, Ersatz für eine von mir so sehnlichst erwünschte Schwester. Ich trug ihre Schultasche, ich schlug mich wegen ihr und büßte einen Teil meines Schneidezahnes ein. Am schlimmsten waren die Ferientage, Reni fuhr mit ihren Eltern nach Caorle oder zu Verwandten in den Schwarzwald, ich durfte die Ferien bei meiner Großmutter mütterlicherseits verbringen. Es gab leckeren Kaiserschmarrn, Knackwürste mit Kartoffelpüree und Pudding mit Himbeersaft. Ich hatte alle Freiheiten, Lümmeln war nicht verboten. Bei Großmutter gab es eine Holzkiste mit Blechspielzeug, mit ihr spielte ich Mikado und Mensch ärgere dich nicht und mit den Buben aus der nahen Siedlung durfte ich bis spätabends Cowboy und Indianer spielen. Und ich hatte von Großmutter einen Stoppelrevolver bekommen, ich weiß noch heute, wie er ausgesehen hat. Mein Gott, das waren schöne Zeiten.

Natürlich war auch der einwöchige Campingurlaub mit den Eltern in Istrien lustig. Regelmäßig wurde ich gefragt, was ich mit all den gesammelten Muschelschalen mache. Ich schwieg auf diese Fragen. Sie waren als Geschenk für Reni gedacht.

Dann war endlich wieder Schulbeginn. Reni war in meiner Nähe. Bis sie eines Tages bei einem Radausflug, wir waren beide 16, mich davon in Kenntnis setzte, dass sie mit den Eltern in den Schwarzwald ziehe. Bleiben wir Freunde?, fragte sie. Natürlich, antwortete ich, ohne die Tragweite der Entscheidung abschätzen zu können. Für mich stürzte damit eine Welt ein, aber das Leben ging natürlich weiter. Anfangs stiegen die Telefonrechnungen, später kam gelegentlich eine Ansichtskarte. Dann eine Postkarte: Abitur bestanden! Kommst du nach München? Ich studiere dort. Als sie mich einmal am Telefon mit Max ansprach, brach ich den Kontakt ab.

Viele Jahre später spielte der Zufall Regie. Ein neuer James-Bond-Film kam in die Kinos. Freitagabend, keiner meiner Freunde in Wien hatte Lust mich zu begleiten, also ging ich allein. Viele, die sich an der Kasse um Karten anstellten. Da kam eine Frau auf mich zu, sie habe eine Karte zu viel.

Irene? Reni? Wie viele Jahre haben wir uns nicht gesehen?, fragten wir gleichzeitig und gaben auch gleich die Antwort: zehn. Mein Gott, zehn Jahre. Sie lade mich natürlich zum Film ein, wenn wir danach noch etwas trinken gehen, schlug Reni vor.

Nach einer halben Stunde flüsterte Reni mir ins Ohr, sie halte es nicht mehr aus. Komm, sagte sie, lass uns gehen. Dieselben Gedanken hatte ich auch.

In einer kleinen Bar saßen wir dann auf Barhockern und tranken Wein. Wer beginnt?, fragte ich.

Du, sagte Reni.

Ich schüttelte den Kopf, nein, du.

Sie gab lachend nach. München, Universität, Biologie in neun Semestern, eine Verlobung. Eine Entlobung, ein Horst und dann die Flucht vor der Ehe nach Wien, hierher. Lustvolle Arbeit im Botanischen Garten beim Belvedere, eine der besten Einfälle Maria Theresias und ihres Leibarztes van Swieten. Sie versprach mir eine Führung.

Morgen?

Morgen.

Und nun du, sagte sie.

Keine Verlobung, die eine oder andere Begegnung.

Begegnung, wiederholte Reni.

Es wurde spät. Die Nacht blieb schlaflos. Alles, was in meinem Gedächtnis gespeichert war, wurde wieder hervorgeholt. Jedes Jahr, jede Woche, jeder Tag und jede Stunde.

Wir trafen uns im Café Schwarzenberg. Und waren – wir gestanden es uns nach dem Begrüßungskuss – ineinander verliebt.

Drei Wochen später heirateten wir.

Warum nur, fragte ich mich, war diesmal der Abschied endgültig?

Ich war nun wieder in der Gegenwart angekommen. Freunde, die mich in den letzten Wochen nicht aus den Augen gelassen hatten, vielleicht dachten sie, ich hege Selbstmordgedanken, rieten mir Weichenstellungen vorzunehmen, einen meiner Mitarbeiter als Partner aufzunehmen, leiser zu treten, die Jahre zu genießen, Träume zu erfüllen. Dann kamen die Vorschläge: Frachtschifftourismus nach Nordnorwegen, mit einer Kamelkarawane durch die Sahara, 14-tägiger Abenteuerritt durch das wilde Kurdistan. Wo liegt das eigentlich?, dachte ich dabei und dann schlug noch einer den unruhigen Kaukasus, vielleicht mit Entführung und Lösegeldforderung, vor. Ich fand alles sehr lustig. Hinauf auf den Kilimanjaro, mit einer Harley auf der Route 66 von Chicago nach Santa Monica oder vielleicht Wellenreiten vor Hawaii. Einer riet zu Helikopterskiing in Kanada oder zu irgendeinem Marathon, zu dem er mich begleiten würde. Mir schwebte schon eher der Aufenthalt in den Bergen von Vermont vor, die Farm in den grünen Bergen fiel mir wieder ein. Aber die Freunde hatten recht. Beruflich war ich in Berlin und Hamburg gewesen und privat zweimal für ein paar Tage in New York und einmal in Rom, ja auch London mit meiner jüngsten Tochter. Ein Wochenende in Zürich und zur Automobilausstellung in Turin. Würde man mich als Aussteiger, manche vielleicht sogar als Spinner bezeichnen? Aber dann dachte ich daran, dass man nur einmal lebt. War da das Leben auf einer womöglich einsamen, kargen Insel vielleicht ohne stündliche Fährverbindung die richtige Alternative? Ohne tägliche Zeitung, aber mit autochthonem herben Rotwein, gegrillten Schaffleischstücken, Steinmauern, unerträglicher Sommerhitze und möglicherweise tagelangen Herbststürmen? Und dann das Sprachproblem. Und dennoch lag ein gewisser Reiz in diesem Vorhaben.

Zwei Tage später trafen die versprochenen Unterlagen ein. Ich trug sie tagelang mit mir herum, bis mich die Immobilienhändlerin anrief und mir für eines der beiden kommenden Wochenenden einen Besichtigungstermin vorschlug. Machen Sie einen Kurzurlaub, ich nehme Sie auch gerne mit meinem Auto mit. Oder Sie mich, ergänzte sie. Sie kenne auch eine Pension vor Ort und im Hafenlokal gebe es fantastischen Fisch. Die Wettervorhersage war gut.

Ich sagte spontan zu. Details besprachen wir bei einem Mittagessen in der Nähe der Kanzlei. Antonia, sagte sie, nennen Sie mich einfach Antonia, der Familienname sei zu kompliziert, sie sei in Kroatien noch unter Tito geboren, dann habe sie in Ulm gearbeitet und jetzt sei sie eigentlich überall zu Hause. Ihr Alter war schwer einzuschätzen, sie war sympathisch, trug ein helles Sommerkleid mit dezentem Ausschnitt und dazu weiße Turnschuhe, die sie mir im Übrigen wegen der Steine auch für die Insel empfahl.

Nachdem ich mich lieber auf meine eigenen Fahrkünste verlassen wollte, fuhren wir mit meinem Auto. Damals ein Saab Cabrio, mein Sommerauto. Schwarz mit hellen Ledersitzen, die sich bei Sonneneinstrahlung unangenehm aufheizten. Ab Zagreb drosselte ich die Fahrgeschwindigkeit und wir fuhren offen.

Lustig, sagte Antonia und zog sich ihr sommerliches Halstuch über den Kopf. Wie ein Kurzurlaub mit einer Geliebten, dachte ich.

Wir erreichten den Hafen in Zadar. Die letzte Fähre des Tages nahm uns auf, das Auto ließen wir auf einem öffentlichen Parkplatz zurück. Die Wege auf der Insel seien kurz, erklärte mir Antonia. Eineinhalb Stunden Überfahrt. Meine zukünftigen Nachbarn, dachte ich beim Anblick der Mitreisenden. Von der Sonne gegerbte Gesichter. Frauen in Schwarz, Männer mit Stoppelbärten und dunklen Anzügen rauchten filterlose Zigaretten.

Im Hafen einige Fischerboote, ein kleines Café, eine Pension, eine Bäckerei. Ein roter R 4 ohne Nummerntafeln. Das sei auf der Insel so üblich, erklärte mir Antonia.

Nach einem fünfzehnminütigen Fußmarsch, vorbei an einfachen landestypischen Häusern, einstöckig und rechteckig, mit Vorgärten und bellenden Hunden, kamen wir zu einem Ensemble, sieben, nein acht Häuser unterschiedlicher Breite aneinandergebaut, einige frisch verputzt, eines in desolatem Zustand.

Wie alt?, fragte ich Antonia.

Nachdem die Häuser seinerzeit ohne Baugenehmigung errichtet und erst nachträglich ins Grundbuch eingetragen worden waren, sei das Baujahr schwer zu bestimmen. Vielleicht 80, vielleicht auch 100 Jahre.

Strom und Wasser, Kanal?, fragte ich.

Beim Abwasser sei sie sich nicht sicher, das müsse man noch erfragen, Strom und Wasser seien in jedem Haushalt vorhanden.

Ich drängte auf eine Besichtigung. Antonia entnahm ihrer Handtasche einen großen Schlüsselbund, Objekt 25, sagte sie und schloss auf. Die vormals blaue Eingangstüre, die durch die Sonneneinstrahlung nur mehr Farbreste aufwies, knarrte. Der typische Geruch eines alten Hauses schlug uns entgegen, Antonia öffnete die Fensterläden. Nun waren vom Eingangsbereich aus eine Küche und ein abgetretener Steinfußboden zu sehen, ich entdeckte auch einen Steintrog und auf einem Holztisch stand eine Vase mit vertrockneten Sommerblumen. Ein Gang führte zur Hintertür und zu einem primitiven Waschraum, eine Holztreppe hinauf in den ersten Stock. Ein kleiner Balkon!, rief ich aus, nachdem Antonia auch die Läden im Obergeschoss geöffnet hatte. Mein Blick fiel auf die Adria, den Hafen und schweifte hinüber auf das Festland. Und dann entdeckte ich im Hof des Reihenhauskomplexes eine Palme, eine Feige und zwei Johannisbrotbäume. Und einen mit Steinen eingefriedeten Gemüsegarten.

Jetzt zeige ich Ihnen noch die Sandbucht, zehn Minuten müssen wir gehen, sagte Antonia. Ein schmaler Weg, die Bauern trieben hier ihre Schafe von einer Weide zur anderen. Links und rechts Steinmauern und Brombeerhecken, Ginster und Wildrosen. Sandbuchten gebe es auf den Inseln nur selten, sie haben Glück, sagte Antonia und ergänzte, wir könnten schwimmen.

Ich sah sie an, ich hätte doch keine Badesachen mit.

Sie auch nicht, sagte Antonia und lächelte. Die Bucht ist groß und außerdem schaue sie ganz gewiss nicht genau hin.

Jetzt musste ich lachen. Wir zogen uns Rücken an Rücken aus und liefen wie Kinder ins Meer, uns gegenseitig anspritzend. Ich schwamm weit hinaus und genoss den Augenblick. Würde ich hier die nächsten Jahre glücklich werden? Wie im Rausch bejahte ich die Frage für mich.

Beim Zurückschwimmen sah ich Antonia, die am Strand auf einem Stück Holz saß und sich von der Sonne trocknen ließ. Ich setzte mich etwas abseits in den Sand und sah aufs Meer hinaus. Dabei entdeckte ich ein Boot, das sich dem Strand näherte. Seeräuber, rief ich Antonia zu und wir beschlossen uns anzuziehen und aufzubrechen.

Auf dem Rückweg fragte ich Antonia, wer in den anderen Häusern wohne. Sie wisse nur von einigen kroatischen und slowenischen Besitzern sowie einer Wiener Künstlerin, einer Goldschmiedin, die das graue Haus bewohne, sie habe es vor einem oder zwei Jahren gekauft. Sie sei viele Wochen im Jahr hier und arbeite fleißig in der kleinen Werkstatt, die sie sich dazugebaut habe. Wunderbare, ganz außergewöhnliche Werkstücke stelle sie her. Sie habe schon das eine oder andere erworben. Dabei zeigte sie auf eine Halskette, an der ein kleiner Stein in Goldfäden eingefasst hing. Den Stein habe Diana, so ihr Name, unten in der Bucht gefunden. Dann lachte sie. Etwas Besonderes sei Diana eingefallen, zwei Muschelhälften, die, wenn man sie öffnet, statt einer Perle eine kleine Silberkugel beinhalten. Immer wieder streife sie in den einsamen Buchten herum und suche Werkstoffe, die sie verarbeite, Herzmuscheln, Haifischzähne, bunte Skelette von Seeigeln.

Ich fragte Antonia, wie alt diese Diana sei.
40, 45?, jedenfalls hübsch.

Die Schilderung trug zu meinem Entschluss bei, das Haus zu erstehen.

Dann standen wir davor. Ich fragte Antonia nach den nationalen Formalitäten, nach der Höhe der Grunderwerbsteuer, den Nebengebühren, der Verfahrensdauer, den möglichen Hindernissen.

Alles sei machbar, ich brauche nur ja zu sagen.

Es begann das Feilschen. Sie habe nur ein geringes Pouvoir, sechzigtausend, nehmen Sie es.

Wir einigten uns auf 55, dafür musste ich sie natürlich anschließend auf ein Essen einladen. Im kleinen Hafenrestaurant gab es herrlichen Petersfisch und Inselwein. Ja, er habe noch Zimmer frei, antwortete der Wirt auf die entsprechende Frage.

Antonia erzählte dem Wirt, dass ich das Haus, Kuca, das Wort hatte ich mir schon gemerkt, gekauft habe. Der Wirt lächelte und gratulierte mir. Er kenne einige verlässliche Handwerker, hier und drüben in Zadar. Dann brachte er einen neuen Krug mit Inselwein und begann zu erzählen. Von ertrunkenen Seeleuten, von Haifischen und Riesenkraken, von winterlichen Stürmen und ersten Lämmern im Februar, von der Mandelblüte und dem würzigen Duft der Kräuterwiesen. Bei seiner Schilderung sah ich hinaus aufs Meer, wo Segelboote kreuzten und die Strahlen der untergehenden Sonne ein Farbenspiel auf das Wasser zauberten.

Wir gingen spät schlafen. Vieles ging mir durch den Kopf und ich dachte an Reni. Ob sie die Kaufentscheidung mittragen würde? Und dann kam natürlich die Frage, warum sie mich alleine zurückgelassen hatte.

Am nächsten Morgen erwartete mich Antonia unten in der Gaststätte, vor ihr auf dem Tisch lagen Hauspläne, ein Grundbuchsauszug und verschiedene amtliche Dokumente.

Ich würde alle Papiere übersetzt benötigen, warf ich ein.

Antonia lächelte und zog aus der Tasche eine Mappe mit Papieren heraus. Sie sei ja Profi und habe alles vorbereitet. Mit den

Eigentümern habe sie den Kaufpreis abgestimmt, man könne beim nächsten Besuch drüben in Zadar die Verträge unterfertigen, sie kenne die schrullige Notarin, Elisabetha, schwarzes Haar und dunkelrote Lippen.

Ich wollte unbedingt einige Fotos vom Haus machen und drängte auf eine neuerliche Besichtigung. Antonia gab mir den Hausschlüssel, sie würde gerne noch einen Spaziergang machen.

Nun stand ich in meinem zukünftigen Haus, wieder atmete ich den Geruch eines alten Gemäuers ein, machte mir einige Notizen, dann erinnerte ich mich an die Erzählung des Wirtes und dachte an die Winterstürme. Ofen!, rief ich aus. Ich war froh, einen wie es schien sanierten Kaminstrang zu entdecken. Außerdem lag hinter dem Haus ein größerer Stapel Brennholz. Später erfuhr ich, dass es sich um Mandel- und Olivenholz handelte. Ich schloss für einige Sekunden die Augen und bildete mir ein, das Prasseln des Feuers in einem dänischen Kaminofen zu hören. Und ich dachte auch an die kleinen Lämmer, an die Kräuterwiesen, an die blühende Wolfsmilch und an den Ginster, an den Wildspargel, an Möwenschwärme und an das Lärmen der Zikaden. So wie es mir Antonia während der Fahrt erzählt hatte.

Die Rückreise verlief mit Gesprächen über Details der Vertragsgestaltung. Antonia hatte mir versprochen, mir die Wiener Adresse dieser Diana zu beschaffen. Schon zwei Tage später rief mich Antonia an und verriet mir Dianas Telefonnummer und ihre Adresse. Diana von Waldstatt, Gold- und Silberschmiede, 15. Bezirk.

Ich rief gleich an. Sie habe zwar viel zu tun, aber die Neuigkeiten von der Insel würde sie gerne hören. Sie kenne ein kroatisches Lokal in einer Seitengasse der Mariahilferstraße, es gebe dort immer guten Fisch, Lamm und dalmatinischen Rotwein. Gleich morgen, schlug sie vor, sie habe Sehnsucht nach der Insel.

Sie kam einige Minuten nach mir ins Lokal. Keine Tasche, nur eine Packung Zigaretten in der Hand. Wie Reni, dachte ich. Diana war erfrischend, rotes Haar, grüne Augen, ein strahlendes Lächeln, große Ohrringe, an die sie beim Gespräch unentwegt griff, als lade sie daran ihre Energie auf. Die Muschelkette, die sie trug, fiel mir auf und erinnerte mich an die, die ich Reni geschenkt hatte.

Der Wirt brachte einen Krug mit Rotwein und einen Teller mit Oliven. Dabei fiel mir der letzte Urlaub mit Reni ein. Bestell mir ein paar Oliven und Rotwein. Es war in einer kleinen Enoteca am Zattere Kai in Venedig, im Herbst letzten Jahres.

Sie erzählte überschwänglich von ihrer Arbeit, von ihrer zweigeteilten Arbeit, hier in Wien und dort, damit meinte sie die Insel. Wissen Sie, sagte sie, dort gibt es einen fast unerschöpflichen Vorrat an Naturmaterialien, die ich verarbeiten kann. Haifischzähne, Venusmuscheln jeder Größe, Seeigelskelette in den verschiedensten Farben, abgeschliffenes Glas, Strandnelken, dabei sah sie in die Ferne.

Was man damit machen könne, fragte ich.

Sie würde mir alles zeigen. Zum Beispiel einen kleinen goldenen Schlangenkopf mit einem echten Giftzahn einer Hornotter. Sie lachte dabei und ergänzte, dass dieser Anhänger jeden Vampire abhalte. In diesem Augenblick dachte ich daran, dass jemand ein Streichholz an einer Reibfläche entzündet und ein Feuer entfacht hat.

Dann kamen wir auf die Insel zu sprechen. Sie meinte, man dürfe keineswegs das einfache Leben der Menschen kritisieren, sie leben in einer anderen Zeit, kein Großkaufhaus, nur ein Krämerladen. Brot, Zwiebel, Bier, Wein, Öl, Zigaretten, keine Zeitungen, kein Fleisch. Aber Fisch, wenn das Wetter es zuließe, direkt von Toni, dem Fischer. Man müsse nur immer den Blick aufs Meer richten, vormittags zwischen neun und zehn, wenn die Möwen sein Boot lautstark in den Hafen begleiten, dann müsse man hinunter an die Mole, dann gebe es frischen Fisch, manches Mal auch einen Hummer, Jastok. Und bei Sime das beste Olivenöl, von ihm bekomme man auch das Holz für den Winter. Geschäfte dürfe man mit ihm nur vormittags machen, ab Mittag sei er wegen des Alkoholkonsums ungenießbar.

Im Laufe des Gesprächs fiel der Name Antonia. Sie riet mir, einen Bogen um sie zu machen, im Dorf spreche man über sie schlecht, sie sei eine Schlange, jedenfalls verschlagen. Vielleicht sei die Ablehnung auch darauf zurückzuführen, dass sie mit ihrer Hektik Unruhe in das Leben der Bewohner bringe.

Wann fahren Sie auf die Insel?, fragte Diana und schlug dabei vor, auf das förmliche Sie zu verzichten. Sie beabsichtige, in zehn Tagen zu fahren.

Das würde sich mit meinen Reiseplänen decken, antwortete ich. Ich dachte nur daran, wie ich Antonia von der Mitfahrt abhalten könnte. Ich war mir sicher, dass mir etwas einfallen würde.

Ob ich Lust hätte, sie in ihrem Geschäft zu besuchen, fragte sie beim Abschied.

Wir vereinbarten ein Treffen am nächsten Samstagvormittag, danach würde sie ein Überraschungsmenü kochen. Ich müsse mir aber Zeit nehmen.

Ich sagte zu. Mir schien, als ich abends im Bett lag, als führe jemand wie bei einer Filmproduktion Regie. Reni?, dachte ich, sah in den Nachthimmel hinauf und schlief danach ein.

Wie es gewesen sei, wollte Elisabeth, die mir eine Freundin geworden war, distanziert aber doch auch nah, wissen. Ich dachte kurz nach. Schön, antwortete ich.

Und das Haus?

Auch schön.

Schön. Krame in deinem Wortschatz und beschreibe es mir näher.

Man muss es gesehen haben, gab ich zur Antwort. Eben wie ein Haus an der dalmatinischen Küste, oder auf den Inseln. Einfach und schön.

Ginge es nach ihr, würde sie ein Apartment an der italienischen Küste bevorzugen. Triest, Grado, Jesolo, Rimini, von dort aus könnte man jederzeit nach Venedig, nach Treviso oder Asolo, zu den Kulturgütern. Gibt es die bei den Slawen?

Schon die Römer hätten das Land besiedelt, ich verwies auf den Diokletian-Palast in Split, auf Zadar und Dubrovnik. Aber ich würde nicht Kulturgüter besichtigen wollen, mir sei im Augenblick der Sinn nach Ruhe, Natur und einfachem Leben. Nicht nach einem fünfgängigen Menü in einem Haubenlokal, mir genüge zurzeit ein Teller mit Olivenöl, Salz und Brot, Wein aus einem Tonkrug, eine Holzbank und ein Steintisch im Schatten einer Steineiche, den Blick auf das glitzernde Meer gerichtet und ein Windhauch, der mir den Duft von Kräutern in die Nase weht.

Träumer, rief sie mir zu. Ich sei Mitte 50 und nicht 70. Vermutlich müsse ich mir das Wasser aus der Zisterne hinter dem Hof holen, daneben stehe das Plumpsklo und abends leuchte mir eine Petroleumlampe das Wohnzimmer aus.

Ich lachte laut. Ja, Elisabeth, genauso ist es, gab ich zur Antwort.

Dann ohne mich, sagte Elisabeth, nahm ihre Handtasche und verabschiedete sich ohne Händedruck. Ich schenkte mir ein Glas Wein ein und dachte dabei an meine Schilderungen.

Diana rief am Freitag an und erinnerte mich an unser Treffen. Blumen! Ich musste Blumen besorgen. Ich entschied mich für einen bunten Strauß mit Gräsern.

Die Verkäuferin, die mich schon einige Jahre kannte, lächelte. Dann wagte sie die Frage, ob sich eine Beziehung anbahne.
Ich nickte.

Eine Frau mit Geschmack? Vielleicht eine Künstlerin?

Wieder nickte ich und lachte. Ob man das aus der Bestellung eines Blumenstraußes herauslesen könne?, fragte ich.

Blumen würden schon seit dem 18. Jahrhundert nicht nur als dekorativer Schmuck, sondern auch als Mittel der Kommunikation dienen, sie übermitteln Botschaften. Sie habe sich im Laufe der Jahre ein Bild des Schenkenden und der Beschenkten gemacht. Einen schlichten Strauß schenkt jemand, der auf Distanz bleiben möchte, einer, der beeindrucken möchte, einen langstieligen, Biedermeiersträuße liebende Söhne ihren Müttern.

Und gelbe Rosen, kurz gebunden? Reni liebte solche Sträuße.

Liebende Männer, die den Geschmack der geliebten Frau kennen.

Ich lachte. Sie habe die Prüfung bestanden.

Für den mitgebrachten Blumenstrauß gab es Lob und einen Kuss auf die Wange. Dianas Geschäftslokal war wirklich klein, dahinter lag die Werkstätte und eine Wendeltreppe führte hinauf in ihre Wohnung, die aus einer Wohnküche, Schlafzimmer und Bad bestand.

Klein, sagte sie, aber dafür habe sie ja das Haus am Meer.

Komm, sagte sie, ich zeige dir ein paar lustige Stücke, an denen ich gerade arbeite. Du musst mir etwas abkaufen, für deine Freundin oder Sekretärin. Dabei zwickte sie mich in den Arm.

Auf einem Tablett lagen ein Amulett mit einer getrockneten Strandnelkenblüte, ein kleines Schneckengehäuse mit Goldfäden umsponnen, ein Ring aus weißem Inselstein, ein silberner und ein goldener Skorpion. Im Übrigen gebe es die lebend in jedem

Haus auf der Insel, sie seien aber ungefährlich, achtgeben müsse man nur bei den gelben, den griechischen. Dabei lachte sie.

Natürlich mache sie auf Wunsch auch anderes. Ohrringe, Halsketten, Eheringe. Natürlich müsse ich ihr nichts abkaufen, jedenfalls nicht, bevor ich von ihren Speisen gekostet hätte.

Auf einer erhöhten Anrichte standen zwei Gläser, eine Brotschale und Oliven. Später gebe es lauwarmen Oktopussalat und Käse. So lebe man auf der Insel. Manchmal gebe es Lamm und natürlich herrlichen Fisch. Am liebsten habe sie den Petersfisch.

Sie kenne die Besitzer, oder schon die Vorbesitzer, ein Neffe würde seit einiger Zeit versuchen, das Haus zu verkaufen. Josip und Maria. Josip sei vor einem Jahr verstorben. Einige Tage vor dem Begräbnis sei diese Maria zu ihr gekomen. Schwarz gekleidet, mit Kopftuch, in der Hand habe sie eine Schmuckschatulle gehalten, darin lagen Gold- und Silberkettchen, eine Uhr, ein Goldzahn, lose Perlen.

Und, fragte ich Maria, was brauchst du?

Sie lachte und bat um eine Zigarette und ein Glas Schnaps. Maria, du hast doch nie geraucht.

Weil es mir Josip verboten hat, alles hat er mir verboten. Sie brauche bis zum Begräbnis Ohrringe, große, wie sie die Zigeunerinnen tragen. Die habe sie sich seit ihrer Hochzeit gewünscht, aber nie bekommen. Und die möchte sie, wenn sie hinter dem Sarg hergehe, tragen.

Ein wenig Rache, dachte ich, sagte Diana, und machte mich an die Arbeit. Dann habe sie ihr noch die Löcher in die Ohrläppchen gebohrt und die Ohrreifen durchgezogen. Minutenlang sei diese Maria dann vor dem Spiegel gestanden und am Ende habe sie geweint.

Mich berührte die Erzählung und wir schwiegen eine Zeit lang.

Maria habe noch einige Monate im Haus gelebt, damit setzte Diana die Erzählung fort, dann sei sie aber zu einer Verwandten aufs Festland gezogen.

Anschließend besprachen wir Details der gemeinsamen Fahrt. Normalerweise fliege sie immer, über Zagreb, und lasse sich dann zum Hafen in Zadar bringen. Auf der Insel brauche man nur ein Fahrrad.

Mir fiel mein altes Klapprad ein, das seit Jahren in meinem Kellerabteil stand, vermutlich war es schon etwas angerostet. Ich nahm mir vor, das Rad in nächster Zeit einmal auseinanderzunehmen, zu reinigen und zu ölen, wie ich es mit meinen Fahrrädern in der Jugendzeit getan hatte.

Die Fahrt war kurzweilig. Diana unterhielt mich mit ihren Inselerlebnissen. Sie würde sich auch gerne für meine Chauffeurdienste revanchieren. Magst du eine Fischsuppe?, fragte sie. Keine Bouillabaisse, eine einfache Fischsuppe, aber mit frischem Fisch und Inselwein.

Gerne hätte ich meine Mitfahrerin nach ihren privaten Verhältnissen gefragt, es ergab sich leider nicht im lockeren Gespräch. Vielleicht abends, bei einem Glas Inselwein, dachte ich.

Auf dem Markt erstanden wir noch frisches Gemüse und Obst, Weißbrot und Pager Käse.

Jetzt erst fiel mir ein, dass ich Antonia von meiner Fahrt und der nochmaligen Besichtigung nicht informiert hatte. Ich habe für das Haus keinen Schlüssel, sagte ich halblaut.

Diana lachte. Das sei das kleinste Problem, ein Schlüssel liege doch immer im hölzernen Briefkasten beim Eingang. Ich war erleichtert.

Die Überfahrt verlief wegen einer leichten Bora etwas unruhig und wir schwiegen eine Zeit lang. Mir fielen die beiden Johannisbrotbäume vor der Häuserzeile ein und ich sprach Diana darauf an.

Ja, sagte Diana, die Samen dieser Bäume wurden oft als Gewichtseinheit, Karat, ergänzte sie, verwendet. Dabei lachte sie, denn ihr waren die Bäume gar nicht aufgefallen.

Dann fiel mir wieder die Muschelhalskette ein, die sie beim ersten Zusammentreffen getragen hatte.

Warum gerade die Muschelkette?, fragte Diana.

Warum gerade die Muschelkette?, wiederholte ich. Damit habe es eine besondere Bewandtnis. Als Jugendlicher habe ich drüben an der italienischen Küste Muscheln gesammelt.

Für eine Frau, für ein Mädchen, warf Diana ein.

Ich lächelte. Ja, für meine Jugendliebe. Reni. Sie machte sich damit eine Muschelhalskette. Und die, die du trugst, war ihrer ähnlich, erklärte ich Diana.

Muscheln, sagte Diana. Aber gut. Ich erstand meine Kette auf einem Schulflohmarkt, eine Freundin hatte mich mitgenommen. Ein hübsches Mädchen hatte einen kleinen Stand mit allerlei Krimskrams. Die Muschelkette zog mich an, ich hätte alles dafür gegeben. Das Mädchen wollte nur fünf Euro und wäre bereit gewesen, sie mir auch für nur zwei zu verkaufen.

Die Schnur war brüchig, ich hatte die Idee mit dem Silberdraht. Und beim Auffädeln der einzelnen Muschelhälften dachte ich daran, dass zu jeder eine zweite gehört, dass sie, die einmal fest verbunden waren, durch die Wellen für immer getrennt worden waren.

Denkst du an jemanden?, fragte ich.

Vielleicht, sagte sie.

Ich würde die Kette, die Reni damals immer zu Sommerkleidern trug, wiedererkennen.

Wenn es nun tatsächlich die Kette ist?, fragte Diana.

Ich zuckte mit den Achseln. Es war zu früh, ihr von Reni, meiner Frau, zu erzählen, fand ich.

Der Hafenwirt begrüßte uns herzlich. Er habe heute Morgen einen Hummer erstanden, er würde ihn uns zubereiten. Er zeigte uns ein Prachtexemplar.

Wir nickten und bestellten uns einen Krug Wein. Beim Blick aufs Meer dachte ich an Reni. Hätte sie meinen manchmal ausgesprochenen Wunsch nach einem Inselleben unterstützt? Warum hatten wir so wenig Zeit, darüber zu reden? Dann fiel mir noch ein, dass sie gelegentlich nachgefragt hatte. Karibik? Mittelmeer? Griechenland? Hatte ich dann nicht die Kornaten erwähnt, die ich von meinen Segelturns mit Freunden kannte?

Diana hatte mich beobachtet. Du denkst an eine Frau, sagte sie. Erzähl mir.

Und ich begann und erzählte und erzählte. Wir tranken einen Krug nach dem anderen und genossen den Hummer.

Später fragte der Wirt, ob ich ein Zimmer benötige.

Diana verneinte, der Gast schlafe bei ihr.

Ich wurde durch lautes Möwengeschrei geweckt. Diana schlief noch und ich sah auf den blauen Himmel hinaus. Ich versuchte, mir den Traum der vergangenen Nacht in Erinnerung zu rufen. Da war Reni, die Antonia bat, einige Zeit nach ihrem Ableben die Immobilienanzeige, so wie sie sie verfasst hatte, in einigen Zeitungen zu schalten. Sie würde schon ein passendes Objekt dafür finden.

Und da war Reni, die auf einem Flohmarkt Diana die Muschelkette verkaufte. Sie habe magische Kräfte.

Ich schüttelte den Kopf. Könnte es wirklich so gewesen sein, dass Reni alles eingefädelt hatte? Das Leben nach ihr gestaltet?

Diana war aufgewacht und hatte mich schon eine Zeit lang beobachtet. Du denkst an Reni, sagte sie.

Ja, sagte ich, und an die magischen Kräfte der Muschelkette.

Die magischen Kräfte der Muschelkette, wiederholte Diana und sah zum Himmel hinauf.

SIE ZÄHLTE DIE REGENTAGE

Sie zählte die Regentage. Fast eine Woche schon hatte sie keinen Fuß vor die Tür gesetzt. Der Hund lag mit ihr auf der Couch unter einer Decke, es war kalt und unfreundlich. Die Holzvorräte waren fast zur Gänze aufgebraucht, sie scheute sich, den Nachbarn um eine Fuhre Holz zu bitten, obwohl er das gerne gemacht hätte, er war wegen verschiedener Hilfsdienste ihrerseits ein wenig in ihrer Schuld. Gut, aufrechnen wollte sie es nicht, aber sehen hätte er es können, dass das Holzlager leer war. Vielleicht hatte er es ihr auch übel genommen, dass sie sich längere Zeit schon nicht bei ihm blicken hatte lassen. Der selbst gebrannte Schnaps, den er ihr vor die Tür gestellt hatte, war an manchen Abenden ein Glücksfall, so nannte sie es. Aber sie würde sich in nächster Zeit etwas einfallen lassen müssen, um sich zu revanchieren, zu bedanken. Zumindest mit einer Stange Zigaretten und einem Lächeln.

Dann schloss sie die Augen und dachte nach, wie lange sie schon hier wohnte, welche Mühen sie auf sich genommen hatte, um alles in die gewünschte Form zu bringen. Beim Kauf des alten Bauernhauses hatte sie vieles übersehen, sie war auch schlecht beraten gewesen, da das Dach nicht nur zu überklauben, sondern gänzlich neu zu decken war. Auch die Elektroleitungen hatte sie zur Gänze erneuern müssen, erinnerte sie sich. Aber die Lage des Hauses war einmalig, auf einem kleinen Hügel, umgeben von alten Bäumen – Kirsche, Linde, Weide, Nuss. Sie kam ins Grübeln. Dachte an dies und das, versuchte sich an schöne Dinge zu erinnern, Unangenehmes und Schmerzendes nicht an die Oberfläche kommen zu lassen. Natürlich lag da einiges auf dem Grunde des Sees. Auf dem Grund des Sees, wiederholte sie und schweifte dabei mit ihren Gedanken ab. Ich bin schon in den Wechseljahren, früh, dachte sie, ihre Freundinnen sprachen über diesen Zustand nicht. Schlecht fühlte sie sich nicht, im Gegenteil. Nach langen Spaziergängen oder wenn sie den See durchschwamm, immerhin hin und zurück, was ihr nicht so schnell jemand nachmachte, fühlte sie sich gestärkt, frisch, munter, lebenslustig. Lebenslustig, auch dieses Wort wiederholte sie. Nur an diesen langen Abenden, die sie hier draußen oft allein verbrachte, auf der alten Holzbank, die sie mitübernommen, abgeschliffen und nochmals gestrichen hatte, da rauchte und trank sie zu viel. Dann vermied sie es, am nächsten Tag, zumindest in den Vormittagsstunden, in den Spiegel zu sehen.

Sie dachte an M. Dann verwarf sie den Gedanken und doch kehrte sie wieder zu ihm zurück. Das endgültige Aus der Beziehung – des Verhältnisses, korrigierte sie sich, ja, es war ein Verhältnis gewesen – war auch eine Erleichterung. Es war auch das Ende von Lügen, Versteckspielen, Täuschungen, das Ende von Hin und Her. Sie fragte sich, wie alles begonnen und sie sich das erste Mal in M. verliebt hatte. Da war die Tanzschule, die sie mit Gerlinde, ihrer Freundin, *der* Freundin, besuchte. Und da war auch M. Einmal tanzte er mit ihr, dann mit Gerlinde. Anschließend brachte er beide nach Hause. Und nach kurzer Zeit küssten sie sich, mit Herzklopfen, beide, wie er ihr später gestand. Dann fuhren sie – ohne Gerlinde – hinaus zur Jagdhütte seines Großvaters. In seinem heißgeliebten grünen MGB, bei Regen wurde man im Wageninneren nass. M. hatte an alles gedacht: an Essen, Getränke, Kerzen. Und sie? Sie wollte nur mit ihm schlafen. Und so begann das Versteckspiel vor Gerlinde.

Dann kamen der Herbst und der Winter und die Jagdhütte wurde für ihr Liebesabenteuer – nein, unterbrach sie sich selbst, dafür müsste man ein anderes Wort finden – zu kalt. Und eines Tages, eines Tages – es war ein stürmischer Wintertag, daran erinnerte sie sich – war es dann aus. Und so sehr sie sich auch bemühte, der Anlass der Trennung fiel ihr nicht ein. Zeitablauf, dachte sie und musste dabei ein wenig lachen. Jedenfalls hinterließ das Ende bei ihr keine tiefen Falten.

Danach vergingen Jahre, viele Jahre. Sie war noch immer mit Gerlinde befreundet, ihre Freundschaft hatte mehrere Männer überdauert, bis eines Tages, es war in einem Paternoster-Lift eines Londoner Kaufhauses, er, M., die Liftkabine betrat. M. oder nicht M., das war sozusagen die Frage. Als sie alle drei ausstiegen, eigentlich heraussprangen, kam man sich näher. Erstaunte Blicke, erstaunte Fragen. Im obersten Stockwerk des Kaufhauses tranken sie Tee und Kaffee, was man sich erzählte, war eigentlich unwesentlich. Sie dachte die ganze Zeit, ob sie sein Knie berühren dürfe. Und verfluchte, ja verfluchte den Umstand, dass Gerlinde hier war. Und still bat sie darum, mit M. allein zu sein. So, wie Gerlinde M. ansah, musste man vermuten, sie habe damals auch etwas mit M. gehabt. Nach mir, fragte sie sich – oder vielleicht sogar gleichzeitig? Nun stand aber ihr Entschluss fest, M. für sich allein wiederzugewinnen. Egal wie sein familiärer Status sein sollte – und sie? Sie würde das Risiko eines Verhältnisses jedenfalls wagen. Es wurden Telefonnummern ausgetauscht und man versprach, sich zu Hause wiederzusehen. Beim Abschiedskuss klopfte ihr Herz wieder so wild wie damals.

Ihr Hund lief zur Tür, er wollte hinaus. Widerwillig stand sie auf und öffnete die Haustüre. Dann blickte sie sich im Raum um, ging zum Bücherschrank und entnahm ein Fotoalbum. Sie betrachtete im Stehen die Bilder. Zwei, drei Hochzeitsfotos, schwarz-weiß, es war wirklich eine Kindehe, wie eine Tante es damals ausgedrückt hatte. Warum war sie auf Georg gekommen? Weil er mit dem Studium fertig gewesen war und den Job in diesem Institut hatte? Und eine Dreizimmerwohnung? Nein, korrigierte sie sich, sie war schon in ihn verliebt gewesen, hatte zwar mit sich Kompromisse geschlossen und sobald die beiden Kinder auf der Welt waren, keine weiteren Beziehungsfragen gestellt.

Als Georg ihr später, Jahre später, eigentlich in die Enge getrieben, das Verhältnis mit Gundula, seiner Sekretärin gestand, war sie sogar erleichtert. Man konnte auf Abstand gehen, schmollen – ja, es war für sie wie ein Joker im Spiel. Sie war gebunden, gleichzeitig aber frei. Sie fahre über das Wochenende fort, sie komme sicher am Sonntagabend zurück. Georg hätte gerne das Reiseziel, die Reisebegleitung erfahren, er wagte es nicht, die Fragen zu stellen. Sie dachte daran, dass sie zwei oder drei Mal hinaus zu Jagdhütte von M.s Großvater gefahren war, sich auf die Holzbank vor dem Haus gesetzt und an vergangene Zeiten erinnert hatte. Einmal war sie so lange geblieben, bis der Abendstern sie zur Heimreise ermahnt hatte.

Sie entdeckte die Liebe zur Malerei wieder, buchte einen Malkurs bei einem bekannten Akademischen Maler. Sie überlegte, ob sie M. nicht ein Bild malen sollte, es ihm schicken, anonym, ob er wüsste, von wem? Der Gedanke hatte ihr Spaß gemacht.

Und in diese Zeit des Entfernens, Loslassens von der Familie, eigentlich von Georg, die Kinder hatten immer ihren Platz, fiel das Wiedersehen mit M.

Blenden wir 25 Jahre aus?, fragte sie.

Er nickte. Zwar blieb man beim ersten Gespräch im Kaffeehaus an der Oberfläche, aber beim Abschiedskuss spürte sie, wie ihr Herz pochte. Morgen?

Ja, morgen.

Und übermorgen?

Auch übermorgen.

Und wenn sie nach dem Treffen mit M. aus seiner Wohnung in ihr Auto stieg, fielen ihr Meryl Streep und der Film *Die Brücken am Fluss* ein. Wären da nicht die Kinder, dachte sie und wischte sich die Tränen mit einem Taschentuch ab.

Auch diesmal hatte ihre Beziehung nur zwei Jahreszeiten überdauert. Mit Einbruch des Winters, Schnee war in der Nacht gefallen, telefonierten sie ein letztes Mal. Warum eigentlich?, fragte sie sich. Waren es nicht herbeigesehnte, unendlich schöne Stunden? Auch hier schien ihr der Begriff Liebesabenteuer fehl. Da treffen zwei Menschen wieder aufeinander, deren Lebenswege sie reifer, nein, reif gemacht haben, nichts lenkt ab, nichts stört. An einem Sommerabend im Gras liegen und die Grillen zirpen hören, an nichts anderes denken als an diese gemeinsame Stunde. Oder unten am Bach mit einer Flasche Wein und zwei Gläsern sitzen und ab und zu einen Stein ins Wasser werfen. Und sie fragte sich, ob Glück ein Ablaufdatum habe.

Der Anruf am nächsten Morgen veränderte mit einem Schlag alle Pläne. Der Klinikvorstand habe sich persönlich dafür eingesetzt, dass sie sich dieser schon einige Wochen aufgeschobenen Operation in drei Tagen unterziehen könne, er rate dazu.

Mein Gott, dachte sie, die Kinder, die Eltern waren zu verständigen, Georg im Büro anzurufen. Sollte sie M. anrufen? Sie hatten sich zwar darauf geeinigt, einige Zeit nicht mehr zu telefonieren, sich aus dem Weg zu gehen, aber nun, nun überlegte sie bei Kaffee und Zigarette, ob sie ihn nicht doch anrufen sollte.

Nach einer Stunde rief sie ihn an, er möge keine Fragen stellen, sie aber in einigen Tagen, Näheres würde sie nach überstandener Operation mitteilen, im Krankenhaus besuchen. Dann trank sie einen Cognac, wählte einen kleinen Koffer aus und begann zu packen. Ihr fiel dabei das Tagebuch ein, sie entschloss sich dazu, es mitzunehmen.

Die Operation war dann gut verlaufen, sie müsse sich jedenfalls die nächste Zeit schonen, vier, fünf Tage im Krankenhaus bleiben, dann gehe es flott wieder aufwärts. Der Arzt lächelte. Der Schlaf in der Mittagsstunde danach hatte ihr gut getan. Sie roch im Dämmerzustand Kaffee, lächelte, gähnte und öffnete vorsichtig die Augen. Das in zartrosa Papier verpackte Buch – zuerst dachte sie an Bonbons – nahm sie in dem Augenblick wahr, in dem sie spürte, dass sie nicht allein im Zimmer war. Sie habe Besuch gehabt, erklärte die Stationsschwester. Ein äußerst netter Mann, dabei lächelte sie.

Sie wusste, dass es M. gewesen war. Sie freute sich über das Geschenk, bewunderte seine Liebe zu Nebensächlichkeiten, strich das Papier sorgfältig glatt. Diese Dinge gehen mir ab, dachte sie. Diese unscheinbaren Zärtlichkeiten. M. war in diesem Augenblick wieder präsent, nicht überwunden, wie sie geglaubt hatte. Auch weil niemand da war, der die Lücke hätte füllen können.

Sie fragte sich, wie sie, nach erfolgter Genesung, weiterleben werde. Den Kindern die Stadtwohnung überlassen, hinaus aufs Land ziehen. Mit M.? Würde er sich von der Familie lösen wollen? Und dann fiel ihr dieses Bild von der Zierkirschenallee ein, an deren Ende ein Brunnen mit den drei Schicksalsfrauen steht, die den Lebensfaden in Händen halten und schließlich abschneiden. Auch das könnte passieren, der plötzliche Tod. Alles hinter sich lassen. Was bliebe?

Nein, halblaut rief sie es aus und erschrak dabei. Und ihre Gedanken kreisten wieder um ihn. Mit M. auf dem Lande. Stundenlange Spaziergänge, dabei dachte sie an Veilchen und Seidelbast, Farne und Wildorchideen, die sie erst kürzlich entdeckt hatte, und an Pilze. Ja, Pilze. Damit würde sie ihm Pilzrisotto machen. Und ihr fielen auch noch Feuersalamander, Ringelnattern, Schwarzbeeren und Walderdbeeren, Eichelhäher und

Schwarzspechte ein. Sei nicht feige, sagte sie sich, schlag ihm das vor, ergreife die Initiative. Männer sind oft feige, warten nur auf eine Einladung. Wie wäre der Alltag? Jedenfalls besser als mit Georg. Wann haben wir das letzte Mal miteinander geschlafen? Hat es Spaß gemacht? Hatte sie dabei nicht an M. gedacht? Und dann fielen ihr die Tage am Meer mit der Familie ein. Sie war in Trance. Die Sonne, das Meer, der Sand, die Menschen um sie herum, nichts hatte sie eigentlich wahrgenommen. M. hatte ihre Gedanken, ihr Handeln blockiert. Auch zu den Kindern war sie ungerecht gewesen.

Was liest du?

Einen Schundroman.

Warum?

Lasst mich in Ruhe.

Sie spinnt.

Plötzlich verspürte sie Schmerzen. Sie atmete mehrmals tief ein, dann war sie wieder beschwerdefrei. Wieder kehrten ihre Gedanken zu ihm zurück. Würde er wiederkommen? Ihr Aufenthalt war für fünf Tage anberaumt.

M. kam am vorletzten Tag ihres Krankenhausaufenthaltes. Er sah blendend aus, fand sie.

Sie dagegen war blass, ungeschminkt, fettiges Haar, ihre Nachtcreme seit Tagen nicht aufgetragen, sie schämte sich eigentlich, war über sich selbst verärgert. Was überwog nun? Freude oder Verzweiflung? Sollte sie in diesem grauenvollen Zustand, wie sie fand, mit ihm über ihre gemeinsame Zukunft sprechen?

Du wirst wieder ganz gesund, ein bisschen blass vielleicht, dabei lächelte er. Er sei die nächste Zeit in der Stadt, man könne sich sobald als möglich treffen und über alles reden.

Über alles?, dachte sie. Denkt er auch über eine gemeinsame Zukunft nach?

M. ging, Georg kam einige Augenblicke später. Er stellte keine Fragen, obwohl seine Blicke nicht ihr, sondern dem Blumenstrauß, der auf dem Nachtkästchen stand, galt. So war Georg. Eigentlich schätzte sie das an ihm.

Wann er sie morgen abholen könne, ob sie etwas benötige. Er habe Vorräte eingekauft, er werde auch für sie und die Kinder – die ihr Kommen zugesagt hatten – kochen.

Danke. Sie streichelte dabei seine Hand, obwohl ihr Entlassung und Heimkehr unwesentlich waren, fast trauerte sie ein wenig ihrer zwangsweisen Einsamkeit nach. Auch der fremden Fürsorge. Ja, Für-Sorge, wiederholte sie.

Zu Hause angekommen sah sie die Unordnung, sie wollte sich auf Küche und Badezimmer stürzen, Ordnung schaffen. Dann entschied sie sich aber dafür, sich zu schonen. Zwei oder vier Tage, bis Georg den Satz sprechen würde: *Spiel nicht die Schwache.*

Am nächsten Tag dann der Anruf von M., Georg war nicht zu Hause. Ja, morgen, sie freue sich. Im selben Augenblick erstellte sie einen Terminplan für sich. Neun Uhr Kosmetik, zehn Uhr Friseur, elf Uhr M.

Während der Gesichtsmassage schlief sie ein, danach war sie etwas verwirrt. Sie sah auf die Uhr, elf Uhr. Mein Gott, rief sie aus, fast hätte sie vergessen, die Rechnung zu bezahlen.

M. hatte, was sie überraschte, keinen Blumenstrauß mitgebracht. Auch sonst keine Aufmerksamkeit. Schuft, dachte sie. Und sie fragte sich, ob es der richtige Zeitpunkt sei, mit ihm über die gemeinsame Zukunft zu sprechen.

Er bestellte sich, zu ihrer Überraschung, zum Kaffee einen Cognac. Georg tat das nie. Sie sah M. an. War das wirklich der Mann, mit dem sie zusammenleben wollte? Dennoch fasste sie den Mut, ihn nach der Zukunft zu fragen.

Er würde gerne reisen. Die Nordländer habe er noch nie gesehen, Dänemark, Schweden, Finnland, vielleicht auch Island, dazu habe ihm ein Jugendfreund geraten.

Mit wem?, fragte sie.

Es gebe eine Reisegruppe, mit der er schon einmal verreist sei.

Sie probte. Nimm mich mit.

Es sei anstrengend, man mache Rad- und Bergtouren, keine Strandurlaube.

Sie ging aufs Ganze. Fahr mit mir nach Italien. Florenz, Siena oder auch nur nach Venedig. Drei Tage. Proben wir unsere gemeinsame Zukunft. Spät, aber nicht zu spät. Es war gesagt. Erstaunlicherweise war es ihr leichtgefallen.

M. schwieg und trank den Rest seines Cognacs aus.

Dann fragte er, was ihr Mann dazu sagen würde.

Vergiss Georg, antwortete sie.

M. griff nach ihrer Hand. Sie wusste nicht warum, aber sie zog sie zurück. Das Ergreifen der Hand war in ihren Augen ein schlechtes Vorzeichen.

Ihr Angebot komme um Jahre zu spät. Damals, sie wisse, von welcher Zeit er spreche, damals sei die Welt für ihn zusammengebrochen, er habe Selbstmordgedanken gehegt, beim Anblick Verliebter habe er weggesehen, bei Liebesszenen im Film habe er das Kino verlassen. Er habe sie und Georg gesehen und die Straßenseite gewechselt. Du hast gelacht, sagte er, und er sei verzweifelt gewesen. Es sei für ihn wie die Vertreibung aus dem Paradies gewesen.

Sie lachte und wusste, dass es unangebracht war. Ihr fiel im Augenblick nichts ein, was sie als Entschuldigung, Rechtfertigung vorbringen hätte können. Sie habe sich eben entschieden. Nun sei doch ein neues Kapitel aufgeschlagen worden, sagte sie.

M. setzte seine Rede fort und erwähnte das Wiedersehen in London. Er habe ohne Vorspiel oder Anlaufzeit sie wieder in sein Herz geschlossen, er habe die Übereinstimmung, den Gleichklang, die Harmonie, dann stockte er und suchte nach Worten, ja diese Harmonie der beiden Seelen gespürt, wie damals. Dann schwieg er und sie nützte die Pause, um ihm zu antworten.

Man sei jung gewesen und unerfahren, neugierig auf das, was noch kommt, sagte sie leise, bedacht darauf, ihn milde zu stimmen, ja es war der Auftakt zu einer Bitte um Verzeihung.

Das Bessere steht über dem Guten, antwortete er und sah sie dabei fragend an.

Nein. Sie schlug vor, sich mit der Gegenwart zu beschäftigen, besser mit der Zukunft, warum in der Vergangenheit wühlen. Wir sind fünfzig, sagte sie, vor uns liegen mindestens zwanzig, dreißig Jahre. Wir erleben zusammen den Alltag, wir reisen, ja, auch in den Norden. Lieber noch aber nach New York, San Francisco, Vermont oder auch nur in Roseggers Waldheimat oder in die Südsteiermark, ziehen uns in mein Haus auf dem Lande zurück, pressen Obst, trinken den Most, halten uns Hühner, machen Waldspaziergänge und lesen uns im Winter vor dem Kamin etwas vor, trinken Rot- oder Weißwein, was du lieber magst.

Er unterbrach sie. Er könne die Aufzählung ihrer Visionen fortsetzen. An all das habe er jahrelang gedacht.

Und?, fragte sie.

Und die Träume beendet. Es sei zu spät. Mit diesen Worten stand er auf, legte einen Geldschein auf den Tisch und ging, ohne sich nochmals umzudrehen.

Sie sah ihm nach, stand auf und verließ das Café. M. war nicht mehr zu sehen. Nur das Auto von Georg entdeckte sie auf der gegenüberliegenden Straßenseite.

SIBYLLE ODER DIE ZUGFAHRT

Der regelmäßige Besuch der „Kleinen Buchhandlung" in der Herrengasse war, was meine Bucheinkäufe betraf, meistens erfolgreich. Die Besitzerin, graumeliert, ihre Lesebrille baumelte an einer Kette um den Hals, begrüßte mich immer spontan, auch wenn sie gerade andere Käufer beriet. Ja, es schien, als warte sie Tag für Tag, Stunde für Stunde auf meinen Besuch. Dieses Verhalten war – zumindest meiner Beurteilung nach – nicht nur einer Sympathie oder gar rein kommerziellen Gründen geschuldet, es war vielmehr ein Aufeinandertreffen zweier literaturbegeisterter Seelen. Ich sei ihr schon beim ersten, von ihr wahrgenommenen Besuch aufgefallen, sagte sie. Keiner, der nach Büchern frage, die auf Bestsellerlisten stehen, oder nach Landkrimis Ausschau halte, dabei verdrehte sie die Augen. Eben ein wahrer Leser, einer von denen, die aussterben.

Diesmal lachte sie mich in besonderer Weise an, sie habe etwas für mich reserviert. Kommen Sie, sagte sie und zog mich dabei an meinem Sakko zur kleinen Leseecke mit zwei roten Ledersesseln und einem kleinen runden Glastisch. Ich mache uns einen Kaffee und danach unterhalten wir uns über ein kleines Büchlein. Sie sei in Plauderlaune.

Nach einigen Minuten kehrte sie mit zwei Kaffeetassen, einer Thermoskanne und einer Packung Leibniz-Keksen zurück. Sie nahm einen Schluck Kaffee, dann kam sie auf die von ihr gelesenen Rezensionen in der „Zeit" und der „NZZ" zu sprechen. Sie habe auch gleich das eine oder andere Buch geordert. Sie wisse nicht warum, aber der Buchtitel *Sybille oder Die Zugfahrt* habe sie magisch angezogen. Und dann habe sie an einem Abend, sie korrigierte sich: in einer Nacht, zu lesen begonnen und es auch gleich ausgelesen.

Der Autor?, fragte ich.

Sie vermute, der Autor oder die Autorin verstecke sich hinter einem Pseudonym.

Sybille oder Die Zugfahrt. Augenblicklich erhöhte sich mein Pulsschlag und ich bemerkte, wie mir das Blut in meine Wangen schoss, dabei griff ich nach dem Büchlein – es war tatsächlich nur von geringem Umfang – und las den Umschlagtext: *Sibylle, die Protagonistin, die sich als Mitarbeiterin einer Niederlassung eines Schweizer Pharmakonzerns in der französischen Hauptstadt ausgibt, tatsächlich aber Schriftstellerin ist, trifft auf der Reise im TGV von Zürich nach Paris, die sie regelmäßig unternimmt, diesmal auf den Mitreisenden Harry, der die in seiner Studentenzeit nicht unternommene Interrail-Tour durch europäische Hauptstädte nachholt und sich dafür drei Monate Auszeit von Familie und Beruf genommen hat. Sibylle gelingt es, Harry in den ersten vier Stunden ihres Zusammentreffens einiges aus seinem bisherigen Leben zu entlocken, Turbulenzen folgen.*
Ich war sprachlos, stand unter Schock.

Geht es Ihnen nicht gut?, fragte die Buchhändlerin, die mich beobachtet hatte.

Ich schüttelte den Kopf. Nein, es sei alles in Ordnung. Ich würde das Buch gerne kaufen, ob sie es zu Ende gelesen habe?

Ja, antwortete sie. Dieser Harry habe sie ein wenig an mich erinnert, auch er sei Beamter im Staatsdienst und ich würde im Gespräch die gleichen Formulierungen wählen. Das Buch würde mir sicher gefallen, es sei, meinte sie, erfrischend geschrieben, sie freue sich schon auf eine Diskussion, einen Gedankenaustausch danach.

Dann bot sie mir noch eine zweite Tasse Kaffee an. Ich aber lehnte dankend ab, bezahlte das Buch, suchte das nächste Lokal auf, bestellte mir einen Cognac und begann zu lesen.

15. Oktober. Sonntag. Wöchentliche Anreise nach Paris, Ari war nicht zum Bahnhof mitgekommen. Er hatte es mir übel genommen, dass ich nicht bei ihm, mit ihm geschlafen habe. Ich sollte das nächste Wochenende in Paris verbringen, Théo anrufen – vielleicht kann er sich für ein paar Stunden von seiner Familie losreißen. Ich könnte mir auch eine der Ausstellungen ansehen, vielleicht ergäbe sich dabei ein interessanter Kontakt? Männer, die Ausstellungen, Museen besuchen, weisen doch einen höheren Intellekt auf. Oder sind auch darauf aus, Frauen anzusprechen. Das läuft dann so ab:

Sie fasziniert dieses Bild auch so? Kennen Sie den Künstler? Ist er anwesend? Trinken Sie ein Glas mit mir?

Ja, genauso läuft es ab. Der Entschluss stand fest: Das nächste Wochenende verbringe ich in Paris. Dabei fiel mir das Wort Abenteuer ein.

Dann sah ich auf mein Zugticket, die Nummer meiner Platzreservierung. Erfreulicherweise wieder neben einem Mann, der auf den ersten Blick einen angenehmen Eindruck vermittelte: blond, Hornbrille, sicher ein Deutscher, gepflegtes Aussehen. Ich überlegte einmal so: vier Stunden, die Abwechslung in mein Leben bringen und mich auch inspirieren. Vielleicht hat er sich von Frau oder Freundin getrennt? Fährt man denn allein nach Paris? Also. Warum dann auf das Abenteuer warten?, fragte ich mich und hob dabei merklich meine Augenbrauen. Und wie lange läuft mein Leben schon in diesen Bahnen? Wie lange würde ich noch Männerblicke auf mich ziehen? Nicht die von grauhaarigen Bartträgern, sondern von richtigen Männern, die voll im Leben stehen.

Ich habe den Platz neben Ihnen reserviert, damit begann mein Gesprächskontakt. Er lächelte und fragte, ob er mir behilflich sein könne. Da ich sehen wollte, wie groß er ist, bejahte ich sein Angebot. Er stand auf, hob meinen nicht allzu schweren Seesack, mein Lieblingsreisegepäck, in die Gepäckablage. 1,80 oder 1,85, angenehmes Männerpar-

fum, keine Schuppen, breite Schultern, Hemd mit Button-Down-Kragen, kein Ehering an seiner gepflegten rechten Hand. Er entfernte einen Stapel Zeitungen von meinem Sitzplatz, obenauf lag die NZZ. Dabei sah er mich an. Jetzt kam seine Prüfung. Augen, Mund, Haare, Busen, Po, Beine. Und die Schuhe. Die roten, von Hogan. Ein Volltreffer, sein Blick verweilte länger auf ihnen. Dann nahm er den Duft auf. Wie ein brünstiges Tier, dabei lachte ich innerlich. Dior Femme Sport, soll ich es ihm verraten? Ich entschied mich dagegen.

Nach einigen Minuten, in denen er die Zeitungen neben sich verstaut hatte, eröffnete er die Reisekonversation. Paris?, fragte er.

Ich nickte. Und Sie?

Auch Paris.

Geschäftlich?

Privat.

Also doch Flucht vor Frau oder Freundin, dachte ich in diesem Augenblick. Dann setzte ich das Gespräch fort. Sie sind Österreicher.

Er nickte. Wiener. Ein Wiener, der die in seiner Studentenzeit nicht unternommene Interrail-Tour nachholt und sich eine Auszeit von Familie und Beruf genommen hat, antwortete er.

Zürich, Paris. Und danach?

Das habe er noch nicht entschieden. Vielleicht London, Amsterdam, Berlin.

Und wie lange dauert diese Auszeit?

Mindestens zehn, zwölf Wochen.

Ich blickte auf den Ober, der in meiner Nähe stand, und bestellte mir ein zweites Glas Cognac. Soweit ich mich an den Dialog mit dieser Sibylle erinnern konnte, waren das exakt die Worte, die gesprochen worden waren – und die ich nun lesen konnte. Ich versuchte, mir ihr Bild in Erinnerung zu rufen. Sie hatte eine gewisse Ähnlichkeit mit Maria Furtwängler, ihr Alter schätzte ich auf knapp unter 50. Der Aussprache nach eine

Deutsch-Schweizerin, sicheres Auftreten, belesen, keck. Dann fiel mir noch das Halstuch mit den Totenköpfen ein und das angenehm duftende Parfum, das mich ein wenig benommen gemacht hatte, ja, man könnte es auch als Einfangen, Berauschen bezeichnen, sodass es mir – sonst redegewandt – richtig den Atem nahm und ich auf die eine oder andere Frage mit einer längeren Pause als sonst antwortete. Und natürlich stand nun die Frage im Raum, was sie, Sibylle, von unserem Gespräch, von unserer Begegnung insgesamt nun in Buchform preisgab. Sollte ich einige Seiten überblättern? Ich entschied mich dafür, Seite für Seite, Satz für Satz zu lesen. Also weiter.

Und wie lange bleiben Sie in Paris?
Er zuckte mit den Achseln. Vorerst habe er das Zimmer in dem Hotel für acht bis zehn Tage reserviert.
Auszeit, sagte ich, die würde ich auch benötigen. Auszeiten bereichern, sie bilden, sind erlebnisreich, einfach einmal etwas anderes tun. Zum Beispiel im letzten Winter, da fuhr ich spontan hinaus nach Wädenswil am Zürichsee, zum Eislaufen, fünf Tage lang. Es war zwar eine kleine Auszeit, aber immerhin. Und Sie, können Sie eislaufen?
Er nickte, wenn der Neusiedlersee zugefroren sei, könne man dort stundenlang laufen.
Im nächsten Winter, im kommenden, wenn es in Wien und in Zürich richtig kalt ist, dann fahren Sie zum Neusiedlersee und ich nach Wädenswil und dann denken wir an unsere Begegnung im Zug nach Paris. Einverstanden?
Wieder nickte er.

Ich überflog die nächsten beiden Seiten. Ich war auf der Suche nach der Schilderung unseres Eislauferlebnisses im darauffolgenden Winter. Ich war an einem klirrend kalten Sonntagmorgen, eingehüllt in eine Pelzjacke, hinaus zum Neusiedlersee gefahren. Der See war spiegelglatt, man konnte mit nur wenigen Tempi rasch an Geschwindigkeit gewinnen. Dabei dachte ich tatsächlich an meine Auszeit, an die Zugfahrt und an Sibylle. Und im selben Augenblick läutete mein Handy. Sie wisse, dass ich auf dem Neusiedlersee eislaufe. Sie gleite auf dem Zürichsee dahin. Sie würde gerne mit mir Hand in Hand laufen und sich danach in einem warmen Hotelzimmer austoben, wie damals in Paris. Dann brach die Verbindung ab. Ich blätterte weiter im Buch. Ja, auch diese Passage fand sich detailgetreu beschrieben.

Möchten Sie einen Kaffee?, fragte ich und ergänzte, dass ich Sibylle heiße. Und Sie?
 Harry.
 Harry, wie Hesses Steppenwolf. Sind Sie dem Steppenwolf ähnlich?
 Er lächelte und schüttelte fast unmerklich den Kopf. Aber einen Kaffee trinke er gerne.
 Als ich mit zwei Kaffeebechern zurückkam, hielt er mir mein Telefon entgegen. Das Telefon habe geläutet, ein „Ari" habe angerufen.
 Ari. Ich sollte Schluss machen, dachte ich in diesem Augenblick, auch wenn er dann meine Bücher nicht mehr verlegt. Warum war mir bis jetzt nicht einer wie Harry über den Weg gelaufen? Harry aus Wien. Ich lachte. Zürich, Paris, Wien. Würde sich das lange halten, eine Fernbeziehung? Freitagabend bis Sonntagmittag? Und was ist mit seiner Familie?, fragte ich mich. Nach der Auszeit? Ist vor der Auszeit? Ich entschied mich dafür, einfach abzuwarten.
 Waren Sie schon einmal in Dijon?, fragte ich Harry, als wir gerade in den Bahnhof einfuhren. Nein, antwortete er. Straßburg, ja, aber sonst kein Stück Frankreich.
 Dijon hat eine schöne Fußgängerzone und alles lebt vom Ruf als Senfhauptstadt, obwohl die meisten Betriebe abgewandert sind, erklärte ich Harry.

Als wir dann aus der Station hinausfuhren, fragte ich ihn nach Geburtsort, Jugend, Studium.

Er sah mich an. Sein bisheriges Leben könne er doch nicht in den noch verbleibenden drei Stunden vor mir ausbreiten, meinte er.

Doch, antwortete ich, nur das Wichtigste, dabei lachte ich ihn an. Sagen wir es so: Sie lernen mich kennen und wissen, wann die Reise zu Ende geht. Packen Sie das Vergangene einfach aus Ihrem Koffer aus. Gedanklich war ich schon bei meinem nächsten Werk.

Und Sie?, fragte er. Wann packen Sie Ihre Reisetasche aus? Wann beginnen Sie mit der Rückblende?

Danach, antwortete ich.

Also überspringen wir die Jugendjahre in Wien. Das war die Pflicht. Natürlich auch – wenn ich so nachdenke – schöne Jahre. Auch die Studienjahre.

Halt, unterbrach ich. Das gehe mir zu schnell. Mir fehle der weibliche Teil.

Jetzt lachte Harry. Die Frage habe er erwartet. Ihm falle dazu ein Sommerurlaub in Kärnten ein und eine Surflehrerin am Neusiedlersee. Gewohnt habe er in einer WG und als eines Tages einer der beiden Mitbewohner auszog, habe man sich auf eine Frau als Mitbewohnerin geeinigt.

Wie war sie? Groß, klein, dick, schlank? Mich interessiert einfach alles, warf ich ein.

Hübsch, schlank, Bubikopf.

Und in die verliebten sich dann beide?

Harry sah mich an und nickte.

Und Sie gewannen?

Wieder nickte Harry.

Sind Sie immer ein Glückspilz?, diese Frage drängte sich mir auf.

Er sah mich lange schweigend an. Dann antwortete er, dass man diese Frage so nicht beantworten könne. Aber was seine Reisegefährtin von Zürich nach Paris betreffe, er lächelte, so sei er ein Glückspilz.

Danke, aber schweifen Sie nicht ab. Wie ging es weiter?

Nachdem wir beide unser Studium abgeschlossen hatten, unser Baby unterwegs war und wir das Haus einer alten Tante geerbt hatten, heirateten wir. Ich ging in die Anwaltei, meine Frau blieb vorerst zu Hause.

Dann begehrte Ihre Frau auf, auch sie wollte Karriere machen. Liege ich richtig?

Harry nickte.

Den Sommerurlaub 1990 verbrachten wir dann getrennt. Ich mit meiner Tochter im Norden, auf der dänischen Insel Ærø, in einem kleinen Strandhäuschen.

Mir stockte der Atem. Auch ich hatte im selben Jahr meine Ferien dort verbracht. Der Mann, der mit seiner Tochter im Strandhaus neben mir Urlaub gemacht hatte, das war mit großer Wahrscheinlichkeit Harry. Schon vom ersten Augenblick an schien mir, dass ich ihm schon einmal begegnet war. Sollte ich ihn fragen? Ich entschied mich dafür. Harry, Sie, du, wir kennen uns schon länger. Auch ich war 1990 auf Ærø, es ist 25 Jahre her.

Er sah mich an. Aber die Frau hieß nicht Sibylle, die hieß anders, antwortete er. Carla! Ja, du warst Carla, ich erinnere mich.

Carla Gold! Die Buchautorin! Reist als Sibylle und schreibt als Carla. Wer war sie nun wirklich?, fragte ich mich. Und las weiter.

Seine Replik überging ich. Ich dachte an unsere Begegnung. Ein allein reisender Mann mit süßer Tochter. Und ich war eigentlich auf ein Abenteuer aus. Ich hatte ja Fredys Launen satt und ihm den Laufpass gegeben. Nachdem die Kleine eingeschlafen war, kam er auf den von mir versprochenen Aquavit. Der dann auch seine Wirkung nicht verfehlte. Harry war der Beste, immer wieder musste ich an ihn denken, wenn ich mit anderen Männern schlief. Der Mann, dem ich ein Leben lang nachtrauerte.

Ich hatte es befürchtet, dass sie Intimitäten beschreiben würde. Schweiß stand auf meiner Stirn, ich bezahlte und setzte mich mit dem Buch auf eine nahe Parkbank. Wenn sie nun auch über unsere weitere Begegnung geschrieben hatte? Ich blätterte zurück und vertiefte mich in den Text.

Dieser Traummann saß nun neben mir. Mir wurde plötzlich klar, dass die verbleibende Reisezeit nicht ausreichen würde, um in die Vergangenheit einzutauchen und die Gegenwart zu leben, egal wie lange. Eine gemeinsame Woche in Paris, vielleicht zehn Tage, danach würde ich ihn nach London begleiten. Und dann? Dann würde man zur List oder Gewalt greifen müssen, dachte ich und lachte dabei.

Erzähl mir von deinem Beruf, bat ich Harry. Da blieb er an der Oberfläche, Justizministerium, betraut mit Sonderaufgaben. Manchmal sei es schwierig, da der politische Wind von verschiedenen Seiten wehe.

Was man in Wien unter Sonderaufgaben verstehe, wollte ich wissen.

Das unterliege dem Amtsgeheimnis, dabei lächelte er.

Er sei aber im Augenblick dienstfrei gestellt, antwortete ich, also kein Geheimnisträger.

Weibliche Logik, murmelte er und schwieg.

Dann musste ich meine Vergangenheit aufrollen. Nur – wo beginnt man?, fragte ich mich.

Ich schlug Harry vor, mein Gestern und nach seinem Einwand auch mein Vorgestern an einem der nächsten Abende in Paris zu erzählen. Spontan ergänzte ich, dass er auch bei mir wohnen könne.

Er lehnte ab, er würde gerne unabhängig sein, er beabsichtige einen Reisebericht zu verfassen, man könne sich ja – wie vorgeschlagen – an einem oder mehreren Abenden treffen.

Bei dieser Textstelle dachte ich an den Mann, der auf uns zugekommen war: groß, Bartträger. Endlich, hatte er ausgerufen, Sie Schmutzfink, was fällt Ihnen ein, über mich, noch dazu unter

Namensnennung, ein Privatgespräch zu veröffentlichen? Rupert, der Wilde. Eine Begegnung. Mich haargenau zu beschreiben, das ginge ja noch, aber mir auch sexuelle Ausschweifungen zu unterstellen, ist eine Sauerei. Verbotenen Kugelfisch hätten wir zusammen in einem japanischen Lokal verspeist und ich hätte Sie mit meinen Erzählungen über das tödliche Gift erheitert. Die Rechnung hätte ich, wie ein russischer Oligarch, 800 Euro immerhin, bar bezahlt. Alles nur wegen der Auflagenerhöhung.

Sibylle hatte mich danach angesehen. Harry, das ist eine Verwechslung, hatte sie gesagt.

Verwechslung, hatte der Mann wiederholt, der einen Becher in der Hand gehalten hatte. Dann hatte er den restlichen Inhalt des Bechers, Rotwein, wie sich sofort herausstellte, auf die Bluse meiner Reisebegleiterin geschüttet.

Sibylle hatte laut aufgeschrien. Der Mann hatte sich Flüche von sich gebend entfernt.

Nach einigen Schrecksekunden hatte ich Sibylle gefragt, was ihrer Meinung nach zu tun sei.

Nichts, hatte sie geantwortet, ein Irrer. Vielleicht auch gewalttätig.

Ich konnte mir zu diesem Zeitpunkt keinen Reim auf diese eigenartige Begegnung machen. Ich hätte dies aber als Warnung nehmen sollen.

Mein Blick fiel wieder in das Buch.

Und ich traute meinen Augen nicht. Auch die Begegnung mit diesem Rupert erwähnte sie.

Ich war im Gespräch mit Harry vertieft, als dieser Rupert, den ich auf einer meiner Parisreisen getroffen hatte, auftauchte. Nun gut, ich hatte ihn in einem meiner Bücher als lüsternen Grobian beschrieben, aber die Sache mit dem Rotwein war gemein. Ein Anwaltsbrief ja, aber Rotwein auf eine meiner Lieblingsblusen?

Nach dieser Begegnung war mir klar, dass ich Harry eine Erklärung schuldig war. Aber es tat sich auch eine Chance auf. Ich bat ihn, mich nach Hause zu begleiten, vielleicht würde mir dieser Mann folgen.

Harry sagte zu. Und das Hotelzimmer?, fragte er.

Das könne ich zumindest für den ersten Abend stornieren. Zugverspätung oder etwas Ähnliches würde ich als Ausrede nehmen.

Dann fiel mir ein, dass ich bei meiner Abreise am Freitag die Wohnung nicht aufgeräumt hatte. Am Vorabend war ja diese Vernissage gewesen. Marc, der Maler aus der französischen Schweiz. Marc, um Gottes willen. Hoffentlich hat er sich an unsere Abmachung gehalten. Und ich ließ den Abend Revue passieren: Es waren einzigartige Bilder von einzeln stehenden Bäumen. Eine uralte Zypresse hinter Klostermauern, ein Olivenbaum auf steinernem Grund, eine Steineiche am Rande einer Meeresklippe, eine riesige Buche mitten in einem Weizenfeld und dann noch die Platane auf dieser winzigen Insel im Genfer See, Ile de Peilz. Dorthin sei er, Marc, mit seiner ersten großen Liebe eines Nachts hinausgefahren, dabei lachte er. Und ich entlockte ihm Details des nächtlichen Abenteuers. Nun müsse ich ihn aber als Entschädigung für sein Outing, ja Outing sagte er, auf ein Getränk einladen. Besser noch in ein Lokal.

Mein Lieblingslokal sei das La Petit Maison. Ich war plötzlich erotisiert. Diesen Marc schleppe ich ab, dachte ich. Dieser Marc war zwar zwanzig Jahre jünger, doch ich steckte meine Bedenken einfach weg.

Und Marc kam mit. Jugendlich unbekümmert. Genauso wie ich. Unbekümmert, aber nicht mehr jugendlich.

Da ich früh aus dem Haus musste, bat ich ihn am Morgen, mir den Schlüssel in den Briefkasten zu werfen.

Nun saß aber Harry neben mir. Und er nahm das Angebot, bei mir zu schlafen, an. Ich hätte gerne seine Gedanken gelesen. War ich für ihn attraktiv? Kann er sich die Neuauflage eines Abenteuers vorstellen?, fragte ich mich. Bekomme ich ihn diesmal ganz, für immer? Und warf dabei meine Planung an. Ich durchstreifte geistig meine Kleider- und Schuhschränke. Ein Abend in Rot, einer in Schwarz, der Rest würde sich ergeben. Kurz dachte ich noch an Marc. Hoffentlich hatte er keine offensichtlichen Spuren hinterlassen. Und dass ich eigentlich einen ziemlich hohen Verbrauch an Männer habe. Aber ich dachte auch an ein neues Kapitel in einem meiner Bücher. Marc und die Platane auf der Ile de Peilz.

Die angekündigte Einfahrt in den Gare de l'Est, einen der sechs Kopfbahnhöfe von Paris, unterbrach meine Gedanken.

Ich schlug Harry spontan vor, mir Urlaub zu nehmen, das sei kein besonderes Problem, dann könne man gemeinsam den ersten Tag in dieser Stadt verbringen. Zuerst ins Montmartre-Viertel zu fahren, zu einem der Wahrzeichen von Paris, der Basilika Sacré-Cœur, von dort habe man einen wunderbaren Blick auf die Stadt. Und natürlich kenne ich ein verstecktes Bistro, erklärte ich Harry, Jean-Paul, der Besitzer, ein echter Freund, kocht hervorragend. Er kocht auch hervorragend, korrigierte ich mich insgeheim und musste dabei still lachen. Und danach ins Quartier de Marais, in einem der Parks sitzen und den Parisern einfach nur zusehen.

Angesichts seiner mangelnden Sprachkenntnisse, er verriet, dass er einige Stunden Französisch-Unterricht genommen habe, nehme er das Angebot gerne an.

Nun war ich also Fremdenführerin für den Mann, dem ich doch einige Zeit nachgeweint hatte, der dann aber aus meinem Gedächtnis entschwunden war. In der Metro drückte ich mich an ihn, ihm gefiel es offensichtlich. Ein ganzer Tag mit Harry, vielleicht eine ganze Woche, vielleicht mehr. Vielleicht sollte ich auch das Wiedersehen mit Harry niederschreiben. Begegnung mit Harry, nein, Es begann auf Ærø, nein, Harry und Sibylle, auch diesen Titel verwarf ich. Sibylle oder Die Zugfahrt! Der Titel für ein weiteres Buch. Man würde sehen.

Nun, Ærø würde mir meine Frau verzeihen, verjährt. Aber dieses Abenteuer, fein säuberlich eingefädelt und vermutlich detailgetreu beschrieben, für den Leser auch noch in jede Richtung ausgeschmückt, wie konnte ich es verhindern, dass sie es in die Hände bekommt? Sämtliche Bände, die zu bekommen waren, aufkaufen? Oder den Inhalt der Fantasie der Schriftstellerin zuschreiben? Alles gestehen, damit die Last von einem fällt? Weiterlesen, riet ich mir, weiterlesen.

Paris zeigte sich von seiner schönsten Seite. Komm, Harry, wir beginnen mit dem Tuileriengarten und dem Place de la Concorde, einer der größten und schönsten Plätze der Welt. Den Louvre lassen wir aus, schlug ich vor, zu anstrengend. Zur Champs-Elisées müssen wir unbedingt, in einer Seitenstraße rasten wir uns in einem kleinen Lokal aus. Von Minute zu Minute wurde Harry gelöster, er lachte, blieb manchmal stehen und atmete tief ein. Er fragte mich, ob unsere Begegnung von irgendjemandem gelenkt worden war. Wie hätte er Paris allein erobern sollen? Auch mir schienen die Menschen ringsum liebenswerter, freundlicher als sonst, sie strahlten Ruhe statt Hektik aus.

Beim Mittagessen lächelte mich Harry an. Der Fisch war an der Angel. Sein Hotel liege verkehrstechnisch ungünstig, die nächste Metrostation sei weit weg, er möge doch bei mir bleiben. Harry lachte und gab sich ohne weitere Diskussion geschlagen.

Gut, sagte er, ich storniere das Hotelzimmer. Hoffentlich sei der Privatzimmerpreis nicht höher als das Hotelarrangement, warf er ein.

Ein- oder zweimal ein Abendessen müsse er schon investieren, warf ich ein.

Sonst nichts?, fragte er.

Jetzt lächelte ich wie eine Sphinx. Nun, man werde sehen, antwortete ich. Ich musste mir dabei eingestehen, dass ich mich total in ihn verliebt hatte. Alle anderen Männer waren dagegen Episoden, Unterbrechungen meiner Lebensreise. Und das bezog sich nicht nur auf das Liebesleben. Harry war belesen, charmant, aufmerksam. Und ich fragte mich immer wieder, warum ich mich bisher mit weniger begnügt hatte. Lass uns über Literatur sprechen, bat ich. Mir schien, bei diesem Thema könnte ich problemlos mithalten. Da kamen wir zum Beispiel auf Max Frisch. Er kenne die Schilderungen über seinen – Frischs – Aufenthalt im Ferienhaus von Verleger Peter Suhrkamp in Kampen auf Sylt. Und er erzählte vom Regen, von Wolken, von Muscheln und Seesternen. Ich hätte ihm stundenlang zuhören können.

Und Hemingway?, fragte ich ihn, einer meiner Lieblingsautoren.

Über den Fluss und in die Wälder oder Fiesta?, dabei sah er mich an.

Fiesta, sagte ich.

Und er erzählte mir von den Kampfstieren von Pamplona, von den Freudentänzen in den Straßen. Ich war hingerissen, da ich Fiesta liebe. Sollte ich meine Tarnung aufgeben, ihm beichten, Harry, ich lebe von der Literatur, ich schreibe Bücher, in denen ich meine Begegnungen mit Männern festhalte, ausschmücke. Das kommt bei den Lesern an. Nein. Es würde alles kaputtmachen.

Und Harry? Harry war auch von mir gefangen. Nach einer Woche stellte er sich die Frage, ob er nach London weiterreisen solle. Ich schlug ihm vor, mitzukommen.

Dein Job, warf er ein.

Ich würde mir eine Auszeit nehmen.

Er würde aber gerne mehr vom Land sehen, er müsse doch mehr berichten können. Nur Paris, das sei zu wenig.

Bei einer mitternächtlichen Umarmung war der Entschluss gefasst: Normandie oder Bretagne?

Wir buchten einen Leihwagen und fuhren gegen Norden.

In Honfleur fanden wir in der Nähe des alten Hafens ein kleines Hotel. Die betagte Besitzerin empfing uns herzlich. Besonders Harry hatte es ihr angetan.

Madame Catherine! Ich erinnerte mich.

Bei Austern und Chablis erwähnte Harry so nebenbei, dass er sich erinnere, der Schriftsteller Baudelaire habe hier gewirkt und in Honfleur sei auch der Impressionismus durch Monet und Cézanne aus der Taufe gehoben worden. Das war Harry!

Dann aber kam das überraschende Ende unserer Reise. Harrys Frau sei erkrankt, er müsse zurück.

Ob er wiederkomme?, fragte ich ihn in der letzten Nacht.

Er wisse es nicht.

Wir telefonierten noch ein paar Mal. Dann entschloss ich mich, meine Begegnung mit Harry niederzuschreiben. Damit habe ich die Chance, so dachte ich mir, Harry im Gedächtnis zu behalten.

Ich blieb also in Paris, informierte Ari von meinem neuen Band, an dem ich arbeite, ein Film habe mich inspiriert.

Ein Film, wiederholte er.

Ich igelte mich ein und schrieb. Rief Harry an, weinte und war verzweifelt.

Weihnachten verbrachte ich in Zürich. Ari machte mir zum wiederholten Male einen Heiratsantrag.

Ich würde mich im Frühjahr entscheiden.

Das Frühjahr kam. Die Zugreise war fertig, Ari fand das Manuskript hervorragend, ja, er würde sogar eine größere Startauflage ins Auge fassen. Und er würde gerne nach Honfleur mit mir fahren. In dieses kleine Hotel.

Das habe ich nur aus dem Feuilleton der NZZ entnommen, keine Ahnung, wie das Hotel tatsächlich ist, gab ich zu bedenken.

Egal, sagte Ari.

Ich dachte an die betagte Besitzerin. Ob sie sich an mich und Harry erinnerte?

Anfang Mai fuhren wir also in die Normandie. Ich versuchte Ari von Honfleur abzubringen. Etretat oder Deauville?

Ari bestand auf Honfleur.

Ich gebe zu, beim Betreten des Hotels hatte ich starkes Herzklopfen. Ich musste an die Tage mit Harry denken.

Die betagte Frau war diskret. Nur einmal, beim Frühstück, ergriff sie die Hand von Ari und sagte Harry. Gott sei Dank klingt es im Französischen fast gleich. Ari verzieh mir, glaube ich, alles.

Und er hatte recht, Sibylle oder Die Zugfahrt wurde ein Bestseller.

Ich atmete durch. Und ich dachte an die Besitzerin der kleinen Buchhandlung. Ob sie mich durchschaut hatte, ob sie wusste …?

ERNESTI

Sind Sie interessierter Zuhörer, passionierter Buchpräsentationsgeher oder gar Schriftsteller?, fragte mich jemand in einer kurzen Lesepause einer Autorenlesung in den Räumen einer Buchhandlung. Der Mann war wie ich mittleren Alters, sah gepflegt aus und machte durchaus einen interessierten Eindruck. Keiner, der wegen des an die Lesung anschließenden Getränks und des Knabbergebäcks eineinhalb Abendstunden opferte. Er setzte dann mit dem Hinweis, dass ihm der Schreibstil des Buchautors nicht sehr gefalle, fort.

Ich entsprach der Erwartung meines Sitznachbarn und beantwortete seine Frage mit dem Hinweis auf meine Tätigkeit als Geschäftsführer eines Verlages. Noch eine Familiengesellschaft, ergänzte ich, da würden kaufmännische Entscheidungen auch oft beim familiären Abendessen fallen.

Er lächelte.

Und Sie?, fragte ich.

Er sei Arzt, mit Interesse an der Literatur.

Der junge Autor setzte, nachdem er sich mehrmals geräuspert und Wasser getrunken hatte, seine Lesung fort. Ein Kraftausdruck folgte dem anderen, dann reihte er Vulgäres im Text aneinander. Einige Zuhörer lachten, zwei verließen vorzeitig den Raum, der die Lesung abschließende Applaus hielt sich in Grenzen.

Ich ging mit meinem Sitznachbarn zu einem der Stehtische, wir wählten beide den angebotenen Weißwein, Brolli, Südsteiermark.

Die Gegend kenne er, auch das Weingut Brolli, damit nahm er das Gespräch von vorhin wieder auf.

Ich nickte. Meine geschiedene Frau habe in Kittenberg Verwandte, erwähnte ich, dort finde man schöne Lagen.

Er sei dort unten aufgewachsen, an der slowenischen Grenze. Dann entschuldigte er sich dafür, dass er sich erst jetzt vorstelle. Er überreichte mir eine Visitenkarte, seine letzte, wie er betonte. Dr. Jakob Deutsch. Allgemeinmediziner. Er habe in den letzten Jahren ein immer größeres Interesse an der Belletristik gefunden und auch eine Autobiografie verfasst, vielleicht würde es ein Fachmann nur als gewöhnliches Tagebuch abtun.

Lassen Sie es mich lesen, schlug ich vor. Einfach nur lesen.

Er sagte zu, mir das Manuskript in den nächsten Tagen schicken zu wollen. Dann blickte er auf meine Stirn, zeigte mit dem Zeigefinger auf eine Stelle über der Schläfe und empfahl, dass sich ein Kollege das einmal ansehen sollte. Ich möge ihm verzeihen, aber als Arzt lege man schnell einen Raster auf menschliche Oberflächen und verschweige sich nicht.

Etwas irritiert von seinem ärztlichen Rat setzten wir das Gespräch eher oberflächlich über den steirischen Wein fort. Dann wurde ich von einem der Verlagsautoren um einen kurzen Gedankenaustausch ersucht und wir verloren uns für den weiteren Abend aus den Augen.

Zwei Tage später lag ein größeres Kuvert auf meinem Schreibtisch. Persönlich. Ich öffnete es und fand darin das angekündigte Manuskript meines Gesprächspartners, Dr. Jakob Deutsch. Ich nahm mir vor, es am kommenden Wochenende zu lesen, zumindest einmal zu beginnen. Dabei fielen mir seine mahnenden Worte wegen des dunklen Hautpunktes auf meiner Stirn wieder ein und ich vereinbarte einen Termin bei einem mir von meiner Assistentin empfohlenen Hautarzt.

Ich hatte mir für Samstag nichts vorgenommen, es war ein milder Spätsommernachmittag, und machte es mir auf meiner Terrasse gemütlich, ein südsteirischer Sauvignon Blanc stand neben mir im Eiskühler und in meinen Händen lag das Manuskript von diesem Dr. Jakob Deutsch. *Südsteirische Wurzeln* las ich als Überschrift. Ich nahm einen Schluck Wein und war somit auch über Zunge und Gaumen auf das Kommende eingestellt.

Zuerst beschreibe ich meinen Vater, Jahrgang 1928, ein großer, stattlicher Mann, schwarze Haare, nach hinten gekämmt, kurz geschnitten. Große, starke Hände. Ein Mann. Gerne hätte er, wie sein Vater, Jurist werden wollen, in Graz studieren, die Zeit war gegen ihn. Meine Mutter war etwas älter, ich habe sie nur mehr dunkel in Erinnerung, sie litt unter starken Depressionen und starb früh. Unser Hof liegt an der südsteirischen Weinstraße, direkt an der vormals jugoslawischen, jetzt slowenischen Grenze. Obwohl es den kommunistischen Grenzern verboten war, besuchten sie immer wieder unser Weingut, tranken ein Glas oder nahmen eine Flasche Wein mit. Ab und zu brachten sie auch eine Stange Zigaretten als Tauschobjekt mit. Die Lage des Hofes ist einmalig, der weite Blick über die Hügel und Täler, im Herbst der aufsteigende Nebel, der Geruch des nassen Grases, aber auch des Spritzmittels Kupfervitriol, des trockenen Heus, der Geschmack der reifen Birnen und im Herbst das Lachen der Erntehelfer, das Klingen der Gläser und der abendliche Gesang nach getaner Arbeit, das alles hat sich mir tief eingeprägt.

Nun kann ich von vorne beginnen. Da war die Volksschule, in die mich mein Vater mit seinem cremefarbigen Opel Caravan brachte. Den Heimweg trat ich mit meinen Freunden Sepp und Franz gemeinsam an. Manchmal begleitete uns mein Bruder Toni. Nur wenige Straßen waren asphaltiert und wir okkupierten sie. Wir bemalten sie mit Kreide, die wir aus der Schule – unerlaubterweise – mitgenommen hatten. „Mitzi ist blöd", „Schule ist doof" oder Ähnliches konnten wir auch noch anderntags lesen, bis der Regen unsere frühen Graffitis wegwusch.

Ich musste beim Lesen dieser ersten Zeilen an meine eigenen ersten Schuljahre denken. Waren sie auch so unbeschwert? Wir spielten Fußball auf der Straße, Autos bogen nur gelegentlich zu uns ein, wenn, dann waren es Müllfahrzeuge, ein griesgrämiger Nachbar oder ein Hausierer, der Postmann – mit einem Puch-Moped. Wir spielten im nahen Park Räuber und Gendarm oder gingen, bevor wir nach Hause mussten, auf Raubzug – im Frühjahr Kirschen, im Sommer Marillen und im Herbst Äpfel. Mundraub, das wussten wir, war erlaubt. Trotzdem wurden wir, wenn sie uns ertappten, von den Gärtnern verjagt.

Ich nahm einen Schluck Wein, schenkte mir nach und las, nach diesem Ausflug in meine eigene Vergangenheit, weiter.

Irgendwann traten Onkel Rudolf und Tante Erni in mein, in unser bäuerliches Leben. Onkel Rudolf war Arzt, Tante Erni Pharmazeutin. Dass Onkel Rudolf um einiges älter war als seine Frau, spielte für mich als Kind keine Rolle, ja wurde von mir damals gar nicht registriert. Wir Kinder waren jung, alle anderen waren eben alt. Die beiden kamen regelmäßig zum Weineinkauf, Tante Erni brachte Bensdorp-Schokolade mit, ich durfte mit der Mühle Kaffee mahlen, Mutter zog sich in die Küche zurück und kam mit Speckbroten und Buchteln, die es am Wochenende immer gab, wieder. Mit Vater wurde Wein getrunken, Mutter saß abseits auf einem Holzstuhl im Schatten der großen Kastanie und strickte.

Das etwas entfernt gelegene Kellerstöckl stand, soweit ich mich erinnern kann, für einige Zeit im Mittelpunkt der Gespräche zwischen meinem Vater und den beiden Gästen aus Graz. Sie würden es gerne mieten und umbauen oder auch kaufen. Vater vertröstete. Er müsse sich das durch den Kopf gehen lassen.

Dann kam das Volksschulende. Vater wurde in die Schule gebeten. Am Abend saß ich dann mit ihm am Küchentisch. Der Lehrer hält viel von dir, damit begann er und streichelte mir gleichzeitig über den Kopf, du sollst auf die Mittelschule gehen. Er sah dabei zu meiner Mutter, die teilnahmslos beim Fenster hinaussah. Mittelschule, dachte ich, fort von meinen Freunden. Der Gedanke beschäftigte mich Tag und Nacht. Das Thema wurde dann auch mit Tante Erni und Onkel Rudolf am Wochenende besprochen. Leibnitz habe kein Internat, es sei nicht wegen der Entfernung, aber wer soll sich um ihn kümmern, mit ihm rechnen und schreiben, Geometrie, Englisch und Latein üben?

Vater möge noch eine Flasche Wein aus dem Keller holen, bat Onkel Rudolf. Er habe einen Lösungsvorschlag. Der Bub kommt mit nach Graz, wohnt bei uns und am Wochenende bringen wir ihn nach Hause. Wir räumen ein Zimmer aus, da kann er lernen und schlafen, bei den Aufgaben unterstützen wir ihn und haben eine neue Aufgabe, eine, die uns bisher fehlte.

Man wollte wissen, was ich dazu sage. Ich schwieg und zuckte mit den Achseln. Entscheidungen würde ohnehin der Vater treffen. Nachts weinte ich, von zu Hause fort, für mich unvorstellbar. Am nächsten Morgen kroch ich zu meinem Bruder Toni ins Bett. Ich möge mich freuen, sagte er, er würde mich sicher öfter besuchen kommen. Und dass es viele Mädel in der Stadt gebe. Mädel, das war für mich noch kein Kriterium. Ich fuhr mit meinem Vater nach Graz, zu Onkel Rudolf und Tante Erni. Halbärthgasse, gegenüber der Universität.

Halbärthgasse! Mir fiel ein, dass dort mein Schulkamerad Peter wohnte. Die elterliche Wohnung lag damals in der Engelgasse, wir spielten auf dem Sportplatz der Elisabethschule fast jeden Nachmittag Fußball. Sollten wir uns also in jungen Jahren schon einmal begegnet sein?, fragte ich mich. Umso interessierter las ich weiter.

Man zeigte mir mein zukünftiges Zimmer, es gab ein großzügiges, weiß-blau gekacheltes Badezimmer, im Wohnzimmer stand ein großer Fernsehapparat und die von Tante Erni vorbereitete Jause aßen wir im Speisezimmer. Mein Herz klopfte wie wild. Ich erinnere mich, war zwischen den beiden so unterschiedlichen Welten hin- und hergerissen. Tausche Vertrautes gegen Neues, auf diese Formel müsse man es bringen, wer von den Anwesenden den Satz gebrauchte, ist mir nicht mehr in Erinnerung. Auf der Straße parkten Autos, Fahrzeugtypen, die ich bisher nur in Zeitungen gesehen hatte, Lärm drang durch das geöffnete Fenster, die Studenten, erklärte Tante Erni, die eigentlich Ernestine hieß. Sie habe sich schon wegen der Aufnahmeprüfung ins Keplergymnasium erkundigt, der Bub würde das ohne Weiteres schaffen, sie würde mit ihm auch noch üben. Es war entschieden worden.

Die ersten Ferienwochen verbachte ich noch zu Hause, obwohl ich mich gedanklich mehr und mehr mit meiner neuen Schul- und Wohnsituation ab Herbst beschäftigte. Eigentlich hatte ich schon Abschied genommen. In meinem kleinen Koffer lagen: mein Lieblingspullover, Wäsche, das Buch Die Welt von A–Z, mein Fotoapparat, das Taschenmesser, mein Batterieradio, ein Notizblock und Malstifte.

Eine Woche vor Schulbeginn brachte mich mein Vater in die Stadt. Ob ich mich wohl zurechtfinden würde, fragte er. Ich nickte.

Es gab ein von Tante Erni hervorragend zubereitetes Mittagessen, der Esstisch war mit einem weißen Tischtuch gedeckt, Stoffservietten lagen neben den Tellern, für mich gab es Orangenlimonade, Vater konnte zwischen Bier und Wein wählen. Nach dem Essen sprach Vater das Kellerstöckl an. Das Kellerstöckl würde er – auch langfristig – vermieten, nur herrichten müsse man es, eine Wasserleitung müsse man verlegen und für die Abwässer eine Lösung finden. Strom sei vorhanden. Es komme alles sicherlich nicht sehr teuer, man erledige in der Südsteiermark vieles mit Nachbarschaftshilfe, einiges könne man auch „schwarz" bezahlen, wobei ich den Inhalt des Gesprächs nur teilweise verstand. Die drei Erwachsenen fielen sich um den Hals.

Die nächsten Tage bestanden darin, dass mir Tante Erni die nähere Umgebung zeigte. Trafik, Buchladen, Kaufmann und Studentenlokale. Dann den Schulweg, die Innenstadt, den Schloßberg. Wir fuhren einen ganzen Vormittag mit fast allen Straßenbahnlinien. Nach Mariatrost, nach Andritz, nach Eggenberg und zum Hauptbahnhof. Bei einem Würstelstand am Hauptplatz gab es Frankfurter mit Senf und Kren. In der Herrengasse fuhren und parkten die Autos, es waren für mich alles überwältigende Erlebnisse.

Da Tante Erni manchmal am Vormittag, manchmal am Nachmittag in einer Apotheke arbeitete, bekam ich einen Wohnungsschlüssel. Dann war ich allein zu Hause und betrachtete neugierig die Möbelstücke, die Bilder an den Wänden und blätterte in den Fotoalben und Bildbänden, roch an Zigarren oder sah vom Fenster aus dem Treiben auf dem Vorplatz der Universität zu.

Onkel Rudolf war selten zu Hause. Wenn er da war, rauchte er und las Bücher. Eines Tages fragte er mich, ob ich Schach spielen könne. Ich verneinte.

Er holte ein Schachbrett aus einer der Laden und stellte die Schachfiguren auf, rote und weiße aus Elfenbein. Ich bekam eine erste Lektion und lernte die Figuren kennen. König, Turm, Läufer. Und dann die Regeln. Wenn Onkel Rudolf nicht zu Hause war, spielte ich Partien gegen mich. Und als es dann in der Schule Freigegenstände gab, meldete ich mich zum Schachspiel und obgleich ich der Jüngste war, gewann ich die meisten Partien. Später wurde die Schachnovelle von Zweig eines meiner Lieblingsbücher.

Wochen waren vergangen, die Distanz zur Südsteiermark wurde täglich größer, die Wochenendbesuche dienten dazu, Toni von der Stadt zu berichten. Auch zeigte ich ihm die von mir gemachten Fotografien. Fragen des Vaters nach den Schulerfolgen waren mir lästig, der Aufbruch nach Graz Sonntagnachmittag eine Erlösung. Nur die Äpfel und Birnen, die mir Vater in einem Karton mitgab, waren die Woche über Bindeglieder zum südsteirischen Elternhaus.

Kurz vor Schulschluss des ersten Jahres verstarb meine Mutter. Ihr Tod berührte mich eigenartigerweise kaum, sie hatte sich schon lange in ihre Welt zurückgezogen. Lasst mich, bitte stört mich nicht. Später.

Die Wochenendbesuche erfuhren dadurch keine Änderung. Sofie, eine Nachbarsbäuerin, half Vater den Haushalt zu führen, durch sie kehrte wirkliches Leben ins Haus zurück. Wiesenblumen standen wieder in Glasvasen, neue, helle Vorhänge wurden angeschafft, Sonnenstrahlen durften wieder die Räume erhellen. Samstags wurde Brot gebacken und schon bei der Hinfahrt schwärmte ich von einer Schnitte des dunklen Brotes.

Meistens fuhren wir zu zweit, Tante Erni und ich. Vater war dann immer frisch rasiert, hatte seine Arbeitskleidung abgelegt, auch war er parfümiert. Pitralon, eine große, braune Flasche stand auf seinem Nachtkästchen. Während ich abends meinem Bruder Schul- und Stadterlebnisse berichtete, verließ Vater das Haus. Mit Tante Erni ins Kino, nach Leibnitz. Der Ablauf blieb über einige Jahre gleich, nur wenn Onkel Rudolf mitkam, fiel der Kinobesuch aus und Vater spielte mit uns Karten.

Dann nahm Onkel Rudolf eine Professur in Amerika an. Für ein halbes Jahr, erklärte Tante Erni mir. Dann war das halbe Jahr um und er blieb dort. Briefe kamen, Briefe wurden geschrieben. Tante Ernie schien nicht beunruhigt, nicht verzweifelt oder traurig. Sie habe ja mich, sagte sie oft. Und den Papa, ergänzte sie. Ich war 14, mein Bruder 18, Tante Erni 38. Das war 1972.

Von Tante Erni kam der Vorschlag, einen Buschenschankbetrieb zu eröffnen. Die Holzfässer im Keller wurden teilweise durch Stahlfässer ersetzt und auch zwei Fremdenzimmer eingerichtet. Auf der Terrasse standen neue Holzbänke und Tische, eine neue Zeit war angebrochen.

Ich lebte in zwei Welten, und das unterschied mich von meinem Bruder und meinem Vater. Niemals konnten sie so glücklich sein wie ich, dachte ich mir.

Fasziniert las ich Satz für Satz. Mir war schon zu diesem Zeitpunkt klar, dass ich diesen Text unbedingt veröffentlichen musste. Natürlich müsste man den Personen neue Namen geben.

Insgeheim verfluchte ich die kommenden Abende, die mich wegen beruflicher Termine vom Lesen des Manuskriptes abhielten. Ich hatte schon Hunderte von Manuskripten gelesen, vielleicht sogar schon Tausende, die meisten entsorgte ich in einem Papierkorb, den ich am nächsten Tag ins Büro mitnahm. Die Mitarbeiter wussten: Absage, freundlich, aber bestimmt.

Dann aber kam das Wochenende, ich hatte mir nichts vorgenommen, ich wollte mich nur dem Manuskript widmen. Irene versprach ich in der kommenden Woche ein 5-Gang-Menü im besten Restaurant der Stadt. Aber bitte, lass mich arbeiten.

Der ersehnte Freitagabend war angebrochen. Ich hatte mir im Delikatessenladen einige Käsesorten zusammenstellen lassen, beim Bäcker Schwarzbrot gekauft und aus dem Keller einen italienischen Rotwein geholt, mir alles auf dem Balkon hergerichtet. Ich sog die milde Abendluft ein, nahm einen Schluck Wein und begann zu lesen. Irenes Kontrollanrufe ignorierte ich.

Die Nähe zu Tante Erni wurde Woche für Woche größer, die Grenzziehung zwischen Tante und Mutterersatz für mich schwieriger. Ich schlug ihr vor, darüber hatte ich lange nachgedacht, sie Ernesti zu nennen. Tante Erni würde ich altmodisch finden, Ernestine auch, aber Ernesti klinge italienisch. Ernesti würde auch nur ich sie nennen.

Das sei ein wenig besitzergreifend, meinte sie, wenn ich das schon verstehe. Besitzergreifend, auch ein wenig intim.

Ich würde das verstehen, antwortete ich. Besitz ergreifen, festhalten, verteidigen, das waren Worte, die in meinem Sprachschatz besondere Bedeutung erlangt hatten.

Mich begann die griechische Mythologie zu faszinieren. Ich verschlang die Geschichten von Prometheus, Perseus, Midas, Herakles und

Theseus. Dann stieß ich auf Ödipus, Agamemnon und Orest, dazu kamen die Erinnyen, die Rachegöttinnen, von denen ich dann nächtelang träumte, und die Wochenendheimfahrten stießen plötzlich auf Widerstand, es hatte sich mir eine andere Welt eröffnet. Ernesti zeigte dafür Verständnis und wir fanden gemeinsam immer wieder Gründe für eine Absage. Dazu kam, dass in der Stadt Ernesti mir allein gehörte, zu Hause musste ich sie teilen. Die Kinobesuche missfielen mir, auch schien Ernesti nicht mehr wie früher begeistert zu sein. Und wenn wir nach Hause in die Südsteiermark fuhren, bat sie Vater den Abend vor dem Haus zu verbringen, den Sonnenuntergang, die Abendluft aus den Weinbergen zu genießen. Vater war verstimmt. Auch Sofie schien mit der Zeit die Anwesenheit von Tante Erni, das war der vereinbarte Sprachgebrauch, zu stören. Ihr in der Stadt, sagte sie oft, und es hatte einen unfreundlichen Beigeschmack.

Ein Muss war die Unterstützung bei der Lese, Sofie kochte für die Erntehelfer, die Unterstützung von Tante Erni lehnte sie ab. Sie schaffe das alleine. Ich war froh darüber, dadurch waren wir mit der Zeit ein eingespieltes Team. Ernesti schnitt die Trauben von den Weinstöcken und ich trug die Eimer hinauf zur Sammelstelle. Abends war ich todmüde, dennoch fand ich, dass auch diese Arbeit, ja alles rundherum, zu meinem Leben gehörte.

Wieder zu Hause in Graz legte sich Ernesti auf die Couch im Wohnzimmer. Bring mir einen Cognac, bat sie. Das Verhältnis Mutter – Kind war schon Vergangenheit, Mann – Frau noch nicht Gegenwart. Vielleicht ein kleiner Anfang davon.

Ich nahm einen Schluck Rotwein, aß Käse und Brot. Anfang, sagte ich, wiederholte das Wort und reimte mir einiges zusammen.

Nun mache ich einen Zeitsprung ins Jahr 1976. Ich hatte wegen des letzten Schuljahres ein anstrengendes Leben. Auch deswegen, weil mich die Musik von ABBA, Boney M. und Waterloo & Robinson gefangen nahm. Mit Ernesti sah ich mir Jack Nicholson im Film Einer flog übers Kuckucksnest und Robert de Niro mit Taxi Driver an. Fast die ganze Nacht diskutierten wir anschließend darüber. Und am nächsten Morgen musste ich die Lateinvokabeln beherrschen. Wochen später war alles geschafft.

Schulabschluss. Vater kam mit meinem Bruder nach Graz. Für Erni brachte er einen großen Blumenstrauß mit. Er bedankte sich, man spürte seine Aufregung. Er sei stolz auf mich, dabei rannen ihm einige Tränen über die Wangen, er müsse auch an seine verstorbene Frau denken. Dann lud er zum Mittagessen ein. Kirchenwirt in Mariatrost, das war das Lokal, das er in Graz kannte. Es folgten Fragen, welche Pläne ich habe, man würde mich in den Sommermonaten im Weinberg brauchen, man könnte Grundstücke zupachten, eine Birnenplantage schwebe ihm vor, Birnenbrand sei in Mode. Ich könnte auf die Hochschule für Wein- und Obstbau in Klosterneuburg gehen.

Ernesti und ich sahen uns an. Sollten wir dem Vater eröffnen, dass die Entscheidung für das Medizinstudium schon längst gefallen war? Ich schwieg. Ich würde es in einem Brief besser begründen können. Ein starker Gewitterregen beendete dann abrupt die Diskussion.

Sie habe sich etwas Besonderes ausgedacht, sagte Ernesti, als wir wieder zu Hause waren. Falls ich nicht andere Pläne habe, würde sie mit mir nach München fahren. Ich sprang auf und umarmte sie. Sie hielt mich länger als üblich in ihren Armen.

Onkel Rudolfs Saab Cabrio, das seit Jahren in der Garage stand, wurde in die Werkstätte gebracht, Teile getauscht, das Dach repariert und die Reifen erneuert. Ich war Ernestis Chauffeur, im Hotel ihr Sohn. Bei Beck bekam ich modische Jeans, Hemden und Pullover. Ernesti kaufte für sich, was mir gefiel. Bunte Blusen, Minirock und enge Hosen. Und rote Schuhe.

Abends ging es nach Schwabing. Ich dachte an Vater und Bruder. War es ungerecht, dass es mir so gut ging? Durfte ich eine Karte schrei-

ben? Gruß aus München? Mir wurde bewusst, dass der Prozess der endgültigen Abnabelung begonnen hatte.

An der Hotelbar tranken wir Whiskey mit Eis, ich lauschte gespannt der Pianomusik. Ernesti lächelte mich an und nach dem zweiten Glas schlug sie vor aufzubrechen.

Im Zimmer ließ ich mich in das große Sofa fallen. Darf ich rauchen?, fragte ich Ernesti. Sie zuckte mit den Achseln, dabei zog sie sich aus und ging ins Badezimmer. Mir fiel Doris ein. Doris aus Baden-Baden und der letzte Sommer zu Hause. Ich war 17 und sie 18. Ob ich Lust habe, sie beim Spaziergang zu begleiten, vielleicht verirre sie sich, dabei lachte sie. Mitten im hohen Gras blieb sie stehen, zog mich zu sich und küsste mich. Dann zog sie ihren Pullover über den Kopf, streifte den Rock ab und legte sich ins Gras. In diesem Augenblick musste ich an manche Filmstelle denken, die ich mir im letzten Jahr angesehen hatte. Ich sah mich um, zog Hemd und Hose aus und legte mich neben sie. Morgen reise sie ab und sie habe noch ein Geschenk für mich. Wieder lachte sie, das hohe Gras schien mir in diesen Minuten wie ein Plüschteppich.

Ernesti stand, ein Handtuch um ihren Körper gewickelt, vor mir. Ich möge mich beeilen, sie habe noch ein Geschenk für mich.

Am nächsten Morgen wurde ich durch sanftes Streicheln meines Kopfes wach. Wovon hast du geträumt?, fragte Ernesti. Von einer schönen Frau, antwortete ich. Und dass Frauen so gerne Geschenke machen, ergänzte ich.

Nun war also ein neuer Zeitabschnitt angebrochen. Wenn ich allein war, dachte ich an Ödipus und sein Schicksal. An was dachte wohl Ernesti? War es ein Sündenfall? War es erlaubt? Ich zwang mich zur Gedanken-Losigkeit.

Auf der Rückreise wechselten wir uns beim Fahren ab. Ich sah Ernesti auf einmal aus einem anderen Blickwinkel, aus einer anderen Perspektive. Ernesti, das war eine Frau, eine auffallend hübsche Frau, 1,70 groß, schlank, dunkelblondes, mittellanges, gewelltes Haar. Zu Hause trug sie einen blauen Hausanzug und Mokassins, wenn wir fortgingen *eine enge, schwarze Jean, weiße Bluse und eine kurze, ziemlich teure braune Lederjacke. Bislang hatte ich nicht darauf geachtet, jetzt fiel es mir auf. Man würde sie für 35 oder jünger halten.*

Und, fragte sie, genug gemustert? Ich lachte verschämt. Sie sei eine sehr fesche Frau. Frau eben, ergänzte ich.

Und das fällt dir erst jetzt auf, stimmt's?

Ich nickte, leugnen wäre bei Ernesti zwecklos gewesen.

Wie hast du eigentlich Rudolf kennengelernt?, fragte ich.

Beim Tennis. GAK-Club, elitär für damalige Zeiten. Er war ein schon anerkannter Mediziner, 40, so wie ich jetzt, und ich war jung, lebenslustig und eine gute Spielerin. Rudolf ließ sich scheiden, wir heirateten, er war durch und durch, sie korrigierte sich, er ist durch und durch ein Gentleman. Hast du im Übrigen Lust Tennis zu spielen?, fragte sie. Ich fand die Idee gut und nahm bis Semesterbeginn intensiven Tennisunterricht. Ich würde bald so wie die Mutter Tennis spielen, meinte der Trainer. Also wieder die Mutter-Kind-Rolle.

Dann wurde Rudolfs Arbeitszimmer entrümpelt und danach zu meinem Studierzimmer. Der getrennte Bettenstatus wurde beibehalten.

Was macht er nun im Herbst?, fragte Vater bei einem der Wochenendbesuche.

Medizin.

Medizin, wiederholte er. Dazu braucht er zehn Jahre.

Ernesti mischte sich vorsichtig ein. Sie habe mit Rudolf gesprochen, er würde monatlich etwas zuschießen, wohnen könne ich weiter bei ihr, sie glaube, dass ich begabt sei. Sie könne mich mit ihrem Wissen aus dem Pharmaziestudium unterstützen.

Toni schien fast ein wenig erleichtert. Der Betrieb würde nicht für zwei reichen, damit schwenkte er auf meine Linie ein. Gerne würde er auch einen Teil der Ernteerträge mir zukommen lassen. Und dann habe man einen Doktor im Haus, er lachte und klopfte Vater auf die Schulter.

Vater schenkte sich einen Schnaps ein. Nun verliere er seinen jüngeren Sohn zum zweiten Mal.

Ernesti nahm ein Glas aus dem Schrank und schenkte sich auch einen Schnaps ein. Damit war alles besiegelt. Ich ging mit Toni ins Freie. Starenschwärme vollführten ein wunderbares Schauspiel. Als ob sie ein Dirigent anwies, im Schwarm ihre Flugkünste zu beweisen.

Das Medizinstudium eröffnete mir eine neue Welt. Nicht mehr Schüler, sondern Student mit unbändiger Tatenlust. Trotzdem scheiterte ich immer wieder an Zusammenhängen. Ernesti beugte sich dann über mich und erklärte mir mit ein paar Sätzen Details des menschlichen Körpers. Kaum hatte ich mich aus dem Abhängigkeitsverhältnis befreit, war ich schon wieder in ein neues hineingeraten. Ich war wieder in die Rolle des Kindes geschlüpft.

Dann las ich: Krampuskränzchen, 5.12. Lass uns hingehen.

Ernesti zog ein kurzes rotes Kleid und rote Schuhe an, ins Haar steckte sie sich eine schwarze Masche, auf ihre Wangen malte sie sich zwei rote Herzen. Sie sah lustig aus – und verführerisch.

Das muss 77 oder 78 gewesen sein, dachte ich. Auf diesem Uni-Krampuskränzchen war ich auch. Und da war eine Frau mit rotem Kleid und schwarzer Masche im Haar. Sie saß auf einer Fensterbank und rauchte. Ich war von dieser Ausstrahlung fasziniert, gefesselt. Und wollte es der Zufall, dass ich nun wie ein Schatten ihr Leben verfolgte?

Fast musste ich mich mit Studenten, Assistenten und Professoren wegen Ernesti prügeln. Und ich stellte fest, dass zum Besitz-Ergreifen etwas Neues kommt: Besitz bewahren.

Natürlich hatte an meinem Reifeprozess Ernesti den größten Anteil. Ihre Abgeklärtheit übertrug sich durch das Zusammenleben auf mich, ich übernahm nicht nur ihre Ansichten, ich ahmte auch ihre Bewegungen nach und orientierte mich an ihrer Sprache, am Wortlaut und den Satzstellungen. Beim Verhältnis zwischen Eltern und Kindern sind Auflehnung und Rebellion fast naturgegeben. Das entfiel bei Ernesti und mir.

Und je mehr ich darüber philosophierte, umso mehr entfernte ich mich vom anfänglichen Inzestgedanken.

Und Ernesti? War ich Wasser aus einem Jungbrunnen? Ich dachte nach. Das Zusammensein mit älteren Menschen kann weise machen, aber es zeigt Grenzen auf. Und sie verharren im Gestern. Junge sind unbekümmert und wissbegierig, wählen beim Bergsteigen neue Routen oder springen von hohen Klippen furchtlos ins Meer, keiner lebt in der Vergangenheit.

Ich nickte. Jakobs Analyse trifft zu, dachte ich.

Als Paar fielen wir in Graz nicht auf. Ernestis Freunde sprachen sie auf unser diskretes Verhältnis nicht an, Studienfreunde mich nicht. In der Südsteiermark vermieden wir jeden Nahkontakt, jede besondere Vertrautheit. Ernesti erzählte von Rudolfs Erfolgen in den Staaten und spielte ihre Rolle als verlassene Ehefrau perfekt.

Ob er zurückkomme, fragte Vater.

Sie zuckte mit den Achseln. Vielleicht fliege sie demnächst hinüber, gab sie zur Antwort, was sie aber nie tat und auch nicht vorhatte.

Tage, Wochen, Monate vergingen nun im gleichen Rhythmus. Am Tage gingen wir unserer Arbeit nach, Mittwochnachmittag spielten wir Tennis, dann lud Ernesti mich zum Essen ein. Im Sommer in den Garten vom Laufke, in den kälteren Jahreszeiten in Lokale in Mariatrost oder Andritz. Einige davon existieren heute nicht mehr.

Da ich müde geworden war, legte ich das Manuskript beiseite und beschloss, Dr. Deutsch, Jakob war mir eigentlich nach der Lektüre lieber, also Jakob anzurufen und ein Treffen vorzuschlagen. Ich wollte unbedingt mehr über das Leben von Ernesti/Erni erfahren. Lebt sie noch?, fragte ich mich. Ich träumte in der darauffolgenden Nacht von ihr, war in die Rolle Jakobs geschlüpft. Ich war nun im Traum derjenige, der mit Ernesti zusammenlebte. Ich bewunderte ihren nackten, schlanken Körper und begehrte sie, doch sie lehnte mich ab. Sie liebe Jakob, ich sei ihr zu alt. Sie brachte mir ein Glas Wasser und warf eine grüne Tablette hinein. Algenextrakt, aus der Apotheke, sagte sie, das verjünge.

Ich wachte auf. Ich würde diesen Traum für immer für mich behalten.

Jakob Deutsch kam mir mit seinem Anruf zuvor. Ob ich das Manuskript gelesen habe?

Ich bejahte und ergänzte – teilweise. Und dass ich mich mit ihm treffen wolle.

Kleiner Spaziergang um den Hilmteich und dann ins Purberg?

Ich sagte freudig zu.

Seine niedergeschriebene Lebensgeschichte fasziniere mich, ich machte ihm für seine eingestreuten philosophischen Gedanken Komplimente. Über vieles hatte ich vorher noch nie nachgedacht. Ob ihn auch sein Beruf inspiriere?

Mag sein, sagte er.

Dann fragte ich ihn, ob Ernesti noch lebe und ob er noch Kontakt zu ihr habe.

Die Beantwortung der Frage würde dem Ganzen die Spannung nehmen, antwortete er, der mir dann von sich aus das Du-Wort anbot. Bei Kaffee und Kuchen fragte er, fast ein wenig vom Thema ablenkend, ob ich den Termin beim Hautarzt wahrgenommen habe.

Ich nickte. In 14 Tagen würde ein kleiner Eingriff vorgenommen werden. Sicherheitshalber. Und dass ich dem Praktikerkollegen Grüße ausrichten möge.

Er lächelte.

Wo er, Jakob, denn wohne?

Noch immer in der Halbärthgasse, die Wohnung sei nur durch das schreckliche studentische Treiben lauter geworden.

Verheiratet?, fragte ich.

Ja und nein, antwortete er und sah dabei auf die den Teich umgebenden Bäume.

Dann fragte er, bis wann er mit einem abschließenden Urteil rechnen könne.

Bald, antwortete ich, ohne mich näher festzulegen.

Jakob stand auf und verabschiedete sich. Irene fiel mir ein. Mit ihr könnte ich einige Gedanken zum Manuskript austauschen. Im selben Augenblick rief sie an.

Lass uns am Nachmittag in die Südsteiermark fahren. Ich hänge einigen Gedanken nach und benötige dazu dieses Ambiente. Auch würde ich gerne meine Weinvorräte auffüllen.

Meinst du wirklich mich?, fragte Irene.

Warum sind Frauen so kompliziert?, dachte ich. Mit Ernesti würde man nicht so diskutieren müssen. Ich ertappte mich dabei, meine und Jakobs Ebene zu vermengen. Vielleicht würde es doch besser sein, allein zu fahren. Mit dem Manuskript, korrigierte ich mich. Irgendwo in eine kleine Buschenschank einkehren, auf einer Holzbank sitzen, lesen und Wein trinken.

Meinst du wirklich mich?, wiederholte Irene, nachdem wir eine Weile geschwiegen hatten.

Ich war verärgert, beendete grußlos das Gespräch und stellte das Telefon lautlos.

Ich fuhr also ohne Irene, aber dafür mit Manuskript los. Straß, Ehrenhausen, hinauf in die Weinberge mit offenem Verdeck, aus dem Radio klangen Elvis-Melodien. Irgendein Jahrestag wurde gefeiert. Ich fand es großartig. Ich fuhr die alte Grenzstraße entlang, da irgendwo musste Jakobs Familie den Weinbaubetrieb haben. Leider fand sich im Manuskript keine nähere Beschreibung. Auch der von Jakob erwähnte Name des Weingutes fiel mir nicht ein. Aber Deutsch müsste man doch irgendwo lesen. Ich hielt an und fragte eine Frau, die mit zwei

Laiben Brot die Straße querte. Weingut Deutsch? Sie schüttelte den Kopf.

Ich gab auf und bog in einen Seitenweg ein, eine Sackstraße, die zu einem kleinen Weingut führte. Einige Holzbänke an der Hausmauer, Tische, eine große Linde mitten im Hof, ein Mischlingshund bellte, ein Kinderroller lag neben dem Hauseingang. Eine junge Frau kam mit einem Kleinkind auf dem Arm aus dem Haus.

Wein?, fragte sie.

Bitte.

Nach einigen Minuten kam sie mit einer Karaffe und zwei Gläsern aus dem Haus. Wenn es mich nicht störe, trinke sie mit mir einen Schluck und dabei würde sie mir die kleinen Speisenangebote aufzählen, wobei sie mir nur den gerade dem Ofen entnommenen Schweinsbraten empfehlen würde.

Ich nickte, kostete den Wein und las in meinem Manuskript.

Eines Tages bat uns Vater, verlässlich am Wochenende zu kommen. Samstagmittag, spätestens. Es gab Brathuhn. Am Tisch saßen Vater und Sofie, Toni und seine Freundin Elfi, Ernesti und ich.

Nach dem Essen stand Vater auf, Sofie räumte ab. Vater trank einen Selbstgebrannten, räusperte sich und begann damit, dass Toni heiraten werde, man erwarte im Hause Nachwuchs, Zwillinge sogar. Er würde gerne den Betrieb mit Jahresende übergeben, Toni sei geschickt, neue Methoden seien gefragt.

Aufbruch und Neubeginn, diese beiden Begriffe fielen mir ein. Ich stand auf, ging zu meinem Bruder und umarmte ihn, dann zu Elfi und meinem Vater. Ich würde mich sehr freuen.

Es sei noch etwas zu sagen, bemerkte Vater, er sprach leiser als vorhin. Dabei sah er in die Runde, als prüfe er, ob die, die er ansprechen wollte, auch die Richtigen seien. Sofie habe nach dem Tod der Mutter wieder Leben ins Haus gebracht und sie habe ihm jene Unterstützung gegeben, die er vorher nicht bekommen habe. Dafür danke er ihr. Mehr noch, ergänzte er, er werde sie heiraten. Und noch etwas wolle er uns sagen. Er habe mit Mutter Zwiesprache gehalten, das tue er seit ihrem Tod. Und sie finde seine Entscheidung gut.

Toni sprang auf und lief aus dem Zimmer. Ja, er lief, so als fliehe er.

Ich ging ihm nach, fand ihn hastig rauchend im Hof. Was in Vater gefahren sei, er habe ihn im Vorfeld über diesen Schritt nicht informiert. Sein Erbe, unser Erbe, verbesserte er, werde dadurch geschmälert. Und dann bringe er auch noch unsere verstorbene Mutter in dieses Spiel. Ich sei sicher vorinformiert gewesen, Teil dieses Komplotts gegen ihn.

Hör auf, bat ich ihn.

Nein, schrie er.

Meine rechte Hand verpasste ihm eine Ohrfeige, sodass sich auf seiner rot angelaufenen Wange meine Finger weiß abhoben. Er trat einen Schritt zurück und schnappte nach Luft.

Vaters Wille sei zu respektieren, sagte ich leise. Und wie auch du dein Leben gestaltest, ohne ihn zu fragen, hat auch er im letzten Lebensabschnitt das Recht auf Glück und Zweisamkeit. Und die Zwiesprache mit einer Toten mag fiktiv sein, für ihn ist sie real.

Toni sah mich an. Verliere ich dich auch?

Nein, antwortete ich, aber ich stelle Bedingungen.

Welche?, fragte er.

Zwei Flaschen des besten Weins aus dem Keller und Gläser.

Er nickte, obwohl es ihm schwer fiel. Dann fiel er mir um den Hals und dankte mir. Ja, er erfülle die Bedingungen. Alle.

Ich saß wieder neben Ernesti, Toni kam mit den Weinflaschen und den Gläsern, umarmte Vater und Sofie. Er habe den besten Tropfen aus dem Keller geholt, es sei ein Befehl des Bruders gewesen, ergänzte er und lachte.

Danke, sagte Ernesti leise, die einen halten Zwiesprache, andere tauschen Gedanken lautlos aus. Ich nickte.

Die junge Frau, sie dürfte 30, 35 gewesen sein, brachte mir ein noch lauwarmes Stück vom Schweinsbraten und herrlich duftendes Schwarzbrot. Sie setzte sich wieder neben mich und riet mir, an einem so herrlichen Tag nicht zu arbeiten, man genieße ihn einfach.

Es sei Arbeit und Genuss, antwortete ich.

Das sei schön gesagt. Dann müsse ich Lektor sein, der einen Liebesroman lese. Und wenn diese Annahme stimme, müsse ich ihr vom Inhalt erzählen.

Es stimme erstaunlicherweise, antwortete ich und wir stießen mit den Weingläsern an. Solange ihr Baby schlafe, es sei eigentlich das Kind ihrer Schwester, die eine Besorgung mache, solange also das Baby schlafe, lausche sie meinen Ausführungen zum Liebesroman.

Ich erzählte nun von der Südsteiermark, von einem Jungen, von einer Liebesbeziehung besonderer Art, von Harmonie und Lebensglück. Ganz zu Ende habe ich das Manuskript noch nicht gelesen, ergänzte ich, vielleicht zerbreche auch noch diese heile Welt. Dabei sah ich meine Tischnachbarin an, sie blickte über die vor uns liegenden Hügel und eine Träne rann über ihre Wange. Ich müsse ihr das Ende der Geschichte erzählen. Kommen Sie in einer Woche wieder, ich lade Sie auf Wein und Jause ein.

Und wenn die Geschichte tragisch endet?

Das würde keine Rolle spielen.

Es wurde Hochzeit gefeiert. Zuerst die von Toni und Elfi. Es war feierlich, der Pfarrer, der das Paar traute, war auch Tonis Taufpate gewesen. Es wurde getanzt und gesungen, es war ein fröhliches Fest. Ernesti und ich verließen die Feier um Mitternacht. Würde auch ich einmal in den Stand der Ehe treten?, fragte ich mich beim Nachhausegehen. Wenn, dann klein, zu viert, mit den Trauzeugen. Und die Hochzeitsreise? Rom! Madrid! Venedig! Alles Städte, die ich nicht kannte.

Einen Monat später dann: Eine Vermählungsanzeige. Wir haben geheiratet. Vater seine Sofie. Ich fand es richtig. Sofie war nun meine Stiefmutter. Ich hatte also eine Mutter, eine Ziehmutter und eine Stiefmutter. Meine Großmütter kannte ich nicht.

Dann zeichnete sich das Ende des Studiums ab. Letzte große Prüfung. Bestanden. Ernesti wartete mit einer Flasche Sekt und zwei Gläsern am Gang auf mich. Sie habe gewusst, dass ich bestehen werde und habe beim Schneider am Joaneumring etwas vorbereiten lassen.

Beim Schneider! Unser Verlag liegt doch gleich ums Eck in der Kaiserfeldgasse. Und das Mittagessen wurde oft in diesem Feinkostladen eingenommen.

Freunde waren geladen. Etwas später kam Cordula, die Nichte Onkel Ludwigs. Vor Jahren hatte ich sie einmal gesehen, ihre Familie wohnte in Tirol. Ich konnte meine Augen nicht von ihr lassen. Cordula, 28. Ebenfalls Medizinerin. Groß, schlank, Brillen. Ernesti ging früh, sie habe vom Alkohol Kopfschmerzen. Später wurde mir klar, dass sie mir für diesen Abend eine Entscheidung abgenommen hatte. Um 22 Uhr mussten wir das Lokal verlassen. Mit dem Taxi fuhren wir nach Mariagrün, sie hatte sich dort für ein paar Tage in einer Pension eingemietet. Ich blieb fünf Tage – und Nächte. Dann stellte ich mir die Frage, was nun kommen werde. Zuerst begleitete ich Cordula zum Bahnhof. Ich fahre mit.

Nein. Wenn wir uns wiedersehen, heiraten wir. Sie lachte und küsste mich. Und stieg in den Waggon.

Dann saß ich einige Zeit vor der Anzeigetafel. Leibnitz. In zehn Minuten Abfahrt. Ich kaufte eine Karte und stieg ein. Dann fuhr ich mit dem Bus nach Ehrenhausen und ging auf den Friedhof. Auf Mutters Grab lagen frische Blumen. Ich bemühte mich um ein Zwiegespräch. Natürlich war das naiv, wie sollte ich nach all den Jahren diesen Kontakt herstellen? Wie machte das Vater?, fragte ich mich. Ich ging unbefriedigt ins Kaffeehaus. Autos fuhren an mir vorbei, eines hielt. Ernesti.

Frage nicht, rief sie mir zu, bezahle und steig ein.

Es wurden keine Fragen gestellt, wir machten lange Spaziergänge, spielten mit den Zwillingen. Ernesti erzählte, dass sie vom alten Apotheker die Apotheke übernehmen werde, die Rente sei gering, Mehrarbeit komme auf sie zu. Vielleicht müsse ich hinkünftig für das Abendessen sorgen, dabei lachte sie.

Dann lag eine Einladung zu einem Medizinerkongress in Innsbruck auf meinem Tisch. Willst du unbedingt?, fragte Ernesti. Das Thema sei interessant.

Das Thema, wiederholte sie. Dann nahm sie die Hausschlüssel. Sie fahre in die Südsteiermark, sie habe keinen Wochenenddienst, damit schloss sie die Tür.

Schon in der Eingangshalle traf ich Cordula. Statt zum Eröffnungsvortrag gingen wir in die Innenstadt zu Kaffee und Kuchen. Und nach einer Stunde erinnerte ich sie an ihr Heiratsversprechen. Beim nächsten Zusammentreffen …

Ja, sagte sie. Wir heiraten. Sie habe nur noch einiges zu regeln.

Der Kongress war vergessen, wir bummelten durch die Stadt, fuhren hinauf auf die Berge und bewarfen uns mit Schneebällen.

Wann?, fragte ich.

Wenn meine To-do-Liste abgearbeitet ist, antwortete sie. Und deine.

Dann stieg ich in den Zug nach Graz und meine Gewissensbisse plagten mich. Ernesti saß im Wohnzimmer, trank Cognac und las ein Buch. Ich setzte mich zu ihr.

Eine Weile schwiegen wir beide, bis Ernesti mich ansah und das Gespräch eröffnete. Cordula getroffen, verliebt, Gedanken-verwirrt. Schau, sagte sie, Cordula ist eine tolle Frau und du bist das Liebste, was ich habe. Wenn ich nun versuche, dich zu halten, verliere ich dich. Lass uns morgen darüber reden, bat sie.

Ich war schon früh aus dem Haus gegangen, hatte frisches Gebäck und einen großen Strauß Blumen besorgt. Ernesti bedankte sich und küsste

mich auf die Stirn. Es sei alles gut. Sie habe mit Rudolf gesprochen, er habe sie in die Staaten eingeladen, sie nehme das Angebot an.
Wo wir wohnen werden, wollte Ernesti wissen.
Ich schüttelte den Kopf.
Sie habe sich das schon überlegt. Sie ziehe in den 2. Stock, es sei gerade eine Wohnung frei geworden.

Ich überblätterte einige Seiten des Manuskriptes, mir fielen Satzteile auf, in denen von Streit zwischen Jakob und Cordula die Rede war, Ernesti in Boston bei Rudolf. Und ich erinnerte mich an mein Versprechen, das ich dieser Gerda gegeben hatte. Wochenendbesuch in der Südsteiermark. Der Weineinkauf war Vorwand, daneben war auch das Interesse an Jakobs Umfeld groß.

Wer erzählt wem?, fragte Gerda, sie brachte Wein und Gläser. Sie, Gerda.

Du, Gerda, korrigierte sie mich. So viel gebe es gar nicht zu erzählen, der Weinbaubetrieb des Vaters sei hervorragend gelaufen, Vater habe jährlich Preise für seinen Welschriesling und den Weißburgunder erzielt. Doch der Unfall habe alles zunichte gemacht. Großvater sei in das kleine Kellerstöckel gezogen, das Weingut habe man verkauft.

Ob der Vater einen Bruder gehabt habe, fragte ich.

Doch, Jakob.

Jakob!, rief ich aus. Jakob, der Mediziner.

Gerda sah mich an. Woher ich das wisse, fragte sie.

Das sei eine lange Geschichte.

Erzähle mir von Jakob, bat ich sie. Onkel Jakob sei liebenswert. Mit Cordula, seiner Frau, komme er selten, öfter mit seiner Tante Erni. Das sei eine tolle Frau. Graumeliertes Haar, witzig und klug, die beiden lieben sich auf besondere Weise, ergänzte sie.

Auf besondere Weise, wiederholte ich.

Nun sei ich dran, mit der Geschichte, der Liebesgeschichte. Dein Manuskript, sagte sie.

Ich hätte die Geschichte noch nicht zu Ende gelesen, antwortete ich, ich sei nur wegen des Weineinkaufs gekommen.

Bleibst du?, fragte Gerda.

Ich bejahte. Ich war plötzlich in dieser Familiengeschichte zum Mitspieler geworden.

Einige Tage später rief mich Jakob an. Er lud mich zum Abendessen ein. Wir tranken einen herrlichen Rotwein, plauderten und tauschten Erfahrungen aus. Er war mir ganz nahe. Brudernähe verspürte ich.

Ja, ich würde sein Manuskript annehmen, über Details müsse man noch sprechen, auch die Startauflage sei ein Thema.

Und Ernesti? Meine Frage nach Ernesti sei von ihm noch immer unbeantwortet geblieben.

Ja, sie würde zur Lesung kommen.

Und Cordula?

Ja, sie auch, vermutlich.

Ich komme mit Gerda, sagte ich und lächelte.

PETER-SAMMLUNG

Wie jeden Morgen stand ich am Fenster meiner im ersten Stock gelegenen Wohnung. In der Hand hielt ich eine Tasse mit italienischem Espresso, den ich mir immer nach dem Frühstück gönnte, und wartete auf den um diese Zeit üblichen Anruf meiner Tochter. Unten auf der Straße eilten die Menschen mit hochgeschlagenen Krägen, manche mit Regenschirmen, die meisten mit Hüten oder Hauben – dichter Schneefall hatte in den Morgenstunden eingesetzt. Vielleicht würde ich am Wochenende zum Skifahren kommen, wenn es frieren sollte vielleicht auch zum Eislaufen. Mir fielen die eiskalten Abende ein, die wir als Jugendliche beim Eislaufen auf dem zugefrorenen Hilmteich verbracht hatten. Der Name des Mädchens hingegen, das mir das Eislaufen beigebracht hatte, fiel mir nicht mehr ein.

Dann der erwartete Anruf. Katastrophenwetter in Wien, und bei euch?

Es schneit, ich habe gerade daran gedacht, dass wir am Wochenende Skifahren gehen könnten.

Meine Tochter winkte ab, sie bleibe bei diesem Sauwetter, wie sie sich ausdrückte, lieber zu Hause. Sie habe von einer interessanten Lesung im Literaturhaus erfahren, Sophie König, *Peter-Sammlung,* ich möge mir den Termin vormerken und hingehen.

Jetzt fiel mir der Name des Mädchens ein, das mir das Eislaufen beigebracht hatte, Sophie.

Papa, hörst du mir zu?

Ja. Ich entschuldigte mich, es sei zu kompliziert, die Zusammenhänge mit dem Namen Sophie in aller Kürze zu erklären.

Alte oder neue Liebe?, fragte meine Tochter und lachte dabei.

Weder noch, antwortete ich.

Wenn es sich ausgehe, würde sie mich begleiten. Zum Schutz, ergänzte sie.

Zum Schutz?, fragte ich nach.

Ja, zum Schutz, man wisse ja nie, sagte sie kryptisch, die Frau könnte ja auf deiner Wellenlänge liegen.

Ich merkte mir den Termin vor. Literaturhaus, 18 Uhr. Eine Sophie König war mir als Schriftstellerin bisher nicht aufgefallen. Ich ging zu meinen Bücherschränken. Otto König, ja, aber keine Sophie König. *Peter-Sammlung*, ein eigenartiger Titel. Aber an die Buchtitel muss man sich heute schon gewöhnen, dachte ich. *Ach, diese Lücke, diese entsetzliche Lücke* oder *Der Hundertjährige, der aus dem Fenster stieg und verschwand.* Früher beschränkte man sich auf ein oder zwei, drei Wörter. *Felix Krull* oder *Der Zauberberg*, *Die Blechtrommel* oder *Der Steppenwolf*.

Nun also Sophie König und ihr Buch *Peter-Sammlung*. Kam sie, meine Tochter, wegen meines Vornamens auf die Idee, mir die Lesung zu empfehlen? Wieder blickte ich nach draußen und beschloss, am Abend meine Sauna aufzusuchen. Ich sollte meine Cousine Eva anrufen, die ich in letzter Zeit vernachlässigt hatte, vielleicht hatte sie ja auch Lust auf einen Saunagang. Seit der Erkrankung ihres Mannes lebte sie eher zurückgezogen.

Ja, sie komme gerne, sie bringe auch einen Kuchen mit.

Ich dachte augenblicklich auch daran, dass sie mich ja zur Lesung dieser Sophie König begleiten könnte. Das sollte ich mit ihr jedenfalls besprechen, denn ich ahnte, dass meine Tochter doch nicht mitkommen würde.

Abends, als wir nach dem Saunagang den mitgebrachten Kuchen aßen, informierte mich Eva – sie war in die Großfamilie besser integriert als ich – über Tanten und Onkeln, Ehekrisen und Kleinkinder. Und dass sie sich über die Zeit danach, sie meinte wohl nach dem Tod ihres Mannes, große Sorgen mache. Ob sie das Haus alleine bewirtschaften werde können, den großen Garten, das Rasenmähen müsse ich übernehmen, schlug sie vor und lachte dabei ein wenig.

Ob es aussichtslos sei, fragte ich.

Sie nickte.

Um sie abzulenken, erwähnte ich die Lesung. Sie sagte spontan zu.

Der Schneefall hatte in den letzten Tagen abgenommen, das Weiß war in den Straßen zu schmutzigem Grau mutiert, sodass ich beschloss, mit dem Taxi zum Literaturhaus zu fahren. Der kleine Saal war nur zur Hälfte voll. Eva hatte kurzfristig abgesagt, vielleicht wegen des Wetters. Ich nahm in der zweiten Reihe Platz.

Kurzer Auftrittsapplaus, launige Ansprache des Veranstalters zum seiner Meinung nach gelungenen Erstlingswerk der Autorin. Die Autorin: mein Alter, also Mitte 50, schlank, schwarzer Hosenanzug, grauer Rollkragenpullover, flache Schuhe, schmucklos, aber interessante Gesichtszüge. Der Satz meiner Tochter mit der Wellenlänge fiel mir ein.

Sie schien meine gedankliche Beschreibung gespürt zu haben und lächelte mir zu. Kommen Sie doch in die erste Reihe, forderte sie mich auf, das würde auch anderen Mut machen. Also folgte ich ihrer Aufforderung. Dann begann sie mit der Lesung. Dreißig Minuten müssen Sie mir zuhören, sagte sie. So lange sei auch das erste Kapitel, die Erinnerungen der Protagonistin an ihren ersten Peter. Den Hort-Peter, wie sie ihn nannte.

Hort-Peter, wiederholte ich für mich. Auch ich war einige Jahre Schüler in einem Hort gewesen.

Dann schlug sie das Buch auf und las. *Die Siebzigerjahre. Ich ging damals ins Keplergymnasium und nachmittags in den Schülerhort, der in der Wienerstraße angesiedelt war.*

Ich war doch auch im Schülerhort Wienerstraße, dachte ich und mein Interesse an der Erzählung war plötzlich enorm groß.

In Erinnerung geblieben sind mir die große Holzveranda, das weiß-grüne Gmundner-Keramikgeschirr und der eingezäunte Innenhof, in den wir durften, wenn es nicht regnete und natürlich nach der Fertigstellung unserer Hausaufgaben. Es wurde Fangen gespielt, die Buben rauften, bis ein Erzieher dazwischen ging und sie alle an den Ohren zog. Und abends sangen wir zum Abschied „Kein schöner Land in dieser Zeit", die vier Strophen kann ich noch heute singen und singe sie auch noch, wenn ich abends im Garten sitze und an vergangene Zeiten denke.

Und in diesem Schülerhort war auch Peter. Blond, anders als die anderen Buben. Er half mir in Mathematik, ich ihm in Latein. In welche Schule er ging, ist mir entfallen. Es war keine Jugendliebe, es war reine Freundschaft. Statt mit den anderen Mädchen zu spielen, brachte ich ihm das Schnurspringen bei, er mir das Stelzengehen. Da wir denselben Heimweg hatten, erzählten wir uns immer das, was uns gerade bewegte und wir zu Hause nicht besprechen konnten. Sprachen von unseren Träumen, aber auch von unseren Ängsten. In den Wintermonaten war ich froh, wenn bei schwacher Straßenbeleuchtung Peter mein Begleiter war. Manchmal trug er auch meine Schultasche, wenn sie allzu schwer war. Dafür habe ich ihn einmal geküsst.

Ich spürte, wie mir mein Blut stärker zu Kopfe stieg und sich Schweißperlen auf meiner Stirn sammelten. Die Protagonistin, ich musste davon ausgehen, dass es die Autorin in Person war, sprach von mir. Ich war dieser Peter. Und das Mädchen hieß Sophie, es fiel mir wieder ein. Diese Sophie saß mir gegenüber und führte in unsere gemeinsame Vergangenheit. Hatte meine Tochter davon gewusst?, fragte ich mich, oder war es reiner Zufall? Jetzt müssten im Text noch gemeinsame Kinobesuche und winterliche Eislauferlebnisse folgen, dachte ich.

Bei uns zu Hause war Peter nie. Warum eigentlich nicht?, frage ich mich. Dafür gingen wir einige Male am Samstagnachmittag ins Fröbelkino, im Sommer ins nahe Bad in der Wienerstraße, es war ein Mühlgangbad. Nicht ungefährlich, aber Peter und ich waren gute Schwimmer. Den Eltern hätten wir nicht erzählen dürfen, dass wir statt ins Schwimmbecken in den Mühlgang gesprungen sind. Und mir fällt ein, dass aus der Musikbox ständig die Beatles, die Beach Boys und Al Martino dröhnten.

Ja, ich erinnerte mich. Ein Mühlgangbad, mit einer eisernen Sperre am Ende. Und wir spielten auch Tischtennis, bis uns die Älteren vertrieben. Dann lagen wir auf der Wiese und lasen irgendwelche Hefte, vermutlich Bravo.

Im Winter gingen wir zusammen Eislaufen. Zum Hilmteich. Später besuchte ich dort einen Tanzkurs, Tanzschule Kummer, der Name fiel mir wieder ein, und fast bei jedem Besuch dachte ich an die Eislauferlebnisse mit Hort-Peter.

Und auf einmal waren diese schönen Jugendjahre und damit diese Freundschaft vorbei. Peter zog mit seiner Familie in einen anderen Stadtteil und wechselte die Schule. Mich machte der Hortbesuch krank. Ich schüttete meiner Mutter mein kleines Herz aus und durfte nachmittags zu Hause bleiben. So ist mir die Abnabelung von Peter leichter gefallen.

Ich schüttelte den Kopf. Vor einigen Tagen hatte ich mich daran erinnert, nun stand es Schwarz auf Weiß da. Es wurde vier Jahrzehnte zurückgeblickt.

Ich bemerkte, dass mich die Blicke der Autorin fixierten. Weiß sie, dass ich dieser Peter bin?, fragte ich mich. Das war nicht gut möglich. Mir wurde aber klar, dass ich mich nach der Lesung zu erkennen geben musste.

Einige Sätze hatte ich wegen meiner rückwärts gerichteten Gedanken überhört und lauschte nun wieder der mir plötzlich ein wenig vertraut vorkommenden Stimme.

All die Jahre erinnerte ich mich immer wieder an diese unbeschwerte Zeit, wenn ich meine Eltern in Graz besuchte. So nah mir auch Hort-Peter war, mir wollte sein Nachname nicht einfallen. Hätte ich mich an den Namen erinnert, ich hätte versucht ihn anzurufen. Auch kreuzten sich nie unsere Wege. Warum eigentlich nicht? Hätte ich ihn erkannt? Würde ich ihn heute erkennen? Hallo, ich bin Sophie, aus dem Hort? Vielleicht würde ich mich spontan in ihn verlieben, nach dem Motto „Spät aber doch", vielleicht wäre ich aber auch enttäuscht, ein glatzköpfiger Dicker, bei diesem Satz lachten einige im Saal, *vielleicht treffe ich ihn auch bei einer meiner Lesungen oder er kauft sich das Buch und schreibt mir eine E-Mail. Ich würde mit ihm alle Orte, Wege, Plätze aufsuchen, die wir damals gemeinsam betreten haben. Kino und Bad wird es wohl nicht mehr geben, aber Eislaufen auf dem Hilmteich, das könnten wir. Und ich würde eine Gmunder-Keramik-Tasse kaufen, ihm schenken und fragen, ob er sich daran erinnere.*

Also mich outen – ich überlegte wie. Sie formlos ansprechen, ihr zum Text gratulieren, sie auf ein Glas Wein einladen? Jedenfalls die Entscheidung des Sich-zu-erkennen-Gebens hinauszögern. Plötzlich schien mir das Ganze ein Spiel. Meine Vergangenheit wird offengelegt und gleichzeitig bleibe ich unerkannter Beobachter. Ich beschloss, das Buch zu kaufen, und mehr über das weitere Leben der Protagonistin, oder doch eher dieser Sophie, zu erfahren. Und ob und wann sie auf ihren Hort-Peter, also mich, stößt.

Dann dankte der Veranstalter der Autorin, verwies auf die Möglichkeit des Bucherwerbs samt Widmung und den Gedankenaustausch mit ihr.

Ich ließ einigen Kaufwilligen den Vortritt, erstand dann ein Buch und bat die Autorin um die versprochene Widmung.

Für wen?, fragte sie.

Hecht, sagte ich, für Herrn Hecht.

Hecht, rief sie aus. So hieß Hort-Peter auch.

Ich dankte, lächelte, ohne eine weitere Reaktion zu zeigen, und verabschiedete mich.

Schade, sagte sie, gerne hätte ich mit Ihnen noch ein Glas Wein getrunken und Gedanken ausgetauscht, so wie es der Veranstalter empfahl.

Zu Hause öffnete ich eine Flasche Morillon, machte es mir auf dem Sofa bequem und las, wobei ich die eine oder andere Seite überflog oder gar überblätterte.

Ich las davon, dass sich die Protagonistin mit 18 in den Sommerferien, die sie in Dänemark verbracht hatte, verliebte. Er hieß natürlich Peter. Peter, der Däne. Er dürfte in ihrem Leben weiter keine große Rolle gespielt haben. Es musste endlich getan werden, schrieb sie. Dann begann ein neues Kapitel.

Sie studierte Pharmazie, kurze Flirts trugen andere Namen. Peter, der Dritte, war zehn Jahre älter als sie. Seine Familie habe sie offen aufgenommen, er habe ungewöhnlich rasch zur Hochzeit gedrängt und sie habe eingewilligt. Da waren ein großes Auto und eine geräumige Wohnung und alles, was man brauchte: Möbel, Geschirr, Bilder, Vorhänge. *Ich entdeckte für mich*, schrieb sie, *dass ich die fehlende Begleitung in seinem Leben war. Während ich mich zu Hause bemühte, die Theorie des Glasperlenspiels zu verstehen, spielte er mit Bürokollegen Tennis oder Karten. Nach einiger Zeit wollte ich aber auch nicht mehr Biedermeier und Stoffservietten, Silberbesteck und Damasttischtücher um mich herum haben. Ich kündigte die Ehe auf und zog in eine WG mit Gebrauchtmöbeln und Papierservietten, manchmal Pappbechern und Wein aus einer Zwei-Liter-Flasche, die es damals noch gab. Und ich konnte zu jeder Tages- und Nachtzeit rauchen. Camel.*

Einige Seiten weiter las ich von der Heimkehr der Protagonistin ins Grazer Elternhaus und den Eintritt in das Berufsleben als angestellte Pharmazeutin. Später erkannte sie, dass sie die Stelle nicht antreten hätte sollen. Zwar hieß der Apotheker nicht mit Vornamen Peter, sondern mit Nachnamen, aber bald war sie schicksalhaft an ihn gebunden. Wieder um einiges älter als sie, wieder wurde sie privat zur Begleiterin. Zwar mit Sport-Cabrio und tollen Auslandsflugreisen und auch mit privatem Freiraum, aber etwas fehlte. Es war die Unbeschwertheit, die sie in ihrer Jugend kennengelernt hatte. Nach einem Wochenenddienst in der Apotheke legte sie die Autopapiere und den Autoschlüssel auf den Schreibtisch im hinteren Apothekerzimmer, schrieb ein paar Dankesworte auf einen Rezeptblock und beendete ihr einseitiges Luxusleben.

Natürlich fragte ich mich, wie weit sich die Rolle der Protagonistin mit der der Autorin überschnitt. Und ich wurde ungeduldig. Ich blätterte nach vor und las.

Nach all meinen Petermänner-Erlebnissen kam ich zu folgendem Schluss: Da ich anscheinend von ihnen nicht fortkann und immer wieder auf sie stoße, muss ich unbedingt den Peter aus der Hortzeit wiederfinden. Nur wie? Daher der Entschluss, meine Erlebnisse zu Papier zu bringen, auch weil ich sie aufarbeiten wollte. Und ich war mir sicher, dass mir Peter aus der Hortzeit über den Weg läuft. Am ehesten bei einer Lesung in Graz. Und so kam es. Schon beim Eintritt in den Leseraum erkannt ich ihn. Und ich entführte ihn mit meinen Erzählungen in die gemeinsame Vergangenheit. Und in dem Augenblick, als er mich um eine Widmung bat, wusste ich auch wieder seinen Namen. Dass er sich mir gegenüber nicht zu erkennen gab, überraschte mich nicht. Es war ein Teil des Spiels, das er mit mir vorhatte. Er wollte zuerst meine Vergangenheit kennenlernen.

Ich fluchte und trank noch den letzten Schluck aus meinem Glas. Dann nahm ich mir vor, beim Verlag um Sophies Telefonnummer anzufragen.

WALDMEISTERBOWLE

Ein abendlicher Anruf, der Mann entschuldigte sich, nannte seinen Namen, den ich nicht verstand, Herrnberg oder so ähnlich, aber ich fragte auch nicht nach, dann kam er auf den möglichen Kauf der Liegenschaft, meines Sommerdomizils, annonciert in der Wochenendausgabe, zu sprechen.

Ja, bestimmte Umstände würden mich dazu veranlassen. Er möge in den nächsten Tagen herauskommen, dann könne man über Einzelheiten sprechen.

Wir vereinbarten einen Termin und im gleichen Augenblick bedauerte ich den Verkaufsentschluss. Aber man könnte ja immer noch zu einer anderen Entscheidung gelangen.

Das Auto des mir unbekannten Interessenten hielt pünktlich vor dem Eingangstor, der Mann grüßte freundlich. Er dürfte in meinem Alter, vielleicht um ein paar Jahre älter gewesen sein, tadellos angezogen, insgesamt ein gepflegtes Äußeres, wie ich feststellte.

Er sei der abendliche Anrufer, er bedaure eine eventuelle Störung zur fortgeschrittenen Stunde, aber er sei so spät erst aus der Klinik, in der er arbeite, nach Hause gekommen.

Ich bat ihn ins Haus und bot Kaffee an.

Dieses herrliche Anwesen wollen Sie wirklich aufgeben?, fragte er.

Ich nickte. Es seien persönliche Umstände, belastende. Dann erzählte ich, dass ich die Liegenschaft vor 15 Jahren recht günstig erworben und danach umgebaut, das Atelier nachträglich dazugebaut habe.

Ob ich Maler sei, fragte er.

Maler und Fotograf. Das sei auch der Anlass für den Kauf des Sommerdomizils gewesen. Eine Flucht aus der Stadt, immer von Anfang Mai bis Mitte Oktober. Flucht vor der Hitze der Großstadt, vor den Touristen, vollen Lokalen, dem Lärm, erklärte ich.

Er habe immer das städtische Treiben geliebt, ja gebraucht und habe die Sehnsucht seiner Frau nach Naturnähe und Einsamkeit nie geteilt. Nun, da es zu spät sei, wolle er zumindest ihre Träume erkunden, vielleicht spüre er dann noch ein wenig ihre Nähe.

Ich sah ihn fragend an.

Sie sei vor wenigen Wochen verstorben, überraschend, sie habe wohl ihrer eigenen Krankheit, obwohl selbst Medizinerin, zu wenig Beachtung geschenkt. Auch habe man in Parallelwelten gelebt, was er jetzt schmerzlich erkenne.

Wir schwiegen beide einige Minuten. Dann fragte er, wie ich hier draußen gelebt habe.

Ich stand auf, nahm zwei Gläser aus der Vitrine und schenkte ungefragt selbstgebrannten Birnenschnaps ein.

Dann begann ich ihm, dem doch Fremden, den üblichen Ablauf meiner Flucht aus der Stadt zu schildern, die immer im Dorfgasthaus, bei Gulasch und Bier, ihren Anfang genommen habe.

Er lachte.

Ja, immer, wiederholte ich. Ich ließ mir von der liebenswerten Wirtin die Todesfälle des letzten Halbjahres schildern und bat sie um ihre Putzfrau, die Vroni, die dann zwei Tage lang Spinnen, Käfer, Mäuse und manchmal auch einen Siebenschläfer aus dem Hause jagte. Es folgten lange Spaziergänge und ich kehrte meistens mit einer Sumpfdotterblume für meinen kleinen

Tümpel und Waldmeisterblüten zurück, womit ich mir dann eine Bowle zubereitete.

Waldmeisterbowle, sagte er, davon habe er schon einmal gehört.

Dann beginne immer meine Arbeit im Atelier. Ich räume auf, male und an manchen Tagen, wenn die Sonne noch tief stehe, starte ich meinen Raubzug mit der Kamera. Zuerst die weißblühenden Wildkirschen, die sich im Wald als Erste hervortun, meistens kreuze ein Reh meinen Weg, Fasane, über mir ein Falke. Oder ein weißes Pferd auf einer großen, eingezäunten Wiese, wie ein Einhorn in einem Märchen.

Ich höre Ihnen gerne zu, sagte mein Gegenüber. Auch sei der Schnaps milde, ja, er nehme gerne noch ein weiteres Glas. Ihm falle auf, dass alles so gepflegt sei, geschmackvoll eingerichtet, liebevoll dekoriert. Es dränge sich also die Frage nach einer Hausfrau auf.

Ich atmete tief und schwieg vorerst. Dann schenkte ich mir auch noch ein Glas meines Birnenschnapses ein. Sollte ich diesem Fremden von ihr erzählen? Ja, es drängte mich. Nun gut, sagte ich, ich lasse aber einiges aus.

Alles habe bei einer Ausstellung meiner Fotografien in der Stadt begonnen. Mein Galerist habe mich gemahnt, ich möge mich um die Gäste kümmern, es sei schon viel gekauft worden. Also half ich beim Ausschenken des Weines, plauderte und war plötzlich gut gelaunt. Eine an meinen Fotografien interessierte Frau sprach mich an Ich möge ihr die Orte verraten, an denen man Tiere und Pflanzen, die ich abgelichtet hatte, finde. Sie finde auch die Licht- und Schattenspiele, die Blätter im Wind, eigentlich sämtliche Bilder fantastisch.

Sie finde mein Paradies nie, ich wisse auch nicht, ob ich den Ort verraten solle, warf ich ein.

Sie lachte, Paradies klinge doch etwas übertrieben, aber sie gebe zu, subjektiv könne das eine oder andere Bild zweifellos aus dem Paradies stammen.

Ich habe ihr dann von meinen Waldmeisterbowletagen, die bald wieder kommen würden, erzählt. Kennen Sie Waldmeister, galium odoratum?, fragte ich sie.

Waldmeister kenne sie so gut wie Veilchen, Gänseblümchen oder Klee. Wie sich später herausstellte, war das eine glatte Lüge. Schon hatte ich die Einladung auf meinen Sommersitz ausgesprochen, sie müsse dann allein hinunter in die Au gehen und mir für die Bowle Waldmeister holen.

Ich zeichnete auf einer Serviette den Weg auf, erwähnte die große Eiche bei der Abzweigung, die Brücke über den Mühlenbach und den Hahn auf dem Dach.

Es war dann am dritten oder vierten Mai, ich war früh hinunter in die Au aufgebrochen, hatte Morcheln gefunden, mir überlegt, wie ich mir die zubereiten könnte, als ich bei meiner Rückkehr ein parkendes Auto auf dem Zufahrtsweg entdeckte. Ich ärgerte mich, dass ich das Haus unversperrt gelassen hatte. Auf der Bank vor dem Haus saß eine Frau in Turnschuhen, Jeans und einem gelben Walkjanker. Es war die Ausstellungsbesucherin, deren Namen ich mir nicht gemerkt hatte.

Überrascht?, fragte sie.

Ein wenig, antwortete ich.

Ob das, was ich in der Hand halte, Waldmeister sei, fragte sie. Ich nickte.

Sie machte mir dann den Vorschlag, die Umgebung erkunden zu wollen und einen Blumenstrauß zu pflücken. Ob es danach die versprochene Waldmeisterbowle gebe?

Ich bejahte und war augenblicklich froh über den Besuch. Dann ermahnte ich sie, auf dem Weg zu bleiben, nicht über die bebauten Äcker zu laufen und ihren Hund, der sich winselnd im Auto bemerkbar gemacht hatte, an der Leine zu lassen, wegen der Jäger.

Nach einer Stunde kam sie mit einem großen Wiesenblumenstrauß zurück. Sie bedankte sich auch für den Hinweis, den Hund an die Leine zu nehmen, da sie einem grimmig dreinsehenden Jäger begegnet sei. Mit vollen Waldmeisterbowlegläsern gingen wir hinüber zum Atelier, sie sah sich ohne zu fragen um und setzte sich dann zu mir auf die schäbige kleine Couch. Sie sei in eine andere Welt eingetaucht, in eine, die sie immer gesucht habe, sie stimme mir zu, es sei wirklich ein Paradies, wenn ich mich noch an das Gespräch in den Ausstellungsräumen erinnere.

Dann sah sie auf die Uhr, sie wolle noch vor der einbrechenden Dunkelheit zurückfahren. Ob sie am kommenden Wochenende, da habe sie keinen Dienst, wiederkommen dürfe?

Ich nickte. Sie könne auch, falls sie wolle, im Dorfgasthof für eine Nacht ein Zimmer nehmen.

Ja, das werde sie gerne tun. Dann brach sie auf.

Über die Karte, die zwei Tage danach kam, freute ich mich sehr. *Danke* und *Servus Du* stand lediglich auf der Rückseite.

Ich gebe zu, dass ich dem nächsten Wochenende entgegenfieberte.

Mein Gegenüber hob bei diesem Satz merkbar die Augenbrauen.

Ich unterbrach meine Schilderung und fragte, ob er noch an meinen Ausführungen, auch an den Details, interessiert sei, aber es würde mir Freude bereiten, jetzt darüber zu sprechen.

Doch, vielleicht habe er es nicht richtig zum Ausdruck gebracht, ganz gewiss sei er interessiert, auch an den Details, soweit ich sie ihm gegenüber erwähnen möchte.

Sie, also die Frau, die ich bei der Ausstellungseröffnung kennengelernt hatte, wollte gleich nach ihrer Ankunft einen ausgedehnten Spaziergang machen. Sie habe schwere Tage hinter sich, leide zu oft mit den ihr anvertrauten Menschen, sie rauche dann auch zu viel.

Wir verweilten auf einer einfachen Holzbank, die in der Nähe von Bienenstöcken aufgestellt war, und sahen den ein- und ausfliegenden Bienen zu. Sie tragen jetzt den Blütenpollen ein, erklärte ich ihr. Auf dem Heimweg musste ich ihr fast jeden Baum und Strauch erklären. Sie müsse noch oft hier herauskommen, sie wolle alles kennenlernen. Sie sei ja auf anderen Gebieten tätig, Biologie habe sie immer interessiert, aber nur theoretisch.

Das Wochenende verging viel zu rasch. Sonntagmittag brach sie auf. Wir rufen uns nicht an, sagte sie, in einer Woche komme sie wieder. Und dass sie mit einem Glas Waldmeisterbowle rechne. Dann gab es einen flüchtigen Kuss.

Schon Freitagvormittag ging ich hinunter in die Au – ja, noch blühte der Waldmeister. Als ich mit einem kleinen Strauß davon aus dem Wald trat, flog ein seltener Schwarm Wildgänse über mir. Keine Kraniche, dachte ich in diesem Augenblick. Und ich erinnere mich an einen Maikäfer, den ersten seit Jahren.

Sie kam nachmittags um drei Uhr. Sie sei so wahnsinnig hungrig, auch auf ein Gulasch und ein kleines Bier, dabei lachte sie.

Und meine Bowle?, fragte ich.

Die würde sie gerne am Abend trinken.

Mein Gast, so bezeichne ich ihn, stellte mir die Frage, wenn sie erlaubt sei, schob er ein, ob man über ihren Beruf, ihr persönliches Umfeld, ihre Familie, gesprochen habe.

Im Laufe der Zeit, in Nebensätzen. Es war so, und da befanden wir uns ohne Abstimmung auf gleicher Linie, nur im Jetzt leben zu wollen, Vergangenheit und Zukunft ausschließend. Auch drängte es mich nicht, als wir uns im Oktober für das

Winterhalbjahr verabschiedeten, zu erfahren, wie wir, ohne uns zu sehen oder zu hören, leben.

Ein Schutzmechanismus, warf mein Gegenüber ein.

Darüber habe ich nicht nachgedacht, entgegnete ich. Auch war dann das Stadtleben, vor dem ich ja für Monate geflüchtet war, mit anderen Dingen ausgefüllt. Mein Galerist bedrängte mich damit, dass man auch auf internationalen Ausstellungen vertreten sein müsse, er habe Basel, London, Rom im Visier.

Meinen Protest parierte er mit dem Hinweis, dass diese Termine alle ins Winterhalbjahr fallen würden.

Nun aber zurück, wir haben einen Zeitsprung gemacht, sagte ich, zurück zu den Wochenenden. Kurz hielt ich inne. Sollte ich ihren Namen erwähnen? Ich entschied mich dagegen, es schien mir wie die Preisgabe einer Intimität.

An den Wochenenden des ersten Jahres haben wir alles in Besitz genommen. Die Au, die Wiesen, die erwähnte Holzbank vor den Bienenstöcken, den Hochsitz, die Mais- und Weizenfelder.

Und sie haben fotografiert?

Natürlich. Ich fotografiere ausschließlich schwarz-weiß, erklärte ich, sicher Tausende von Bildern habe ich gemacht. Das Kornfeld, einmal Roggen, einmal Gerste, vor der Ernte und danach, die Apfelblüten, die reifen Früchte, das Obst in den Steigen, die Mostfässer, die vollen Bier- und Mostgläser der Erntedankbesucher, die plötzlich auftauchenden Gewitterwolken, die davonfliegenden Sonnenschirme, die Regenpfützen.

Und sie, haben Sie sie auch fotografiert, auf der Blumenwiese liegend, auf einem Baumstamm sitzend, bei der Heuernte, beim Biss in einen Apfel?

Eine berechtigte Frage, antwortete ich. Nein. Fotografien von Personen sind in meinen Augen Produkte der Vergangenheit. Letztes Jahr, vorletztes Jahr, das Geburtstagsfest. Der auf der Fotografie lebt nicht mehr … Da war ich noch jung … Es kommt beim Betrachten Traurigkeit auf.

Aber Sie fotografieren doch – verzeihen Sie – mit Ihren Bildern diese Traurigkeit.

Nein, Sie haben mich missverstanden. Meine Bilder zeigen das Jetzt. Und ich lichte jene Dinge ab, die wiederkommen. Die Erde, die Saat, den Weizen, das Stroh. Nie Menschen.

Aber das Bild eines geliebten Menschen, das sieht man doch gerne an.

Man kann ihn, sagte ich und hielt kurz inne, den geliebten Menschen, auch ohne sein Abbild vor Augen zu haben, im Gedächtnis haben. Den Mund, die Augen, seinen Gang, das Lächeln, den Kuss. Das alles kann – und ich spreche das als Künstler aus – das Bild, ob gemalt oder fotografiert – nicht. Das Bild kann anderes. Auch male ich keine Porträts. In diesem Augenblick fiel mir Dorian Gray ein, dieser reiche und schöne Dorian Gray des Oskar Wilde, dessen Porträt statt seiner altert, sollte ich das erwähnen? Ich entschied, es zu unterlassen.

Wieder sind wir abgeschweift, sagte ich. Vielleicht sollten wir doch über Ihr Interesse an der Liegenschaft sprechen.

Nein, sagte er. Nie wieder bestehe die Chance, wenn es nämlich zum Kauf kommen sollte, über das, was hier geschehen war, welche Begegnungen stattgefunden hatten, in dieser – und ich wage es, das so zu nennen – Intimität zu sprechen. Ihm scheine, als schwebe etwas von seiner verstorbenen Frau hier im Raum.

Ich schenkte nochmals vom Birnenschnaps nach.

Er dankte und fragte nach dem Ende dieses Sommerhalbjahres. Mit ihr, ergänzte er.

Ich war froh, dass die Frage, wann sie das Zimmer im Dorfgasthaus aufgegeben und bei mir geschlafen hatte, nicht gestellt wurde. Es blieb im Gespräch, in meiner Schilderung bei einer freundschaftlichen, aber distanzierten Begegnung zweier verwandter Seelen.

Nun, das Haus wurde winterfest gemacht, das Wasser abgedreht, die letzten Rosen wurden abgeschnitten und der Dorfwirtin zum Abschied geschenkt.

Aber wie war der Abschied für ein langes Halbjahr von ihr, Ihrem Gast?, wollte er wissen.

So, wie wir es Woche für Woche vereinbart hatten. Keine Anrufe, kein Treffen in der Stadt.

Zurück zu Frau, Kind und Heim?

Nein, das nicht.

Aber sie?

Vergessen Sie nicht unsere Einstellung zum Jetzt.

Dann sei er altmodisch, warf er ein.

Die Frau kehrt zurück, um von ihr zu sprechen, man fragt nicht, wo sie gewesen ist? Liebt man sich noch? Schläft man wieder miteinander? Nein. So einfach gehe das nicht.

Mir fällt noch eine Frage ein, sagte er. Sie haben sie tatsächlich nie in der Stadt getroffen?

Nein, nur einmal fand ich eine Nachricht unter dem Wischerblatt meines Fahrzeugs. Und einmal, es war am Silvesterabend, ich hob nicht ab. Ich wusste, dass sie es war.

Und dann? Im nächsten Jahr? Hallo, 1. Mai. Ohne das Gestern? Ich nehme Ihnen das nicht ab, sagte er, er sei nach dem vierten Glas Birnenschnaps so mutig, mir das zu sagen.

Und doch war es so. Diese außergewöhnliche Beziehung ließ mein Werk reifen. Ich war mir bewusst, dass ich das vor mir liegende Sommerhalbjahr so intensiv wie nie zuvor erleben würde. Und ich verwendete auch kräftigere Farben in der Malerei, stand früher auf, nur um das intensivere Morgenlicht mit meiner Kamera einzufangen. Die noch langen Schatten, den Morgentau auf dem Spinnennetz.

Und da ich ins Schwärmen kam, erzählte ich von den gemeinsamen Tagen, die nur mit dem augenblicklich Erlebten ausgefüllt waren, nicht mit Rückblick und Vorschau belastet. Wir gruben gemeinsam Kartoffeln aus oder holten uns einen reifen Kürbis vom Nachbarfeld, um damit einen Kürbisgeist zu schnitzen und uns vor ihm, mit einer brennenden Kerze im Inneren, bei einbrechender Dunkelheit, wie früher, zu fürchten. An heißen Tagen schliefen wir auch in Liegestühlen auf der Holzveranda bei geöffneten Fenstern, den Lauten der Fasane, Rehböcke und Hähne lauschend.

Mein Gott, sagte mein Gast, das klingt abenteuerlich, hätten Sie mich doch früher in Ihre Welt eintreten lassen.

Werden wir uns handelseinig, können Sie es sich einrichten, wie ich es getan habe, antwortete ich.

Ohne sie?, fragte er.

Ich zuckte mit den Achseln.

Nachdem er einige Minuten geschwiegen und ich dabei in der Ferne nach einem Zeichen von ihr gesucht hatte, setzte er das Gespräch fort. Und so verging Jahr für Jahr?, fragte er.

Ich nickte.

Nun müsse er doch die Frage stellen, warum ich dieses Paradies, dabei erinnere er mich an das Gespräch anlässlich der Ausstellungseröffnung, warum ich dieses Paradies beabsichtige aufzugeben.

Alles hat einen Anfang und ein Ende, antwortete ich.

Nein, nur mit diesem Satz würde er sich nicht begnügen, sagte er.

Das Jahr habe mit schlechten Vorzeichen begonnen. Das Dorfgasthaus war Anfang Mai geschlossen, die Kübelpflanzen davor vertrocknet, der kleine Bach, der unten durch die Au fließt, war durch ein starkes Gewitter zum reißenden Strom geworden und hatte Bäume mitgerissen, mein geliebter Waldmeister war nirgendwo zu sehen, statt Wildgänsen sah man nur Schwärme von Krähen.

Und sie?

Sie kam weder Anfang Mai, noch Ende Mai und auch nicht zur Sonnwendfeier. Lustlos saß ich vor weißem Papier, die Natur hinterließ nur Grautöne auf meinen Fotografien.

Der Mann, der mir nun schon einige Stunden zugehört hatte, stand auf, sah dabei zum Fenster hinaus und ging langsam zur Tür. Dann drehte er sich um und dankte für das Gespräch. Er werde sich in den nächsten Tagen melden. Dann fragte er, ob denn der Seerosenteich auch durch das Unwetter gelitten habe.

Nein, antwortete ich.

Das Auto entfernte sich langsam. Nach einigen Minuten fiel mir ein, dass ich den Seerosenteich im Gespräch nicht erwähnt hatte.

ONKEL FRANZ

Ja, Onkel Franz, ich komme verlässlich. Samstagnachmittag war Besuchstag im Altersheim. Schreib mit!, sagte er, manchmal klang es wie ein Befehl, das *Bitte* ließ er unbeabsichtigt hin und wieder aus. Ich nahm es gelassen hin.

Also schrieb ich mit: Cognac, er wiederholte es, Cognac, keinen Weinbrand, wenn du einen findest V.S.O.P., die *Zeit*, wenn du sie gelesen hast, Batterien, wie letztes Mal, und Marzipan. Das hätte er nicht zu erwähnen brauchen, immer brachte ich ihm *Lübecker Marzipan* mit.

Onkel Franz, Cousin meines verstorbenen Vaters, vor zwei Jahren war er ins Altersheim gezogen. Er war damals 82 oder 83. Eigentlich war es ein Altershotel, ein Zwei-Zimmer-Apartment, eingerichtet mit seinen eigenen Möbeln. Letztlich war es der Ärger mit den Putzfrauen und Köchinnen gewesen, der ihn zur Aufgabe seiner 140 m²-Altbauwohnung im Villenviertel veranlasst hatte. Hier treffe er wenigstens auf Gleichgesinnte – er meinte damit Ältere mit entsprechendem Einkommen und geistigen Ansprüchen.

Auch ältere Damen?, hatte ich ihn vor dem Umzug gefragt.

Auch mit achtzig sei man noch für das andere Geschlecht attraktiv und empfänglich, dabei hatte er lauthals gelacht. Er war zweifellos ein attraktiver älterer Herr alter Schule. Die wöchentliche Gymnastikstunde, die im Hause angeboten wurde, ließ er nie aus. Wenn wir das Haus verließen, ob zu einem Spaziergang, einem Kaffeehausbesuch oder zu einem Arzttermin, trug er ein weißes Hemd und eine dazu passende Krawatte. Sein Markenzeichen, wenn man das so nennen will, war aber sein Spazierstock mit silbernem Knauf. Für ihn kein altmodisches Accessoire, sondern unverzichtbarer Begleiter, ohne den er sich nackt vorkam, wie er sich mir gegenüber einmal ausdrückte. Mir schien der Gehstock ein Ersatz für einen Marschallstab oder Dirigentenstab zu sein. Notfalls könne er sich damit wehren, meinte er, wobei nicht anzunehmen war, dass man sich mit ihm anlegen wollte: 1,80 m groß, schlank und nur selten, nämlich dann, wenn er in Begleitung einer Dame war, schlug er beim Spaziergang ein gemächlicheres Tempo an. Sonst hatte man Mühe, mit ihm Schritt zu halten.

Nicht selten stellte ich fest, dass ich viele seiner Körperbewegungen, seiner Gesten übernommen hatte. Ich entfaltete Servietten wie er und verwendete beim Zigarettenrauchen – wenn ich denn einmal eine rauchte, was äußerst selten vorkam – einen Zigarettenspitz. Auch manche Wortwahl war nicht die eigene, sondern die von Onkel Franz. Oft schon hatte ich ein Pendant dazu bei meinem Vater gesucht und war nicht fündig geworden. Es war wohl Vaters oft wochenlange Abwesenheit von der Familie, seine andere Lebensweise. Er orientierte sich an anderen, an der Mehrheit, blieb an der Oberfläche, verließ, wenn es opportun war, seine eigene zuvor eingenommene Position. Er war beruflich erfolgreich, weil er massentauglich war. Oft schien mir bei meinen Rückblicken, dass Vater und ich nicht aus dem gleichen Holz geschnitzt waren.

Da der Onkel Pünktlichkeit liebte, was, wie ich auch an mir feststellte, ein Altersmerkmal ist, war ich zur vereinbarten Stunde bei ihm. Auch hatte ich ihm ein Buch von Walser mitgebracht, das ich bei mir im Bücherschrank gefunden hatte. Onkel Franz liebte Walsers Bücher.

Zur Begrüßung erzählte er mir, dass zwei Mitbewohnerinnen sich um seine Gunst stritten, dabei lachte er und klatschte in die Hände. Dann erst umarmte er mich. Nachdem er den mitgebrachten Cognac begutachtet hatte, nahm aus dem Glasschrank zwei Gläser, Cognacschwenker, die man nur mehr selten verwendet, und schenkte uns ein.

Wie das mit den Mitbewohnerinnen sei, fragte ich ihn.

Er habe letzte Woche einer der beiden Damen ein Kompliment nach einem Friseurbesuch gemacht, sie hatte sich die Haare kurz schneiden lassen, auch färben natürlich, und schon sei man sich fast in den Haaren gelegen. Er sei dann schleunigst in sein Zimmer gegangen. Wieder lachte er. Zickenkrieg auch noch im Altersheim, dachte ich dabei.

Dann eröffnete er mir, dass er beabsichtige, angesichts seines Alters eine Lebensbeichte abzulegen. Nein, er korrigierte sich, keine Lebensbeichte – er würde mir gerne Auszüge aus seinem Leben erzählen, denn das Geschehene würde mit seinem Tod, ja früher noch, mit seinem geistigen Verfall, verloren gehen. Zwar glaube er nicht, dass sein Leben so interessant verlaufen sei, dass man es aufschreiben müsse, aber erzählen würde er es gerne. Auch könne er dabei sein Gedächtnis trainieren und sich selbst einen Spiegel vorhalten. Dabei könnte er prüfen, wie groß die Zahl der Kränkungen und Enttäuschungen einerseits und der getroffenen Fehlentscheidungen andererseits gewesen sei. Das mit der Lebensbeichte sei daher gar nicht so falsch, fügte er noch hinzu. Und ob es mich überhaupt interessiere, vergewisserte er sich noch.

Nur dann, wenn er nicht nur von Enttäuschungen, sondern auch von erfüllten Hoffnungen, interessanten Begegnungen und Abenteuern erzähle. Und ich ergänzte, dass man bei einer Lebensbeichte nichts auslassen dürfe und bei der Wahrheit bleiben müsse.

Dort, wo seine Schilderungen andere verletzen könnten, dort werde er schweigen, entgegnete er.

Da spricht der Anwalt, dachte ich bei dieser Einschränkung und hakte dann noch nach, ob er auch Intimes auslassen werde.

Da versage sein Gedächtnis, er lächelte.

Nach einem zweiten Glas Cognac begann er zu erzählen.

1945, da bin ich 15 gewesen, soweit reicht mein Gedächtnis zurück. Die fürchterlichen Kriegsjahre lasse ich aus. Nur dass die Regelmäßigkeit des Schulbetriebes mich gestört hat, daran erinnere ich mich. Schwierig war es mit den aus der Kriegsgefangenschaft heimgekehrten, traumatisierten Lehrern. Wir haben sie förmlich in Uniform an der Tafel stehen gesehen, der Unterricht ist anfangs mehr in militärischer Befehlsform erfolgt. Aber sie waren bemüht, den Schülern einen Weg in einen anderen Zeitabschnitt zu öffnen.

Wir halfen beim Schuttaufräumen und verdienten unser Taschengeld damit, dass wir brauchbares Material, meistens Ziegel, aus dem Schutt aussortierten, fuhr er fort. Die Welt meines Vaters lag in Trümmern, wer benötigte in dieser Zeit einen Anwalt? Auch er musste zu Hamsterfahrten aufbrechen. Für ihn stand dennoch fest, dass ich seine Nachfolge antreten werde. Also begann ich mit dem Jusstudium.

Und mein Vater?, damit unterbrach ich seine Erzählung.

Der verkaufte alles, was man brauchte und nicht hatte: Fahrräder, Kochtöpfe, Hemden, Kleider. Ich erinnere mich, dass sich in der später abgerissenen Garage ein immer größer werdendes Warenlager befand.

Ich bin mit einem alten Waffenrad gefahren, dein Vater mit einer Beiwagenmaschine, ich glaube, dass es eine NSU war. Bald ist er mit einem VW-Käfer angekommen. Es war die Zeit des Aufbruchs. Auch die Kanzlei meines Vaters florierte wieder, ich war sein Assistent, habe auf der Schreibmaschine Briefe an seine Klienten und Eingaben an das Gericht geschrieben – und am liebsten Honorarnoten.

Dann stieg dein Vater auf Mercedes um, wir kauften ihm seinen VW-Käfer ab. Ovale Heckscheibe und 30 PS. Wochentags fuhr mein Vater damit in die Kanzlei, am Wochenende durfte ich ihn fahren.

Wie hieß deine Freundin damals?

Onkel Franz lachte. Lieselotte.

Und eines Tages stellte dein Vater uns Dorli vor. Deine Mutter. Bildhübsch, 24, aus der Obersteiermark. Gutshoftochter. Liebevolle Eltern, deine Großeltern.

Ich nickte. Dabei erinnerte ich mich an meinen Großvater. Großvater Bernhard: Gutsbesitzer, Forstwirt, Jäger, Angehöriger einer anderen Generation, früh verstorben. Die Sommerferien hatten meine Schwester und ich oft bei ihnen verbracht. Und ganz besonders an das Mittagessen erinnerte ich mich gerne. Bei Tisch saßen neben den Großeltern und uns die Forstarbeiter, manchmal auch der Aufsichtsjäger und Frau Anni, die das Verwaltungsbüro leitete. Zu Beginn wurde ein kurzes Gebet gesprochen, Brot wurde vor dem Anschnitt gesegnet.

Du denkst an die Großeltern. Damit unterbrach Onkel Franz meine Rückblende.

Ich nickte.

Nun gut. Also dein Vater und Dorli.

Ich sah ihn dabei an und sprach das Wort Lebensbeichte aus.

Er atmete tief durch. Dann sagte er, dass er sich müde fühle. Lass uns nächste Woche weitermachen. Er umarmte mich – inniger, als er es sonst tat.

Abends sagte ich meine Teilnahme an einer Geburtstagsfeier ab. Onkel Franz hatte nicht nur die Seiten seiner Vergangenheit aufgeschlagen, er hatte mit seinen Schilderungen auch meine

Jugendjahre aufleben lassen. Mir schien, als verschmelze dabei sein Leben mit dem meinen stärker, als ich es bisher wahrgenommen hatte.

Ich entnahm dem Bücherschrank die beiden Fotoalben meiner Eltern. Die Kriegsbilder meines Vaters überblätterte ich. Es folgten Aufnahmen von Vaters Beiwagenmaschine. NSU. Onkel Franz hatte richtig gelegen. Dann Fotos vom VW-Käfer. Vater in Wien vor einem Textilgeschäft, Vater in Tarvis bei einem Marktstand, Vater beim Einsteigen in ein Flugzeug, ein Zeitungsausschnitt mit Vaters Bild. Dann Hochzeitsbilder, Mutters Schwangerschaft war nicht zu übersehen. Babybilder, Kinderwagen, Geburtstagsfeiern. Ich auf den Schultern von Onkel Franz. Erster Schultag, neben mir Mutter und Onkel Franz, war Vater der Fotograf?, fragte ich mich beim Betrachten der Bilder. Zwei Bilder von einem Skiausflug mit Onkel Franz und eines mit einem Matador-Holzbaukasten, den ich vermutlich von ihm bekommen hatte.

Eine leere Seite, offenbar hatte jemand Bilder entfernt. Dann ein Foto von Vater aus Rom, mit Hut, vor dem Trevi-Brunnen. Vater offensichtlich in einer italienischen Schuhfabrik, umringt von Arbeiterinnen. Eine Seite weiter: Abfahrt zum Schulskikurs, Onkel Franz trägt meine Ski und lacht. Wieder leere Seiten im Album. Mehrere Bilder von meinem Maturaball. Vater, Mutter, Onkel Franz.

Ich öffnete mir eine Flasche Wein. Mir fiel ein, dass Vater unentwegt auf Einkaufstour gewesen war. Vaters Großhandel blühte. Es gab nichts, womit er nicht handelte. Außer Waffen – und er handelte auch nicht mit Lebensmitteln. Ich fragte mich, warum sich in den beiden Alben fast keine Bilder von Mutter fanden. Als einfache Erklärung sagte ich mir: Wenn Vater unterwegs war, wer sollte sie fotografieren? Dann drängte sich mir noch die Frage auf, wie wohl ihr Privatleben ausgesehen haben mochte – neben dem Haushalt, neben den Kindern. Onkel Franz hatte recht. Es war zu spät, mit ihr, mit Mutter über das Gestern und Vorgestern zu sprechen. Auch hätte sie, in den letzten Lebensjahren in ihrer eigenen Welt lebend, meine Fragen nach dem, was war, nicht mehr verstanden und nicht mehr beantworten können.

Ich rügte mich bei dem Gedanken an meine verstorbene Mutter selbst. Warum hatte ich all die Jahre vorher nicht mit ihr über ihre und meine Vergangenheit gesprochen? Wie war die Geburt, wie waren meine ersten Lebensjahre, mein erster Schultag, meine Zeugnisse, war ich folgsam? Mutter, wie war dein Leben, rückwärts betrachtet? Warst du glücklich verheiratet, wie hast du die Abwesenheit deines Mannes verkraftet? Hat er dich betrogen? Nein, diese Frage hätte ich ihr nicht gestellt. Und wie war das mit dem spät aufgenommenen Studium? Aber ich beruhigte mich. Onkel Franz würde mir von ihrem Leben berichten. Ich freute mich auf den kommenden Samstag.

Freitagabend dann der Anruf aus dem Altersheim. Der Onkel sei gestürzt, man habe ihn ins Krankenhaus gebracht. Es bestehe aber keine Lebensgefahr.

Ich fluchte. Seine Lebensbeichte, sagte ich. Seine Lebensbeichte hat er erst zur Hälfte abgelegt.

Nun, es war nicht so schlimm. Ein Unterarmbruch. Der erste in seinem langen Leben, so begrüßte er mich.

Glückspilz, sagte ich.

Er lachte.

Wann darfst du nach Hause?

Er zuckte mit den Achseln. Er bleibe gerne. Die Krankenschwestern seien jünger als das Betreuungspersonal und die Mitbewohnerinnen im Altersheim. Nur Cognac gebe es keinen.

Ich ermahnte ihn.

Er bat mich, ihm aus seiner Schreibtischlade seine Brieftasche zu bringen, er müsse unbedingt jeder einzelnen Krankenschwester ein Trinkgeld geben. Eigentlich sei der Unfall ein Glücksfall für ihn. Eine Abwechslung. Ob ich ihm die Brieftasche noch heute bringen könne? Er erwartete, dass ich es sogleich tat.

Ich versprach es.

Der Schreibtisch war unversperrt. Brieftasche, Uhr, goldene Halskette, ein silbernes Zigarettenetui, ein kleines Album. Darf ich?, fragte ich mich und bejahte mein Tun. Ich schlug das Album auf. Auf der ersten Seite stand zu lesen: *Dorli und ich in Venedig, 1958.* Meine Mutter und Onkel Franz in Venedig! Ich war erstaunt und setzte mich auf das Sofa. Da die Cognacflasche auf dem Tischchen daneben stand, nahm ich einen Schluck daraus. Die beiden in einer Gondel, Mutter beim Taubenfüttern, Onkel Franz, der sich hinter einer Maske versteckt, Mutter beim Aussteigen aus dem Vaporetto und von der Rialtobrücke winkend. Die beiden in Venedig. Und keine Spur vom Vater. Die beiden ein Paar, kurz vor der Hochzeit?

Ich legte nach einiger Zeit das Album zurück in die Lade. Würde mir Onkel Franz davon erzählen? Oder müsste man sagen: es *gestehen?* Nun, die beiden anderen sind ja schon tot, dachte ich. Verblasst Intimes, Heimliches nach so langer Zeit? Würde er es mir gegenüber deshalb verschweigen, weil ich der Sohn war, Erbe meines Vaters?

Ich eilte zurück ins Krankenhaus. Meine etwas längere Abwesenheit sollte ihn nicht misstrauisch machen.

Ich sei lange aus gewesen, bemerkte er.

Ich verwies auf den abendlichen Verkehr.

Er dürfe übermorgen wieder nach Hause. Dann korrigierte er sich. Er müsse von hier fort.

Ich sagte spontan zu, ihn ins Altersheim zu fahren.

Er wisse, dass er sich auf mich verlassen könne. Erstmals sah ich Tränen über seine Wangen fließen.

Zu Hause holte ich den Karton mit den spärlichen Unterlagen meiner Mutter hervor. Mein Interesse an diesen zum Teil verstaubten und vergilbten Dokumenten, Briefen, Rechnungen und auch Bildern war groß, ich war aufgeregt wie ein Schüler vor einer Prüfung. Darin fanden sich handgeschriebene Briefe der Großeltern an meine Mutter, Liebesbriefe mir unbekannter Verehrer. *Dein Thomas, In Liebe Horst.* Eine Ansichtskarte aus Stockholm und eine aus Kiel, die Unterschriften waren unleserlich, aber jeweils mit einem Herzen versehen. Die Zahl der Verehrer dürfte größer als angenommen gewesen sein. Warum hatte sie meinen Vater auserwählt?, fragte ich mich. Und wieder fluchte ich vor mich hin. Warum nur war mir diese Frage zu Lebzeiten meiner Mutter nicht eingefallen? Weil erst das eigene Altern zum Rückblick anregt? Ein Fehler, gestand ich mir ein. Ein schwerer.

Onkel Franz wurde im Heim überschwänglich empfangen. Blumen und Kuchen erwarteten ihn. Die Dame mit dem Kurzhaarschnitt weinte vor Freude.

Du bist beliebt, Onkel Franz. Zwar tat er meine Bemerkung mit einer Handbewegung ab, insgeheim dürfte er sich aber doch gefreut haben. Auch über die Begrüßungsküsse der beiden rivalisierenden Damen. Mit einer Handbewegung deutete er mir, dass ich entlassen sei. Samstag, rief er mir zu, zur gleichen Zeit wie immer!

Mit der letztwöchigen Ausgabe der *Zeit* und einer Packung *Lübecker Marzipan* betrat ich das Zimmer. Ich dachte schon, sagte er, der Besuch fällt aus. Ich hatte mich um zehn Minuten verspätet.

Nein, erwiderte ich, keineswegs, ich bin ja am Rückblick interessiert.

Onkel Franz hatte schon die beiden Cognacgläser gefüllt. Soll ich beginnen?, fragte er.

Ich nickte.

Also, ich war oft in der Obersteiermark, bei deinen Großeltern. Ich habe deinen Großvater heimlich bewundert. Und ich glaub, dass auch dein Großvater mich mochte. Gerne hätte er es gesehen, dass ich die Jagdprüfung mache. Das habe ich aber abgelehnt. Aber zum Fischen habe ich ihn oft begleitet, Äschen und Bachforellen haben wir gefangen, die es dann zum Abendessen gab.

Ich nickte. Auch mich hat Großvater zum Fischen mitgenommen. Das Fliegenfischen hat er mir beigebracht, erzählte ich Onkel Franz.

Und man habe stundenlang Canasta gespielt und natürlich dabei auch einiges getrunken. Auch deine Großmutter, erwähnte er und lachte. Oft sei er auch in juristischen Angelegenheiten gerufen worden, manchmal schien es ihm, dass das ein Vorwand für ein intimes Gespräch unter Männern war.

Worüber habt ihr dann, wie ich vermute rauchend im Herrenzimmer, gesprochen?

Manchmal über den Krieg, aber immer über seine Sorge um das Gut.

Das heißt, warf ich ein, über seinen Sohn, Richard.

Onkel Franz nickte. Ein Tunichtgut. Das Gut soll ja jetzt hoch verschuldet sein. Gott sei Dank konnte ich durch entsprechende Verträge den Pflichtteil deiner Mutter absichern. Einmal, wir hatten wirklich lange gesessen, geraucht und getrunken, gestand er mir, dass er mit seinen Söhnen, und damit meinte er seinen eigenen und seinen Schwiegersohn, deinen Vater, verzeih mir, dass ich das so offen wiedergebe, unglücklich sei.

Daraufhin habe ihn der alte Mann umarmt und geweint.

Und dich hat er erwähnt. Forstwirt hättest du werden sollen.

Das habe er mir auch einmal gesagt, antwortete ich. Man kann das Ganze als falsche Familienaufstellung bezeichnen, ergänzte ich.

Onkel Franz nickte. Das letzte Mal habe er Richard beim Begräbnis des Großvaters gesehen, er habe nach Alkohol gerochen.

Onkel Franz sah mich an, als erwarte er eine Frage von mir. Sie lag mir auch schon lange auf der Zunge: Warum er nie geheiratet habe.

Er nahm neuerlich einen Schluck aus dem Cognacglas. Er habe die Frage erwartet. Aber nicht alle Fragen müssten auch beantwortet werden, dabei nickte er wieder und schenkte sich noch ein Glas ein. So gerne würde er jetzt eine Zigarette rauchen.

Aber gänzlich unbeantwortet wollte ich meine Frage nicht lassen. Komm', Onkel Franz, sagte ich.

Nein.

Mir war in diesem Augenblick bewusst, dass in dieser Dreiecksbeziehung, Vater–Mutter–Onkel Franz, eine vierte Person keinen Platz haben konnte. Und mir fielen dabei die Bilder von Venedig ein. Komm', bat ich still, erzähl mir davon.

Wir saßen uns einige Zeit schweigend gegenüber. Ich erkannte, dass ich Geduld haben musste.

Wochen vergingen. Onkel Franz kramte bei jedem Gespräch im Gestern. Lustiges und auch Trauriges kam an die Oberfläche. Dann versuchte ich nochmals, ihm die unbeantwortete Frage zu stellen.

Du kennst die Antwort, sagte er. Dabei legte er die Hand auf meine Schulter. Wie ein Vater seinem Sohn. Und das dachte ich mir: Wie ein Vater seinem Sohn.

DAS SEEHAUS

Ein spätabendlicher Anruf. Verzeihen Sie, sagte der Immobilienhändler, ich habe für Sie das passende Objekt. Er war überschwänglich. Ein Haus am See. Ich erinnerte mich an den vor einem Jahr vergebenen Auftrag. Ein Seehaus, langfristige Miete oder Kauf. Wir vereinbarten einen Besprechungstermin. Ob ich Lust auf einen Imbiss in der Nähe seines Büros habe?

Ich sagte zu. Den Vermittlungsauftrag unterzeichnete ich zwischen Toast und Nachspeise. Dann erhielt ich einen Anfahrtsplan und wir nahmen uns als Besichtigungstermin den kommenden Freitagnachmittag vor.

Was hast du vor?, fragte mich mein Kompagnon beim schon zur Tradition gewordenen Freitagmittaggespräch. Ob ich noch immer dem Traum eines Seegrundstücks nachjage? Die Frage war überraschend, auch wir hatten uns lange nicht mehr über meinen Plan unterhalten. Ich nickte, ohne auf den bevorstehenden Besichtigungstermin einzugehen.

Dann saß ich im Auto, sah auf den Kilometerzähler. 25 Kilometer seien es vom Stadtrand zum See. Ich studierte den Anfahrtsplan, die beschriebene Bahnübersetzung war schon von Weitem zu sehen, dann bog ich auf eine Schotterstraße ab. Zwei Kilometer, stand auf dem Plan, eine Weggabelung, vor der ich hielt, war nicht eingezeichnet. Links oder rechts? Ich wählte den linken Weg. Etwas weiter vorne entdeckte ich einen Mann mit

Hut und einem Jagdgewehr, der auf mich zukam. Er war von kleiner Gestalt. Ich hielt an und fragte nach dem Seehaus. Seeuferstraße 15.

Ich möge umkehren, die rechte Weggabelung nehmen, nach 500 Metern würde ich auf die Einfahrt zum Anwesen stoßen. Links und rechts stünden zwei Steinsäulen, auf einer sei *Villa* eingemeißelt, der Name darunter fehle, er sei entfernt worden. Ob ich Makler sei, wollte er wissen.

Ich verneinte. Vielleicht Käufer.

Nun also doch, murmelte er, der über dieses Seehaus mehr zu wissen schien. Grußlos ging er weiter. Auch schienen mir seine Schritte langsamer, bedächtiger.

Ich drehte in der Wiese um, fuhr zurück, wobei ich dem Mann, offensichtlich ein Waidmann, freundlich zuwinkte, bog dann rechts ab und stand nach einem halben Kilometer vor dem verschlossenen Einfahrtstor mit den beiden Steinsäulen. Da der Vermittler noch nicht zu sehen war, stieg ich aus, las das in die Steinsäule gemeißelte Wort *Villa* und war doch etwas über den darunter entfernten Namen verwundert. Hatte der neue Eigentümer den Namen des Vorbesitzers entfernen lassen? Dann zog ich mich am Holztor hoch, um einen Blick auf das Grundstück zu werfen. Eine Parkanlage lag vor mir, spontan fiel mir *Fürst Pückler* ein. Fürst Pückler-Muskau, der Landschaftskünstler. Das Haus selbst stand am Uferrand, ein dunkler Holzbau auf einem Steinsockel, rotes Dach und blau gestrichene Fensterläden. Ein Steg teilte das vor dem geschotterten Strand wachsende Schilf.

Neugierig?, fragte mich der Immobilienvermittler, dessen Ankunft ich wohl überhört hatte.

Ich lachte und drängte zur Besichtigung. Für die abgeschlossene Wohnung im Parterre habe er keinen Schlüssel, erklärte er mir. Eine knarrende Holztreppe führte in den ersten Stock, die holzvertäfelten Wände waren im oberen Bereich schräg. Vom Balkon aus hatte man einen herrlichen Blick auf den See. Ich atmete tief ein. Wenn der Kaufpreis finanzierbar ist, schlage ich zu, diese Gedanken beherrschten mich in diesem Augenblick.

Und?, fragte mich mein Begleiter.

Ich nickte. Dabei beobachtete ich die lärmenden Spatzen im Schilf, vom Nachbargrundstück klangen Kinderstimmen herüber, ich lauschte dem Rauschen der Wellen und eine Kirchturmuhr schlug die Zeit.

Plötzlich fiel ein Schuss, ich glaubte ein Wolfsheulen vernommen zu haben, die Vögel, die sich im Schilf getummelt hatten, flogen auf und davon, die Kinderstimmen verstummten und plötzlich war auch das Rauschen der Wellen nicht mehr zu vernehmen. Mir fiel das Wort *Totenstille* ein.

Dem Immobilienvermittler war die Veränderung nicht aufgefallen. Es werde hier hin und wieder Niederwild gejagt. Zwar habe er von merkwürdigen Ereignissen rund um das Anwesen bei örtlichen Gasthausgesprächen gehört, aber diese Stille sei nichts Außergewöhnliches. Stört Sie die Ruhe?, fragte er und lächelte dabei.

Ich schwieg. Mystisches hatte mich schon immer in seinen Bann gezogen. Aber zugegeben, aus dem Schuss und der nachfolgenden Stille, die sich über den See legte, konnte man nichts Mystisches ableiten.

Abends sah ich mir die vom Vermittler übergebenen Unterlagen durch. Bilder, Pläne, Grundbuchsauszüge. Demnach war das Haus 1930 errichtet worden, Bauherr und Eigentümer war ein Maximilian Edler von Edelstein gewesen, danach hatte sich das Anwesen im Besitz einer Stadtsparkasse befunden, vorletzter Eigentümer war ein Eugen Pichler gewesen. Eugen Pichler, der Hutfabrikant, fiel mir ein. Marie-Elisabeth Rosanelli war als nunmehrige Eigentümerin eingetragen, im Grundbuch waren keine Belastungen vermerkt. Rosanelli. Den Namen hatte ich schon einmal gehört. Ein italienischer Name. Ich grübelte und es fiel mir nicht ein. Ich brachte den Namen nur mit einem Zirkus in Verbindung.

Anderntags las ich eine kleine Notiz in den Lokalnachrichten, die mein besonderes Interesse weckte. *Jagdunfall in der Nähe des Sees.* Näheres sei nicht bekannt.

Zwei Tage später kontaktierte mich der Vermittler, ob mein Interesse noch weiter bestehe. Wenn ja, könnte man über den Kaufpreis oder die Miete sprechen.

Ich bejahte. Gleichzeitig sprach ich ihn aber auf die Zeitungsmeldung über den Jagdunfall an.

Er habe davon gehört. Es handle sich um den Pichler, eine in die Gemeinschaft wenig integrierte Person. Man spreche von einem Kauz, kleinwüchsig, vermögend. Zirkusdirektor sei er gewesen, sonst wisse er nichts von ihm.

Pichler, die Namensgleichheit konnte nicht zufällig sein.

Ich fragte nach: Eugen Pichler?

Ja, Eugen Pichler, aus der Hutfabrikdynastie. Sie kennen doch Pichlerhüte?, fragte er.

Pichlerhüte, für den Mann von Welt.

Der Vermittler lachte. Manches bleibe eben in Erinnerung.

Was er über die Besitzerin wisse. Rosanelli.

Nur, dass sie über ihren Anwalt einen Vermittlungsauftrag erteilt habe, antwortete er, mehr wisse er nicht.

Irgendeinen Zusammenhang muss es geben, dachte ich. Rosanelli, der italienische Zirkus und Eugen Pichler, ein Zirkusdirektor? Es klang logisch, dass da eine Verbindung bestand.

Nach Beendigung des Telefonats beschloss ich spontan, diesen Eugen Pichler im Krankenhaus aufzusuchen.

Ja, einen Patienten Eugen Pichler habe man aufgenommen. 2. Stock, Zimmer 44. Der Portier des Krankenhauses war freundlich, ich dankte.

Ich klopfte an die Zimmertür und trat ein, bat um Verzeihung, ich würde ungern stören, aber die kürzliche flüchtige Begegnung und dieser Unfall, dann schwieg ich eine kurze Zeit.

Er winkte mit der rechten Hand und bat mich, sich zu ihm zu setzen. Dabei sah er mich an und nahm dann das Gespräch auf.

Er freue sich, dann schwieg er.

Es gebe im Leben Situationen, die man schwer einordnen könne. Dazu gehöre die Begegnung und der zeitlich nachfolgende Schuss, auch – ich stockte kurz – ein kurzes Wolfsgeheul.

Sie stehen am Anfang eines Weges, sagte er. Noch könne ich umkehren.

Ich sah ihn an. Er müsse es mir erklären.

Das sei schwierig. Nun, sagte er, das Gespräch fortsetzend, er habe Vertrauen zu mir, auch sei ich in sein Leben getreten, habe eine Rolle zu spielen. Sie werden sehen, ergänzte er. Das, was er mir erzählen werde, klinge wie eine Lebensbeichte.

Wie heißen Sie?, fragte er, nennen Sie mir Ihren Vornamen, mit dem ich Sie künftig ansprechen werde. Nein, warten Sie, lassen Sie mich raten. Und nennen Sie mir Ihr Geburtsjahr.

1960, antwortete ich.

Er schloss die Augen. Auf seiner Stirn bildeten sich Schweißperlen. Mein Eindruck war, dass er sich einer großen Anstrengung unterzog.

Ein Sonderling, dachte ich. Wäre nicht die Verbindung zum Seehaus gewesen, hätte ich die Besuchsstunde abgebrochen.

Roman, sagte er.

Ich atmete tief durch. Wie war das möglich?, fragte ich mich und fand im Augenblick keine plausible Erklärung. Entweder hatte er sich über mich erkundigt oder es lag, diese Vermutung verstärkte sich bei mir durch diesen Besuch, ein mystischer Schleier über dem Seehaus.

Dann erzählte er von seinen Jugendjahren, er sei immer der Kleinste von allen gewesen, aber der Lustigste, ergänzte er. Nach einer Weile sagte er, dass er angestrengt sei, ich möge versprechen wiederzukommen. Ich sagte zu und fragte, ob er etwas benötige, was er verneinte.

Bereits am nächsten Nachmittag klopfte ich wieder an die Tür des Krankenhauszimmers und trat ein.

Ich habe Sie erwartet, sagte er und begann sogleich, seine Schilderungen fortzusetzen.

Sein Vater sei Fabriksbesitzer gewesen, wie auch der Großvater. Man sei in der Familie davon ausgegangen, dass er das Unternehmen weiterführen werde. Pichler-Hüte. Er habe sich aber nicht berufen gefühlt und von einer Militärkarriere geträumt. Bei der Musterung habe man ihn wegen seiner Größe – 1,52 m! erwähnte er – untauglich erklärt. Er habe sich dann auf eine Diskussion mit dem Unteroffizier eingelassen. Napoleon und Prinz Eugen, immerhin ein Namensvetter, seien auch von kleiner Statur gewesen. Der Unteroffizier habe ihm geantwortet, wenn man schon klein sei, müsse man eben Kaiser oder Prinz sein, und dabei gelacht. Er habe daraufhin seinen rechten Schuh ausgezogen und ihn in Richtung Stellungskommission geworfen. Das habe ihm eine Vorstrafe eingebracht und folglich sei ihm die Gewerbeberechtigung verweigert worden, der Vater habe mit ihm gebrochen und später das Unternehmen verkauft.

Und, fragte ich ihn, wie ging es weiter?

Die Aufnahme in die Schauspielschule. Schauspiel sei seine zweite Leidenschaft gewesen, denn was unterscheide die Uniform eines Soldaten vom Kostüm eines Schauspielers?, fragte er mich. Dann habe er einen Zirkus besucht und augenblicklich sei ihm bewusst geworden, dass das seine wahre Berufung sei.

Clown, Dompteur, Jongleur, Hochseilakrobat?, habe ihn der Direktor gefragt.

Er habe nur den Kopf geschüttelt und gemeint, es sei ihm egal. Hauptsache Zirkus. Doch, keine Raubkatzen.

Zwei Jahre müsse er sich aber verpflichten, so lange würde er auf der Zirkusschule ausgebildet werden, natürlich müsse er auch Hilfsdienste leisten.

Keine Sekunde habe er die Entscheidung bereut. Er habe erkannt, dass er für das Zirkusleben bestimmt war. Zuerst durfte er nur in der Pause Trompete spielen, bald schlüpfte er in die Rolle eines der Clowns, er habe das Jonglieren mit Bällen erlernt, habe sich vor heranstürmenden Pferden auf den Boden geworfen und danach in der Manege Salti geschlagen – und nachts habe er vom Applaus der Zuseher geträumt.

Dann habe sein Zirkusleben neue Fahrt aufgenommen, erzählte er. Der Spross einer oberitalienischen Zirkusfamilie, der Rosanellis, eine Frau, Mitte Zwanzig, groß und hübsch, wurde in die Artistenfamilie aufgenommen. Lilly, eigentlich Marie-Elisabeth, brachte neuen Schwung. Sie konnte Kunststücke auf dem Pferd, unter der Zirkuskuppel wie ein Engel durch den Raum schweben, mit nur einem Fuß am Seil hängen und sich rasend schnell darin eindrehen, kurzum, Lilly war ein Zirkuskind erster Klasse.

Da ich mich mit meinem Schul-Italienisch als Einziger der Zirkusfamilie gut mit ihr unterhalten konnte, freundeten wir uns rasch an. Lilly frühstückte regelmäßig bei mir im Wagen oder wir vergnügten uns mit lustigen Kartenspielen und erzählten uns dabei unsere Lebensgeschichte. Ich von der Hutfabrik meines Vaters, dabei lachte sie laut auf, und sie von ihrer Familie, mit dem Stammsitz in der Nähe von Parma. Natürlich verliebte ich mich in sie, nur – die Liebe wurde von ihr nicht erwidert.

Eines Abends, ich unternahm noch einen kleinen Spaziergang, hörte ich aus ihrem Wagen Hilfeschreie. Ich nahm eine herumliegende Eisenstange, stürmte die Stufen hinauf und riss die Wagentüre auf. Eine der Hilfskräfte hielt Lilly an der Bluse fest, sie schrie und wehrte sich. Ohne nachzudenken schlug ich mit der Eisenstange auf den Mann ein, der von ihr abließ, hinausrannte und draußen in die Arme des Zirkusdirektors fiel, sich vor Schmerzen krümmend.

Ein wenig später wurden wir zum Zirkusdirektor gerufen, er dulde keine Raufereien, die Polizei werde ermitteln, das gebe negative Schlagzeilen. So leid es ihm tue, aber er müsse mich auffordern, sofort zu gehen.

Dann gehe sie auch, warf Lilly ein. Komm, sagte sie zu mir, wir gehen.

In meinem Wagen rauchten wir noch einige Zigaretten und fragten uns: Wohin?

Zur Familie, schlug Lilly vor, vorerst einmal nach Parma, auf das Landgut der Familie, dann werden wir weitersehen, meinte sie.

Die Busreise war anstrengend, eine Reise in eine unbekannte Zukunft, aber mit Lilly.

Das Familiengut der Rosanellis. Ein Gutshof, lärmende Hunde, viele Zirkuswagen, aufgereiht unter einem Dach. Lilly bläute mir ein, mich als ihren Verlobten auszugeben, die Familie sei stockkonservativ, hoffentlich sei ich katholisch. Ich nickte und sie lächelte. Ihr Verlobter. Würde sich ein Traum für mich erfüllen?, fragte ich mich.

Die Familie empfing mich fast überschwänglich, nachdem Lilly von meinem großen Zirkustalent einerseits und ihrer Rettung vor einem Wüstling andererseits berichtet hatte. Ihr Vater und ihre Brüder klopften mir ununterbrochen auf die Schultern und ich musste ein Glas Wein nach dem anderen trinken. Ich könne bleiben, so lange ich wolle. Spät am Abend wurde sogar ventiliert, ob man den Zirkusbetrieb nicht wieder gemeinsam aufnehmen solle.

Und ich blieb. Lilly und ich wurden über die Wintermonate ein Paar und ich Mitglied der Zirkusfamilie. Kontakte mit Veranstaltern wurden wieder aufgenomen, Zelt und Wagen einer Inspektion unterworfen und bei viel Wein, Prosciutto, Salami und Oliven ein neues Programm zusammengestellt und ich zum Zirkusdirektor ernannt, nachdem ich zugesagt hatte, das benötigte Startkapital aufzubringen. Ehemalige Artisten wurden aufgesucht und zum Mitmachen bewegt.

Und es lief fantastisch. Fast jede Aufführung war ausverkauft. Nur eine Tiernummer fehlte, schien uns. Da besuchte uns nach einer Vorstellung ein Mann, Boris. Er komme aus Serbien, habe Zirkuserfahrung und trete schon seit einiger Zeit mit seinen vier weißen Wölfen erfolgreich auf.

Lilly war begeistert, auch ihre Brüder. Mir gefiel dieser Boris nicht, obwohl den Schilderungen nach der Auftritt mit den Tieren auch in meinen Augen zum Publikumsmagneten werden konnte. Ich wollte mich überraschen lassen.

Dann der erste Abend. Das Licht im Zirkuszelt ging aus, auf die Zeltwand wurde Mondlicht projiziert und Boris' Wölfe fingen markerschütternd zu heulen an. Nach einigen Minuten ging das Licht wieder an und Boris stand mit seinen nicht an Leinen angebundenen Wölfen auf einer runden Plattform in rund drei Metern Höhe. Dann sprang Boris von der Plattform, stand gebückt auf dem Boden und die Tiere sprangen einzeln über seinen Rücken in die Tiefe und liefen zum Ausgang hinaus. Applaus, Applaus.

Lilly war begeistert, natürlich fand auch ich den Auftritt gelungen, aber Unruhe machte sich in mir breit.

Dazu kam, dass Boris begann, auch bei den anderen Nummern Meinungen abzugeben, Lilly zu immer gewagteren Seilnummern anzufeuern. Und sie ließ sich von der Gefahr berauschen.

Zwischen Lilly und mir begann sich ein Graben aufzutun, abends stritten wir uns und noch vor Ende der Tournee stand fest, dass ich Lilly an diesen Boris verloren hatte. Ich schrieb einen langen Brief an Lillys Brüder, nahm mir nur einen geringen Geldbetrag aus der Kasse für meine Fahrt nach Hause und verließ eines Morgens die kleine Zeltstadt.

Die Mutter empfing mich mit den Worten, ob ich denn nun vom Zirkus, von den Zigeunern und Wandervögeln geheilt sei. Ich schloss mich tagelang in mein Jugendzimmer ein und wollte sterben. Irgendetwas ließ mich dann aber doch zur Vernunft kommen – es war das Seehaus, lange im Besitz der Familie. Und mir sind die Worte meiner Mutter noch im Ohr: der Park verwildere, die Fensterrahmen müssten abgeschliffen und gestrichen werden, das Glas neu verkittet, der Küchenboden vom Linoleum befreit, der darunter befindliche Holzboden gehöre gehobelt und versiegelt. Und um den Forst müsse ich mich auch kümmern, der Verwalter würde – so glaube sie jedenfalls – in die eigene Tasche arbeiten. Auch empfehle sie mir die Jagdprüfung abzulegen. Und sie ergänzte, dass ich endlich das Erbe meines Vaters antreten möge.

Also begann der nächste Lebensabschnitt. Ich fuhr hinaus zum Fischen, lag stundenlang in der Wiese und kaute an einem Grashalm, dabei plante ich die Renovierung des Hauses, setzte Blumen und schnitt Bäume, ließ einen kleinen Hügel anlegen und dachte dabei an winterliches Kinderlachen. Abends saß ich auf dem Balkon, trank ein Glas Wein und sah – mit mir zufrieden – auf den See hinaus. Nur wenn sich der Mond im Wasser spiegelte, kam Traurigkeit auf und ich dachte an die Manege, den Applaus, an die großen Augen der Kinder – und an Lilly.

Wochen, Monate, Jahre vergingen, die Erinnerungen an die Zirkuszeit verblassten allmählich. Da brachte mir eines Tages der Postbote einen Brief von Lilly. Die Schrift war fast unleserlich, sie muss mit zitternder Hand geschrieben haben. Dazu kam, dass ich das Italienische nicht mehr gut beherrschte, manchmal fügte sie ein deutsches Wort ein. Inhalt des Briefes war, dass sie vom Hochseil gestürzt, lange gehunfähig gewesen sei und noch immer Schmerzen habe. Schuld sei Boris gewesen, der sie zu immer halsbrecherischen akrobatischen Kunststücken ermuntert, ja getrieben und – sie gebe es zu – die Gefahr auch sie gereizt habe. Boris sei nach Abschluss der Tournee mit seinen Tieren abgereist, nur ein Junges habe er ihr zurückgelassen. Ein kleines, weißes Wölfchen.

In einer Erzählpause fragte ich ihn, ob ihn seine Schilderungen nicht zu sehr anstrengten.

Nein, antwortete er, er sei froh, mir alles erzählen zu dürfen, ich möge bleiben.

Und ich musste mir eingestehen, dass ich neugierig war und fasziniert zuhörte.

Er habe ihr dann zurückgeschrieben, er würde sie jederzeit im Seehaus, das er seit Jahren allein bewohne, aufnehmen, vielleicht würde in dieser Umgebung – dabei habe er die Lage am See, den Wald, die Tiere geschildert – die Heilung rascher voranschreiten. Auch würde er, falls dies notwendig sei, den Umbau des Hauses nach ihren Wünschen vornehmen.

Nach einigen Tagen kündigte sie ihr Kommen an. Einer ihrer Brüder werde sie begleiten.

Ich war so aufgeregt wie ein Schüler vor einem Diktat oder ein Mann vor seinem ersten Rendezvous. Ich würde nach Jahren Lilly wiedersehen.

Ich half ihr aus dem Wagen, sie bat um ihre Krücken, war blass, merklich gealtert, die jugendliche Körperspannung war verloren gegangen.

Dennoch habe er Herzklopfen gehabt, versprach dem Bruder, der ihn herzlich umarmte, wobei ihm Tränen über die Wangen liefen, sich um Lilly zu kümmern, es sei genügend Geld vorhanden, um Spezialisten zu konsultieren.

Dann habe er den unteren Bereich des Seehauses, dort, wo die beiden Ruderboote jahrelang gelegen waren, zuschütten und überbauen lassen. Es entstand ein großer Wohnraum, ja eine kleine Wohnung, in die Lilly über zwei kleine Stufen kommen konnte. Wölfchen, der kleine Wolf, den sie mitgebracht hatte, gewöhnte sich rasch an die neue Umgebung, auch ich schloss ihn ins Herz, obwohl er immer wieder fortlief und Mäuse, Tauben und junge Fasane von seinen Ausflügen mitbrachte, sodass er für einige Tage an die Leine genommen werden musste.

Lilly war bei der Befolgung der empfohlenen Therapien diszipliniert, konnte bald kurze Strecken ohne Krücken gehen, blühte auf, konnte wieder lachen und ich brachte sie auch dazu, zu mir in den ersten Stock des Seehauses hinaufzugehen. Auch wenn es ihr schwer fiel ins Boot zu steigen, sie liebte es, mit mir auf Fischfang zu gehen. Zander, Hecht, Wels, das Anglerglück war groß. Und solange es am Abend noch verträglich war, wurden die Fische über offenem Feuer gegrillt.

Und die kalten Wintermonate?, fragte ich ihn, während er eine Tasse Kaffee trank.

Lilly und ich hatten beschlossen, auch die Wintermonate im Seehaus zu verbringen, der einzige Holzofen musste Tag und Nacht befüllt werden.

Bei dieser Schilderung musste ich an Zuckmayers *Farm in den grünen Bergen* denken und ich fragte ihn, ob er das Buch gelesen habe. Eugen nickte, daran habe er auch fast jede Nacht gedacht, dabei lachte er.

Der See sei dann zugefroren – wenn man von den Wintermonaten rede – und er habe aus der Stadt seine Schlittschuhe mitgebracht und jeden Tag auf dem Eis größere Runden gedreht. Und wenn Lilly vom Balkon aus zugesehen habe, habe er Kunststücke vorgeführt, mit Sprüngen und Pirouetten. Einmal Zirkuskind, immer Zirkuskind, habe Lilly gerufen. Und dann musste ich sie, die auf einem Schlitten saß, über den halben See ziehen. An einem Glühweinstand habe man viel zu viel vom heißen Getränk konsumiert, sodass er nur mit Mühe den Schlitten wieder nach Hause ziehen konnte. Es war aber ein denkwürdiger Tag, sagte er. 25. Jänner. Sie wurden wieder ein Liebespaar. Dabei glänzten seine Augen.

Er habe sich dann aber wieder um den Forst und die Jagd kümmern müssen und Lilly begann sich sportlich zu betätigen. Ihre Körperspannung nahm wieder zu, das Fahle hatte sie abgelegt, ja, er spürte bei ihr Unruhe aufkommen. Und er habe nachgedacht, wie er sie mehr an sich binden könnte. Ein Kind. Er wagte es, das Thema auszusprechen. Lilly war begeistert. Der Plan ging auf, sie wurde schwanger. Der untere Bereich des Hauses wurde abermals umgebaut, der Lagerraum wurde zum Kinderzimmer. Auch Mama sah nun wieder öfter beim Seehaus vorbei und bot Hilfe an.

Zur Geburt wünsche sie sich das Haus. Ich war überrascht. Wenn es ein Tausch sein sollte, so war ich damit einverstanden. Ich willigte also ein, beschwor sie aber, Mama nichts davon zu erzählen.

Max, unser Sohn, kam auf die Welt und lebte nur drei Tage. Nach einer Woche reiste Lilly ab. Nur Wölfchen, zwischenzeitlich ein ausgewachsener Wolf geworden, ließ sie zurück. Sämtliche Versuche, mit ihr Kontakt aufzunehmen, schlugen fehl.

Woran das Kind gestorben sei, fragte ich.

Er schüttelte den Kopf. Gestorben, sagte er, und Tränen flossen über seine Wangen.

Er hatte nun alles verloren. Lilly, das Kind und das Seehaus. Ob er es zurückbekomme, habe er den Anwalt gefragt. Arglistige Täuschung, Undank? Der Anwalt verneinte. Wenn, dann würde es ein langer Prozess mit unsicherem Ausgang werden. Er rate ab. Das Seehaus war also verloren, das ihm gehörende Forstgut umschloss es. Er habe das Seehaus dann zwar als fremdes Eigentum gesehen, sich aber um die Erhaltung gekümmert, Abgaben bezahlt und den Park von Arbeitern regelmäßig mähen und neu bepflanzen lassen. Dann schloss er die Augen.

Die Schilderungen hatten ihn nun doch mitgenommen, sodass ich mich verabschiedete.

Ich möge wiederkommen.

Ich versprach es.

Zwei Tage später rief mich der Immobilienhändler an. Ja, ich würde das Objekt kaufen, aber wegen des Kaufpreises mit der Eigentümerin gerne selbst verhandeln.

Dass ein Treffen zustande komme, bezweifle er. Sie habe ausdrücklich darauf hingewiesen, dass sie nicht mehr anreise.

Dann könne ich sie doch dort aufsuchen, wo sie wohne.

Er werde mit ihr telefonieren.

Der Plan, das Haus zu erwerben, war nebensächlich geworden. Vielleicht würde es mir gelingen, sie zu einem Treffen mit Eugen zu überreden. Ich fühlte mich in besonderer Weise dazu verpflichtet.

Einige Tage danach rief mich Lilly, Marie-Elisabeth Rosanelli, an. Ich möge verzeihen, aber ihr Deutsch sei nicht besonders gut. Sie habe sich entschlossen, wegen der Formalitäten für ein, zwei Tage anzureisen. Ich möge aber ihr Kommen niemandem ankündigen, sie kümmere sich selbst um ein Hotelzimmer. Über den Kaufpreis werde man sich sicher einigen, es liege ihr daran, den Lebensabschnitt abzuschließen. Fine.

Das Versprechen, ihr Kommen geheim zu halten, brachte mich in eine schwierige Situation. Beim Besuch im Krankenhaus erwähnte ich nichts. Seine, Eugens Genesung, schien Fortschritte zu machen, er werde in den kommenden Tagen vielleicht schon entlassen und dann im Haus von Mama wohnen.

Lilly kam dann früher als angekündigt. Eine große, schlanke Frau, bei manchen Schritten dürfte sie Schmerzen verspürt haben. Anfänglich schien sie wie in Trance über das Grundstück zu gehen, lange blickte sie stumm hinaus auf den See. Sie führte mich mit wenigen Worten durch die Räume im ersten Stock, das Erdgeschoss ließ sie kommentarlos aus.

Sie fragte mich, ob ich alleine hier wohnen werde.

Ich bejahte, vorerst zumindest, ergänzte ich.

Dann bat sie mich, mit ihr hinauszurudern, das Boot sei unversperrt. Sie würde gerne noch einmal die Seeluft einatmen, den Ruderschlag hören, das Haus vom See aus ansehen, sich an vieles erinnern.

Als wir ziemlich weit draußen waren, kam ein plötzlicher Sturm auf und ich schlug vor, umzukehren. Sie nickte.

Ich kämpfte gegen die immer höher werdenden Wellen, Blitze zuckten vom Himmel und ich hoffte, vor dem zu erwartenden Gewitterregen das Ufer zu erreichen.

Plötzlich erhellte ein Blitz die Umgebung, ein Donner folgte. Offensichtlich war das Seehaus getroffen worden: Feuer war zu sehen, Fensterscheiben klirrten, bald darauf schlugen Flammen überall hoch. Wir waren beide wie gelähmt, Regen setzte ein und durchnässte uns. Langsam ruderte ich auf das Ufer zu. Signalhörner waren zu hören, Feuerwehren rückten an, Befehle ertönten,

Wasserfontänen wurden auf das Haus gerichtet, dennoch brannte das Haus, das aus Holz bestand, immer weiter und fiel dann, Glut nach allen Seiten versprühend, in sich zusammen.

Feuerwehrmänner hatten uns in Decken gehüllt und wir standen in großem Abstand vor dem Rest des Anwesens. Lilly weinte und auch ich kämpfte mit den Tränen. Dann fiel ein Schuss. Und das Heulen eines Wolfes war minutenlang zu hören.

DER ERSTE SATZ DES ROMANS

Ich saß in meinem unverwüstlich scheinenden Rattanstuhl unter dem Olivenbaum, umgeben von einer uralten grauen Steinmauer, gut einen Meter achtzig hoch und einen Meter breit, die gerade noch meinen Blick zum tiefergelegenen Meer, Mare adriatico, freigab. Zikaden lärmten über mir und meine ungezielten Steinwürfe hinauf in die Baumkrone brachten sie immer nur für Sekunden zum Schweigen, sodass ich damit aufhörte und mich geschlagen gab. Eigentlich sollte ich sie ja anspornen, sie sollten von früh bis spät lärmen, damit sie mich dann zu Hause, wenn mich der Lärm des Straßenverkehrs wieder quält, an schöne Tage im Süden erinnern. Zu Hause, wiederholte ich gedanklich. War diese Aussprache, eigentlich ein Hinauswurf, nicht ein Glücksfall für mich? Man verlege die Verlagsleitung nach Wien, ich könne selbstverständlich mitkommen und das Lektorat übernehmen. Man habe meinen Dienstvertrag geprüft, der Dienstortwechsel sei darin vorgesehen. Man bedaure, aber man müsse die Konzernvorgaben erfüllen, die hätten ehrgeizige Ziele, die Deutschen. Ich erbat mir einen Tag Bedenkzeit und nahm danach das Angebot einer freiberuflichen Mitarbeit unter schlechteren Bedingungen an. Vielleicht würde diese rechtliche Konstruktion auch gar nicht halten, ginge es hart auf hart, könnte man ja auch einen Arbeitsgerichtsprozess führen. Meine Frau war nicht begeistert, ich hätte mich in eine unsichere Zukunft manövrieren lassen. Ich verwies auf die Mieteinnahmen, die würden doch weiterhin regelmäßig fließen.

Meines Vaters Erbe, sagte sie und ergänzte, man hätte sie zumindest fragen können, vielleicht habe sie ja auch Pläne.

Welche?, fragte ich.

Die würde sie auch nicht vor ihrer Realisierung mit mir besprechen.

Wollte sie mich loswerden?, dachte ich in diesem Augenblick. Wien wäre weit weg, eine Wochenendehe nach 25 Jahren nicht akzeptabel?

Ein heftiger Windstoß ließ die Zikaden wieder kurz schweigen. Dabei dachte ich an meinen seit langer Zeit gehegten Wunsch, einen Roman zu verfassen. Zwar hatte ich über Themen und Inhalte schon lange nachgedacht und mir auch vieles notiert, einen Karteikasten angelegt und Kärtchen, Bilder und Zeitungsausschnitte gesammelt, wobei sich die NZZ und die Süddeutsche besonders ergiebig zeigten. Nur der Beginn war noch nicht gefunden. Immer dann, wenn ich ein Manuskript zu lektorieren hatte, richtete sich mein Interesse auf den Anfang, eigentlich auf den ersten Satz, den der Autor verfasst hatte. Es war mir schon lange Zeit bewusst, dass dieser erste Satz eine Hürde ist, die es zu nehmen gilt, eine verschlossene Tür oder ein Schlüssel, der nicht passt. Regelmäßig entnahm ich mir Bücher von Grass, Walser, Lenz, Mann, Frisch, Böll aus meiner Bibliothek und las den ersten Satz, nein, die ersten Sätze. Ich kam mir wie ein Kriminalist beim Lösen eines Falles vor.

Bei diesen Gedanken dürfte ich dann eingeschlafen sein.

Ich träumte von einer großen Wiese. Unter einem uralten Olivenbaum stand ein langer, grob gezimmerter Holztisch, auf einem Stuhl saß ein weißhaariger, mit einer einfachen, weißen Tunika bekleideter Mann.

Ich möge mich zu ihm setzen, was ich auch sogleich tat. Auf dem Tisch vor ihm stand die große, braune Porzellanschüssel, dieselbe, die ich erst vor Kurzem einem Meister der Keramikkunst abgekauft hatte. Daraus nahm er eine Olive nach der anderen und forderte mich auf, es ihm gleichzutun. Auch brach er von einem Laib Brot ein Stück ab und reichte es mir. Vor der Arbeit soll man essen, sprach er und ich nickte.

Wer er sei?, fragte ich ihn.

Der Herr, so nenne man ihn.

Der Herr?, fragte ich wiederholend.

Er nickte.

Wie alt er denn sei, wollte ich wissen.

Er sah zur Baumkrone hinauf und antwortete mir, so alt wie alles ringsumher.

Dann nahm ich allen Mut zusammen und fragte weiter. Ich würde nach dem ersten Satz eines Werkes suchen, eines Romans, der erst zu schreiben sei.

Er lachte, ja er wisse, das sei schwierig, das sei wie der Schlüssel zu einem Haus, schwierig sei auch der erste Pinselstrich des Malers, der erste Schritt des Jungtieres aus der schützenden Höhle oder der erste Flügelschlag des Jungvogels beim Abheben aus dem Nest.

Es dunkelte bereits, als ich erwachte. Ich rieb mir die Augen, schüttelte den Kopf und sah zum Himmel hinauf, so als ob ich dort den Ort des Traumgeschehens entdecken könnte.

Ich ging ins Haus und zog mir, da es doch kalt geworden war, einen Pullover über und schenkte mir ein Glas Pernod ein. Jetzt erst bemerkte ich meine Frau Julia, die auf dem roten Sofa saß und mich beobachtet hatte.

Es muss ein schöner Traum gewesen sein, bemerkte sie, wieder deine Traumfrau?

Meine Traumfrau. Vor Jahren hatte ich ihr davon erzählt, von dieser Frau, die mir im Traum einmal begegnet war, und immer wieder kam dieses Wort über ihre Lippen, am Morgen, später, wenn ich einem Gedanken nachhing, wenn ich ihr nicht sofort auf eine Frage antwortete.

Nein, antwortete ich und überlegte kurz, ob ich ihr meine Begegnung mit dem Herrn in der weißen Tunika erzählen sollte. Ich entschied mich dagegen. Hohn und Spott würden mich nach jedem Schlaf empfangen.

Lust auf überbackenen Schafkäse?, fragte sie und wechselte damit das Gesprächsthema.

Ich bejahte, dabei fiel mir ein, dass ich Brot und Oliven, meine Einkäufe, im Kaffeehaus vergessen hatte.

Wo das Brot und die Oliven lägen, rief Julia mir im selben Augenblick zu.

Ich gestand Julia, beides im Kaffeehaus vergessen zu haben, zog mir die Schuhe an und fuhr mit dem Rad ins Dorf. Während mir der Fahrtwind die Hände und das Gesicht kühlte, dachte ich an den Traum. Ich würde mich morgen wieder zur gleichen Zeit auf meinen Korbstuhl setzen, vielleicht erfuhr der Traum eine Fortsetzung. Im Kaffeehaus trank ich mit der hübschen Kellnerin Irina noch einen Pernod und fuhr zurück.

Während ich aß, machte ich mir einige Notizen und skizzierte die Traumszene. Den Olivenbaum, den Tisch, die Schüssel mit den Oliven, nur der Herr wollte mir nicht gelingen. Hatte er buschige Augenbrauen, einen Bart? Waren Vögel zu sehen? Zikaden zu hören? Dabei fiel mir ein, dass Träume geräuschlos verlaufen. Aber, dachte ich, wir hatten uns doch unterhalten, ist also die Traumsprache den Menschen vorbehalten? Ich würde beim nächsten Traum unbedingt darauf achten.

Ich sei heute besonders schweigsam, bemerkte Julia, ob das Essen nicht schmecke oder man sich nichts mehr zu sagen habe.

Ich entschuldigte mich, verwies auf Gedanken, die mir im Zusammenhang mit dem Theatermanuskript gekommen seien, und schenkte ihr ein Glas Wein ein. Der überbackene Schafkäse schmeckte außerordentlich gut.

Sie machte eine Handbewegung. Ich würde gerne mit dir etwas besprechen, sagte sie.

Ich lehnte mich zurück und wartete.

Sie werde im Februar 50.

Das sei doch nicht schlimm, antwortete ich, dieses Alter hätte ich ja auch schon überschritten. Und dass sie besser aussehe als ihre mir bekannten Schulkolleginnen von damals.

Auch besser als Ilse?

Ja.

Warum weißt du das?

Weil ich sie erst kürzlich in der Stadt getroffen habe.

Und hast mir nichts davon erzählt.

Mein Gott, wir haben uns lediglich die Hand gegeben.

Ob ich sie noch liebe?, fragte sie.

Ich nickte, ergriff ihre Hand und streichelte sie. Mir fiel dabei ein: Sie war 16, ich ein Jahr älter, als sie mit Beginn eines neuen Schuljahres in die Parallelklasse eintrat. Blonde Locken, süß, immer adrett gekleidet, man musste zu ihr hinsehen, ja, sie zog meinen Blick förmlich an. Ich durfte sie dann auf dem Heimweg begleiten, wenn wir zur selben Stunde Schulschluss hatten, sie wohnte nur einige Häuser entfernt von mir. Später warteten wir aufeinander, wenn unser Unterricht früher oder später endete. Oft habe ich mich später gefragt, wie man dieses Verhältnis bezeichnen könnte. Nicht Bruder und Schwester, noch nicht so richtig verliebt, warum lief nicht alles so ab wie im Kino? Sie begehrt ihn, er sie, sie küssen sich leidenschaftlich.

Nachdem sie die Hochschule für Bodenkultur in Wien besuchen wollte, ich aber in Graz blieb, sahen wir uns nur gelegentlich, wie alte Freunde, man erzählte sich dies und das, ließ manches aus und ergänzte es mit kleinen Schwindeleien oder größeren Lügen. Über Beziehungen wurde nicht gesprochen, und wenn doch, dann erwähnte man, dass es flüchtige, kurzzeitige Begegnungen ohne Höhepunkte gewesen seien, obwohl es die natürlich gab.

Dann kam die Einladung zur akademischen Feier, sie würde sich über mein Kommen sehr freuen. Da stand vorne im Halbkreis eine hübsche blonde Frau, sie schien mir die attraktivste und ich sah nur sie, wie damals im Schulhof. Bei der anschließenden Feier saß ich ihr gegenüber. Ich schrieb spontan auf eine Papierserviette: Ich liebe dich. Und sie schrieb darunter: Ebenso. Dann war es wie im Film. Wir küssten uns heiß und liefen nach Hause. Ein halbes Jahr später heirateten wir, nunmehr vor 25 Jahren.

Ich sei wieder abwesend.

Nein, antwortete ich und es war nicht gelogen.

Dann eröffnete sie mir, dass sie Ansgar wieder getroffen habe, eigentlich schon vor Wochen, zufällig, in Wien.

Ansgar, zufällig, wiederholte ich halblaut. Ansgar Viktor Achtenhausen, ihren Cousin. Den Namen Achtenhausen hatte er angenommen, da ihm Viktor als Familiennamen nicht gefiel.

Ob ich ihr immer alles erzähle?, wollte sie wissen.

Ich bejahte und ergänzte, zumindest, wenn es wesentlich sei.

Das sei nicht so wesentlich gewesen, antwortete sie und ohne meine Reaktion abzuwarten, setzte sie fort, dass Ansgar sie nach Zürich eingeladen habe.

Und, fragte ich, nimmst du die Einladung an? Hat ihn gerade seine letzte Frau verlassen?, dabei zog ich merklich meine Augenbrauen hoch.

Es sei keine gute Idee gewesen, mir von dieser Begegnung zu erzählen. Sie habe sich das so schön ausgemalt, zum Fünfziger, eine kleine Rundreise, Zürich, Marseille.

Ich unterbrach sie. Ha, der Kongress in Marseille, dieser Schweizer, Robin, der dir danach noch wochenlang Briefe schrieb, Grüße aus Arkadien, ich dachte dabei an meine Studienzeit und an Vergil. Nein, du hattest nichts mit ihm, er war nur sehr, sehr nett, ein Gentleman.

Es amüsiert mich, dich eifersüchtig zu sehen, antwortete Julia auf meine Bemerkungen. Sie habe zwar nicht an ein Wiedersehen mit Rob gedacht, aber man könne es ins Auge fassen.

Wieder fiel ich ihr ins Wort. Rob, wohl sein Kosename?

Aber warum sollte ich – also sage ich Robin, wenn es dich aufregt – warum sollte ich Robin nicht wiedersehen?

Du hast also wirklich vor, die Reise ohne mich zu machen?, fragte ich.

Ursprünglich habe sie schon daran gedacht, die Reise gemeinsam anzutreten, aber nach dem Wortschwall, nach dieser Eifersuchtsszene, meine sie doch, dass eine gemeinsame Reise zu belastend sei.

In diesem Augenblick fiel mir Horst, dieser Professor Horst Weiglein aus München, ein. Hochschule für Bodenkultur in München. Ja, ich würde eine Rundreise empfehlen, warf ich ein, Zürich, Marseille und dann noch München. Du kommst sicher verjüngt zurück, dabei schenkte ich mir ein Glas Wein ein. Hoffentlich enttäuschen dich die Herren nicht, diesen Satz konnte ich nicht hinunterschlucken.

Horst und München, sie sah an mir vorbei, das sei eine gute Idee, aber zur Klarstellung, der sei immerhin vor mir in ihr Leben getreten.

In dein Liebesleben, ergänzte ich.

Ja, wenn ich es genau wissen wolle, in ihr Liebesleben. Sie nahm die Flasche Wein in die Hand, schenkte sich nach und zündete sich eine meiner Zigaretten an.

Dann schwiegen wir beide, ich dachte eigenartigerweise

nicht an den möglichen Betrugsversuch meiner Frau, sondern an meinen Roman, diese Eifersuchtsszene könnte man einbauen. Nein, ich dürfte auf keinen Fall die Reise mitmachen, Julias Abenteuer würde ich im Roman ausschmücken. Wiedersehen in Zürich, Ansgar holt sie am Flughafen oder am Bahnhof ab, ein Strauß roter Rosen in seinen Armen, Julia, du siehst hervorragend aus, dieses Kleid, dieser Hut. Auch du Ansgar, du hast dich nicht verändert, seit damals. Ich befand mich bereits in der Parallelwelt des Dichters.

Wann war das eigentlich?, fragte ich mich, meine Gedanken unterbrechend. Vor 15 Jahren? Ich blickte zurück. Ihr Cousin Ansgar hatte uns zu dieser Automobilausstellung nach Genf eingeladen. Jedenfalls begegneten wir beim Bentley-Stand Ansgar, ein charmanter Plauderer, weltgewandt. Mir gefiel er von Anfang an nicht.

Nein, zur Ausstellerparty wollte ich nicht mit. Geh allein zum Verwandtentreffen.

Sie kam sehr betrunken zu früher Stunde ins Zimmer, beschimpfte mich noch als Scheißkerl und schlief, völlig angezogen, auf der Couch ein. Am Morgen, besser gesagt war es bereits Mittag, verlangte sie nach Aspirin-Tabletten. Ich schwieg zum vergangenen Abend, bat, sie möge sich umziehen, und schlug eine baldige Abreise vor.

Nein, sie wolle das schöne Leben der Reichen genießen.

Ich musste mich in diesem Augenblick entscheiden, ihr eine Szene machen, sie zwingen mitzufahren, oder sie dieser Schickimicki-Welt überlassen. Warum ich ohne sie abgereist bin, warum ich diesen Entschluss gefasst habe – ich habe es nicht mehr in Erinnerung. Es gab dann wochenlang Funkstille zwischen uns, sie wüsste nicht, was ich habe, schrieb sie mir auf einen Zettel und legte ihn mir auf den Küchentisch. Natürlich hatte ich mir vieles überlegt; alles aufgeben, sich trennen, die Wohnung, die Möbel,

Geschirr und Fotoalben, die Freunde, die Vergangenheit? Ich wachte eines morgens auf, bereitete das Frühstück vor, brachte es Julia ans Bett und versuchte Ansgar, soweit es ging, zu vergessen. Eigentlich ging es gar nicht mehr um Ansgar, sondern darum, dass sie auf diese Chrom- und Glitzerwelt so großen Wert legte.

Sie würde gerne Gedanken lesen können, damit unterbrach sie meinen stillen Rückblick.

Ich lächelte und nahm mir noch ein Glas Pernod, den Wein hatte Julia ausgetrunken.

Sie liebe mich, aber im Korbstuhl zu träumen, das könne man später auch noch. Komm, sagte sie, hol mir noch einen Wein aus dem Keller. Sie würde mich auch nie verlassen, ich bräuchte sie doch als Muse, dabei lachte sie.

Ich nickte, dann entgegnete ich, Muse sei mir schon recht, aber nicht die Muse mehrerer Männer. Ich sah sie an. Sie trug einen dunkelblauen Rollkragenpullover und eine schwarze Stretchhose – hatte noch immer Kleidergröße 38. Wenn ihr eine Verkäuferin Größe 40 anbot, verließ sie ohne Anprobe das Geschäft. Eifersucht kam plötzlich auf.

Und du würdest wirklich ohne mich fahren?, fragte ich Julia.

Ja. Vier Wochen Auszeit vom Alltag. Ob ich mir vorstellen könne, was es für eine Frau bedeute, fünfzig zu werden? Würde dir etwas passieren, dabei sah sie mich an, sie bekäme doch mit fünfzig nie wieder einen Mann.

Ansgar, Robin, Horst, warf ich ein.

Theoretisch ja, praktisch nein, das seien keine Männer für das Alltagsleben, im Alltag müsse man sich beweisen. Schau, sagte sie, dabei nahm sie einen Schluck meines Pernods, du weißt mir zu helfen, wenn ich Migräne habe, du blickst in meiner Gegenwart jedenfalls nicht anderen Frauen nach, ich rieche gerne an deiner Haut, ich sehe dich gerne an, wenn du gehst und wenn du kommst, du hast Stil, du liest mir eine Stelle aus Goethes

Gedichtband vor, wenn ich es brauche, und spielst in meiner Gegenwart nicht deine Jazz-CDs, weil ich sie nicht mag, und legst dafür meinen geliebten Aznavour auf.

Ich könnte mir eine Teilzeitgeliebte nehmen, fiel mir spontan ein. Die neue Verlagsassistentin? Kann man überhaupt eine Beziehung von vornherein zeitlich begrenzen?, dachte ich. Kauf, mit Rückgaberecht innerhalb Monatsfrist? Bliebe dann nicht ein Stachel im Fleisch? Würde man nicht immer und immer wieder von der verbotenen Frucht kosten wollen? Dann erinnerte ich mich an meinen Roman. *Die Rache des betrogenen Ehemannes, Die Affäre, Die Frau, die sich eine Auszeit nahm* – Titel gäbe es genug, dachte ich und lachte. Aber was wäre wenn? Wenn Julia nun tatsächlich diese Reise allein unternimmt und mit diesem Ansgar, oder Rob oder Horst, der muss doch auch schon bald siebzig sein, fiel mir ein, schläft? Nein, kommt nicht in Frage, mein Entschluss schien im Augenblick fest gefasst.

Julia, ich komme mit.

Schade, sagte Julia, sie nahm mein Glas und ging nach oben.

Mir fiel ein, dass ich mir vorgenommen hatte, am nächsten Tag wieder im Korbstuhl zu schlafen und zu träumen.

Am nächsten Vormittag fuhr ich wie immer mit dem Fahrrad ins Dorf hinunter, trank einen Espresso, blätterte die Lokalzeitung durch, verstand das eine oder andere, sah mir die anderen Gäste an und grüßte die Kommenden und Gehenden. Danach machte ich noch einen Abstecher in den Hafen, der, den sie im Dorf Bernardo nannten, hatte noch einige Fische und Kalmare in der Kunststoffkiste. Ich kaufte ihm die beiden kleineren Drachenköpfe ab, die bekommt man selten zu dieser Jahreszeit, dachte ich.

Julia hatte keine Lust, mir die beiden Fische zu kochen. Vielleicht abends?, fragte ich. Da ich keine Antwort bekam, nahm ich sie aus und legte sie in den Kühlschrank.

Die Zikaden lärmten und lockten mich damit ins Freie. Ich setzte mich in meinen Stuhl unter dem Olivenbaum, zog mir den Hut ins Gesicht und schlief sofort ein. Ich träumte. Aber nicht vom Herrn mit der Tunika, sondern von Julia und fremden Männern, von Bahnfahrten und fremden Landschaften. Da wir am nächsten Tag die Heimreise antraten, war ich darüber verärgert, dass ich nicht an den Traum des Vortages anknüpfen hatte können.

Daheim hatte uns der Alltag wieder, doch er lief nicht, wie wir ihn gewohnt waren, ab. Ich ging öfter zum Briefkasten, als ich es früher getan hatte. Fand ich ein Kuvert an Julia ohne Absender vor, warf ich es in die Altpapiertonne, ohne es geöffnet zu haben. Selbst schuld, dachte ich, Briefe benötigen einen Absender, außerdem habe ich doch damit das Briefgeheimnis nicht verletzt.

Dann kam der Weihnachtsabend. Unter der kleinen Tanne, die ich am Vorabend günstig erstanden hatte, lagen Reiseführer. Schweiz, Frankreich, Deutschland. Und eine Mappe mit Straßenkarten, Tickets und Hotelprospekten.

Abreise Anfang März, Rückreise unbestimmt, erläuterte Julia. Es gab herrlichen Lachs und eine selbstgemachte Schoko-Tarte, dazu einen Sauvignon blanc meines Lieblingswinzers.

Julia bekam, so war es vereinbart, immer am nächsten Morgen, am ersten Weihnachtstag, ihre Geschenke. In diesem Jahr war es ein Buch über Lou Andreas-Salomé, der Geliebten Rilkes. Und eine bei einem befreundeten Antiquitätenhändler erstandene Brosche. Ein Fasan aus Weißgold, das Federkleid besetzt mit bunten Edelsteinen.

Du liebst mich, sagte Julia und küsste mich. Drei Mal sei sie an diesem Geschäft vorbeigegangen und habe das Stück bewundert. Und enttäuscht sei sie gewesen, als es dann in der Auslage nicht mehr zu finden gewesen sei.

Der Abreisetag kam näher. Julia hatte schon 14 Tage vorher alles für die Reise vorbereitet, ich war mir über die Kleidung unschlüssig. Winterbekleidung für die Schweiz, doch für Südfrankreich? Ich beschloss wenig mitzunehmen und mir in Marseille einiges zu kaufen.

Fünf Tage vor Reisebeginn dann der Anruf. Papa liege verletzt im Unfallkrankenhaus, er benötige dringend einige persönliche Dinge. Es gehe ihm den Umständen entsprechend gut. Trakt B, 2. Stock, Zimmer 14. Ich fuhr sofort ins Krankenhaus.

Nun saß ich am Krankenbett meines Vaters und hielt ihm die Hand. Seine rechte Schulter war bandagiert, der linke Fuß eingegipst. Sein 2-Tage-Bart und die verschwitzten Haare verliehen ihm das Bild eines frisch von der Straße aufgelesenen Landstreichers.

Musstest du dich unbedingt einem Tiefschneeabenteuer mit deinen Tennisfreunden hingeben?, fragte ich ihn.

Es sei doch herrlicher Pulverschnee gewesen, antwortete er mir und lachte dabei. Dann bat er mich um ein paar persönliche Dinge. Und seinen Terminkalender, er müsse doch die nächsten Tennistermine absagen. Für Papa war das Tennisspiel zum Lebenselixier geworden. Auch mich hatte er in diese Sportart eingeführt, mit mäßigem Erfolg. Vielleicht auch deswegen, weil er, auch nach zahlreichen Trainerstunden, jedes Spiel gegen mich gewann.

Ich brach auf und versprach, abends wiederzukommen.

Julia war beunruhigt, sah ihre Reise und vor allem meine Mitreise gefährdet.

Ich versuchte sie zu beruhigen. Morgen würde ich noch einmal einen Besuch machen müssen, dann würde sich meine Schwester um ihn kümmern.

Hoffentlich. Das war der zu erwartende Kommentar Julias.

Ich sah Vater an, er schlief tief und fest. Leise rückte ich den Stuhl an sein Bett und blätterte zurück in die Vergangenheit. Weit zurück, ich zwang mich selbst, so weit wie möglich zurückzublicken. In meine Kindheit und die meiner Schwester Charlotte. Kindergarten Erlenhof, Tante Edda fiel mir ein. Vater hatte uns – zumindest in meiner Erinnerung – jeden Tag hingebracht. Tränen waren zu Schulbeginn geflossen, weil statt meiner Lieblingstante ein alter Lehrer an der Tafel stand. Es gab Mädchen- und Bubenklassen, gemischte Klassen kamen erst später in Mode. Und zum sonntäglichen Kirchgang begleitete Vater uns immer, nur blieb er während des Gottesdienstes vor der Kirche. In der Kirche dürfe man nicht rauchen, hatte er uns erklärt, später erfuhren wir, dass er schon früh aus der Kirchengemeinde ausgetreten war. Sonntagnachmittag fuhren wir immer hinaus aus der Stadt, Mutter und Charlotte pflückten im Frühjahr Blumen und flochten daraus Kränzchen, im Sommer lockten uns fremde Kirschen- und Weichselbäume und im Herbst abgelegene Nussbäume. Mundraub sei erlaubt, das waren Vaters Worte. Er schnitzte mir aus Rindenstücken kleine Boote, die ich viele Jahre in meinem Zimmer aufbewahrte.

Wo arbeitete mein Vater eigentlich, welche Schule hatte er besucht? Und über seine Studentenjahre lag der Mantel des Schweigens. Dabei streichelte ich ihm über seinen Kopf. Ich werde ihn danach fragen, beschloss ich. Jedenfalls war er es, der uns regelmäßig vom Schülerhort abholte. Zum Schülerhort fielen mir Tassen und Teller aus Gmundner Keramik ein, weiß und grün, ich erinnerte mich an die große Holzveranda, an den Hof, über den man mit Stelzen gehen konnte. Und am Abend, bevor man entlassen wurde, sangen wir das Lied, das mich immer an meine Jugendzeit erinnert, sobald ich es höre. „Kein schöner Land in dieser Zeit, als hier das unsre weit und breit, wo wir uns finden wohl unter Linden zur Abendzeit." Auf dem Nachhauseweg gab es eine 1-Schilling- Milka-Schokolade, oder war sie von Bensdorp?

Woran hast du gerade gedacht?, fragte mich mein Vater, er war aufgewacht.

An meine Kinder- und Jugendjahre, an Kindergarten und Schülerhort, antwortete ich.

Den Schülerhort gebe es schon lange nicht mehr, warf Vater ein und fragte, ob ich denn ein guter Schüler gewesen sei, er erinnere sich nicht mehr daran.

Ich nickte.

Und Charlotte?, fragte er weiter.

Charlotte, wiederholte ich, Charlotte war doch immer besser als ich.

Vater lächelte, doch dann dürfte er Schmerzen verspürt haben und verzog sein Gesicht.

Eine Weile schwiegen wir, dann stellte ich ihm die Frage, was er damals eigentlich beruflich getan hatte.

Alles und nichts verkauft, Prokurist in einem Großhandelsbetrieb sei er gewesen, der dann in den Konkurs geschlittert sei, er habe die Firma recht günstig mit Kredit übernommen und davon recht gut gelebt.

Und dein Studium?, fragte ich weiter.

Nach dreizehn Semestern das Handtuch geworfen, antwortete er. Zuerst Jus, dann Welthandel und dann eben Großhandel, dabei lachte er. Er sei müde, ich möge morgen wiederkommen.

Am Abend rief mich Charlotte an. Wie es Vater ginge. Ich berichtete ihr.

Wann sie komme, wollte ich wissen, ich würde nicht gerne meine Reisepläne ändern wollen.

Sie könne keineswegs kommen, sie leide an einer starken Gürtelrose, es sei ein schmerzhafter Ausschlag.

Charlotte, ich möchte in vier Tagen verreisen.
Dann verreise, sie hatte das Telefonat einseitig beendet.
Wie sollte ich es Julia beibringen? Unverblümt, beschloss ich.
Der Abend endete wie erwartet mit einem Krach.

Wir frühstückten wortlos. Nein, ich bräuchte sie nicht zum Zug bringen, lieber fahre sie mit dem Taxi. Kein Händedruck, kein Abschiedskuss. Dann doch noch ein Anruf vom Bahnhof. Ich möge so bald wie möglich nachkommen.

Wird er ohne mich zurechtkommen? Vielleicht betrügt er mich? Aber mit wem? Mit dieser Autorin, wie hieß sie? An den Buchtitel erinnere ich mich: „Über Berg und Tal". Kennst du Waldmeister und Seidelbast?, hat er mich nach einem Treffen mit ihr gefragt und mir Morcheln mitgebracht. Naturkundeunterricht gehört jetzt auch zur Lektorentätigkeit?, habe ich ihn gefragt und die Morcheln nach einigen Tagen weggeworfen. Wenn mir nur der Name einfallen würde. Hildegard! Hildegard hieß sie, ihr Bild auf der Umschlagseite war sicher retuschiert und das Alter gemogelt. Peter hat erst vor Kurzem über eine 2. Auflage gesprochen, da bieten sich ja wieder Waldspaziergänge an.

Ja, der Platz ist frei. Ich wäre gerne allein im Abteil gereist. Aber besser ein Mann als eine Frau. Sein Parfum riecht aufdringlich, zu jugendlich für sein Alter. 65, 66? Gepflegtes Aussehen, dennoch, ich wäre lieber allein geblieben. Vielleicht steigt er aber auch bald wieder aus.

Frohnleiten, da war ich auch schon lange nicht mehr. Ich werde Peter eine Radtour vorschlagen, entlang der Mur. Darüber könnte ich dann einen Artikel schreiben. Ein Kaffee täte mir jetzt gut. Aber das Gepäck? Kann ich es aus den Augen lassen? Stiehlt ein Mann in seinem Alter den Koffer einer Mitreisenden? Kaffee! Hoffentlich haben sie im Zug eine Espressomaschine, der Instantkaffee ist ungenießbar.

Bruck an der Mur, Kornmesserhaus. Eine öde Stadt, für mich besteht sie nur aus Brücken und Fahrbahnen.

Mein Mitreisender kommt nach. Ja, auch dieser Platz ist frei. Lächeln.

Wohin geht eigentlich die Reise?
Zürich?
Mein Gott, auch nach Zürich. Nach Hause oder Verwandtenbesuch?
Nach Hause. In Graz habe er Abschied genommen. Begräbnis seiner geschiedenen Frau. Organversagen nach einer harmlosen Injektion.
Es tut mir leid. Ich meine es ehrlich.
Bischofshofen. Sind sie da schon einmal ausgestiegen?
Umgestiegen, mein Mitreisender lacht.
Habe ich Lust auf Konversation? Man kann ja nach Kindern fragen. Kinder?
Ein Sohn, Biologe. Erforscht die Verunreinigung der Meere und deren Auswirkungen auf die Fischpopulation. Auf diese Schiene habe ich ihn gebracht.
Und wie?
Ich bin von Beruf Dolmetscher. Bei einem Kongress habe ich Elisabeth Mann Borgese getroffen, sie trug zum Thema „Das Drama der Meere" vor. Davon habe ich meinem Sohn erzählt.
Ich muss an Peter denken, ob er nachkommt? Er hat es versprochen. Was hat mein Gegenüber gerade gesagt? Biologe? Meeresbiologe?
Sie heißen nicht zufällig Boneforte?, die Frage musste gestellt werden.
Mein Gegenüber lacht. Doch, Boneforte, habe ich mich nicht vorgestellt? Verzeihen Sie. Aber wie kommen Sie auf meinen Namen?
Ich habe mit Ihrem Sohn ein Interview anlässlich einer Tagung in Marseille geführt und da haben wir uns näher kennengelernt.
Er hat mir nie davon berichtet.
Erzählt man alle Begegnungen mit Frauen seinem Vater?
Sie haben recht. Im Übrigen holt er mich ab, da können Sie ihn wiedersehen.
Trägt er noch immer Bart und lange Haare?
Leider ja.
Mir hat es gut gefallen.
Rob. Und was mache ich mit Ansgar? Beide gleichzeitig zu treffen,

übersteigt mein Vorstellungsvermögen. Wenn, dann schon Rob. Wie aber Ansgar abschütteln? Zuerst einmal das Mobiltelefon ausschalten. Und jetzt muss mir Herr Boneforte einen Dienst erweisen.

Ich werde am Bahnhof von einem Verwandten, den ich heute nicht gerne treffen möchte, abgeholt. Viel lieber würde ich Rob, Ihren Robin, wiedersehen.

Sie setzen Ihre dunkle Brille auf, schlingen den Seidenschal um Ihren Kopf und hängen sich bei mir ein, alles andere überlassen Sie mir. Robin wird Augen machen, wenn er Sie an meiner Seite erblickt.

Nun kann ich die letzten beiden Stunden schlafen, vielleicht träume ich von Rob.

Rob kam im Traum nicht vor, dafür plagt mich die Frage nach einem Hotelzimmer.

Ich benötige ein Hotelzimmer, eine Empfehlung?

Mein Gegenüber nickt. Sie fahren mit uns mit, gleich in der Nähe haben Freunde ein Familienhotel zu erschwinglichen Preisen.

Auch das Problem scheint gelöst.

Zürich, wir erreichen Zürich in wenigen Minuten. Mein Pulsschlag steigt. Rob statt Ansgar. Wenn einer eine Reise macht ...

Charlotte kommt nicht, damit eröffnete ich meine Begrüßung im Krankenhaus.

Sie wäre mir auch nicht so eine Hilfe wie du, antwortete Vater und lächelte. Er müsse mindestens zwei Wochen bleiben, für ihn eine unendliche Zeit. Ich möge ihn vorzeitig herausholen.

Es war an der Zeit Vater zu berichten, dass ich mich eigentlich seit zwei Tagen auf Urlaubsreise mit Julia befinde. Dabei fiel mir Ansgar ein. Ich beschloss, Julia abends anzurufen.

Um die Besuchszeit zu überbrücken, bat ich Vater, mir Vergangenes aus seinem Leben zu erzählen.

Wo soll ich anfangen?, fragte er.

Mittendrin, antwortete ich.

Also in Caorle, dabei bewegte er seinen Kopf vorsichtig zur Seite, er dürfte Schmerzen verspüren, vermutete ich.

Ob ich mich an das deutsche Ehepaar neben unserem Zelt erinnere?

Ja, ich erinnere mich, antwortete ich. Die Tochter hieß Caroline und war süße 17.

Wohin wir gingen? Zum Strand. Wo war eigentlich Charlotte damals?

Jetzt fiel mir bei Papa auf, dass man ihn rasiert hatte. Eine hübsche Schwester wäre ihm lieber gewesen als dieser grobe Pfleger. Den würde er nicht mehr an sein Gesicht heranlassen.

Papa lenkte ab. Ich wollte von ihm Vergangenes. Also, jetzt deine Schülerjahre. Meine Worte klangen streng. Und dann würde ich auch gerne über deine *Caroline* etwas erfahren.

Papa sah an mir vorbei. Es sei alles so lange her. Er erinnere sich an die harten Schulbänke des Keplergymnasiums, Namen der Lehrer seien ihm entfallen, Mathematik habe ihn interessiert, aber auch Geschichte und später Latein. Und er habe sich gegenüber seinen Eltern früh durchgesetzt und sich das Dachbodenzimmer erkämpft. Man ging über jahrzehntelang mit Lauge geschrubbte, ausgebleichte Holzstiegen hinauf zum Dachboden, öffnete die eiserne Tür mit einem übergroßen Schlüssel, stieg über einen Holztram und betrat einen einfach ausgebauten, für Lagerzwecke gedachten Dachbodenraum mit schrägen Wänden und einem Fenster, das im Winter die Kälte fast ungeschützt ins Zimmer ließ. Der kleine Ölofen musste nahezu ununterbrochen nachgefüllt werden. Das WC war am Gang.

Und Frauenbesuch?, fragte ich Vater.

Strengstens verboten, antwortete er.

Ich würde ihm das nie und nimmer glauben.

Wieder sah er an mir vorbei, seine Gedanken schienen an einem anderen Ort oder bei einer anderen Person zu verweilen.

Nun sollte ich mich langsam entscheiden. Papa alleine zurücklassen, das war ausgeschlossen. Dazu kam, dass ich in seine Vergangenheit eintauchen konnte. Aber wie sollte ich das Julia beibringen? Fürs Erste sollte ich einen Aufschub erreichen, ich würde in einigen Tagen nachkommen, Charlotte würde sicher in einer Woche reisebereit sein.

Abends führte ich dann das Telefonat mit Julia. Sie war gut aufgelegt. Nein, Ansgar habe sie noch nicht getroffen, sie habe dazu auch keine Lust, Zürich sei eine pulsierende Stadt, anders als Graz oder Wien, Zagreb oder Prag, eben anders. Auch habe sie eine Bitte: *une petite permission d'infidélité*, einer kleinen Untreue. Dabei lachte sie hörbar.

Ich ging von Zimmer zu Zimmer, sah in alle Schränke, ohne etwas zu suchen, zählte im Schuhschrank Julias Schuhpaare, zwanzig, dazu addierte ich die, die sie mitgenommen hatte.

Auf ihrem kleinen Sekretär im Wohnzimmer lag ein leerer Notizblock, der silberne Bilderrahmen war schon seit Wochen leer. Wo war das Bild unserer letzten Venedigreise? Die Lade war abgeschlossen, ich rüttelte stärker, sie blieb zu. Würde sich der Schlüssel finden lassen? Und dann fragte ich mich, was ich vorfinden würde. Liebesbriefe? Rechnungen? Ich ließ es sein.

Ich kann Ansgar Gott sei Dank nicht sehen. Und Rob? Mir klopft das Herz ganz wild, so wild, wie damals im Hotelzimmer. Jetzt sehe ich ihn. Lange Haare und Bart. Aber schon mächtig grau geworden. Ich bin auch älter geworden. Wird er mich noch attraktiv finden? Ja, sich an mich erinnern können?

Ich finde es rührend, wie sich Vater und Sohn umarmen. Das Gespräch dreht sich um das Begräbnis. Rob sieht dabei immer zu mir her.

Darf das wahr sein? Julia? Marseille! Wie er mich liebevoll umarmt.

Bevor wir ins Hotel fahren, müssen wir noch etwas trinken, der Vorschlag kommt vom Vater.

Mir kommt es vor, als sei es gestern gewesen. Rob ist charmant, hält ohne Scheu vor Vaters Augen meine Hand.

Da war also mehr als ein Interview, bei diesen Worten lächelt der Vater.

Ich spüre, wie mir die Hitze ins Gesicht steigt.
Die Fahrt war lang, ein Wiedersehen?
Morgen, alle sprechen gleichzeitig.

Papa einen Blumenstrauß mitbringen? Ich entschied mich dafür. Beim Krankenhauskiosk erstand ich noch eine Welt am Sonntag, die hat Papa früher immer gelesen. Ich nahm mir eine NZZ, wollte mich auf meinen Kurzaufenthalt in Zürich etwas vorbereiten.

Schon wieder Sonntag?, fragte Papa. Mit den Wochentagen tue er sich schon schwer. Er lobe sich die Nächte, die haben keinen Namen, scherzte er, das habe er einmal bei Canetti gelesen.

Papa fragte nach Julia.

Sie bereite sich auf eine Reise vor, antwortete ich. Sie lasse grüßen und wünsche gute Besserung.

Reise?, fragte Vater.

Ich bejahte und verschwieg Details. Auch, dass sie schon abgereist war.

Wohin?

In die Schweiz.

Er würde mir eine Unterkunft in Dornbirn empfehlen, auch kenne er ein ausgezeichnetes Restaurant, das Rote Haus, aus dem 17. Jahrhundert.

Woher kennst du es?

Vater lachte.

Eine Frau?

Papa nickte. Er habe einige Wochen als junger Praktikant, nein, er korrigierte sich, als Ferialarbeiter in einer Textilfabrik gearbeitet. Fünf Schilling habe er als Stundenlohn erhalten. Und sich dafür die eine oder andere Reitstunde gegönnt.

Und das Rote Haus?

Warte, sagte er. Eines Tages, es war ein Sonntag, als er sich wieder einmal draußen beim Reitstall aufgehalten hatte, kam ein reiterloses Pferd, ein Rappe, im Galopp auf ihn zu. Er habe die Arme ausgebreitet, beruhigend auf das Pferd eingeredet und dann die Zügel, die am Boden schleiften, ergriffen. Was tun?, habe er sich gefragt und beschlossen, den Reiter oder die Reiterin zu suchen. Also sei er aufgesessen und in die Richtung, aus der das Pferd gekommen war, zurückgeritten.

Da kam sie, erzählte Vater, er schien ein wenig aufgeregt, ein Mädchen, 16 oder 17, blonde Zöpfe, humpelnd und weinend.

Diabolo!, habe sie gerufen und sich an seinen schweißnassen Hals gelehnt. Dann sei man gemeinsam zum Reitstall zurückgegangen.

Den Namen habe er vergessen, Marianne oder Annemarie, jedenfalls war sie die Tochter des Besitzers des Roten Hauses.

Und?, fragte ich. Wie ging es weiter?

Liebe, einen Sommer lang, antwortete er und ergänzte, dass er auch einmal jung gewesen sei.

Und jung geheiratet und gleich einen Sohn gezeugt, ergänzte ich. Oder umgekehrt, dachte ich mir.

Ja, Mama war eine tolle Frau.

Und dann?

Papa sah in die Ferne.

Komm, bat ich, erzähle. Erzähle von Caroline, der Schweizerin.

Eine großartige Frau. Ich habe sie in Oberitalien getroffen, zufällig, in Aquileia. Der frühchristliche Mosaikfußboden in der Basilika faszinierte mich. Ich studierte jede einzelne Darstellung, insbesondere die Vielzahl der verschiedenen Fische.

Ich musste schon eine ganze Weile von einer Frau beobachtet worden sein, die mit Stativ und Kamera ausgestattet einzelne Ausschnitte des Mosaiks fotografierte. Sie fragte mich, ob ich Kunsthistoriker sei.

Ich lachte und verneinte. Die Fische sehen so lebensecht aus, nehmen den Betrachter gefangen, erwiderte ich.

Ja, das fasziniere sie auch, sie arbeite an einem Buch über frühchristliche Bodenmosaike und habe dabei schon erstaunliche Entdeckungen gemacht. Für heute mache sie Schluss, sie habe Verlangen nach Kaffee und Kuchen, gleich vor der Basilika sei die beste Konditorei Italiens. Pasticceria Mosaico. Kommen Sie mit?, fragte sie.

Der Aussprache nach Deutsch-Schweizerin, in meinem Alter, vielleicht doch einige Jahre jünger, schwarzes, grau-meliertes Haar, eine rote Brille, schlank. Natürlich sagte ich sofort zu und ergänzte, wenn ich sie einladen dürfe.

Sie dürfen, antwortete sie. Sie heiße Caroline.

Es war wirklich ein Geheimtipp. Wir konsumierten einen ganzen Teller herrlichster Süßspeisen, dabei bekam ich einen Kurzvortrag über die romanische Basilika Santa Maria Assunta von Aquileia. Und wenn das Buch fertig sei, müsse ich zumindest ein Exemplar erwerben.

Ich versprach es.

Dann wurden oberflächlich private Dinge ausgetauscht. Sie stamme aus der Schweiz, ihr geschiedener Mann lebe in Zürich, sie wohne derzeit in einem Bauernhaus in der Nähe von Stainz, das müsse aber so nicht für ewig bleiben, vielleicht ziehe sie auch nach Graz, da seien die Verkehrsverbindungen günstiger, außerdem sei auch der Verlag dort. Vielleicht ziehe sie aber auch ganz nach Italien.

Wir tauschten Telefonnummern und Adressen aus, sie schickte mir nach Wochen einige Fotos, die sie von mir in der Basilika aufgenommen hatte, und lud mich zu einem Treffen ins Operncafé ein. Sie wolle sich für die Einladung revanchieren.

Und?, fragte ich Vater.

Spricht man mit dem Sohn über ein Verhältnis?

In unserem Alter schon, antwortete ich und lachte.

Eine großartige Frau, gebildet, reizvoll, offen, bezaubernd.

Spanne mich nicht auf die Folter, Details!

Er lachte. Nicht alle. In Erinnerung sei ihm nur der Venedigurlaub. Das kleine Apartment in Dorsoduro, abends der Besuch in einer kleinen Bar. Ihre Zigaretten rauchte sie mit einem sogenannten Spitz. Ihr Mann hatte es ihr verboten.

Hatte sie Kinder?

Einen Sohn, mehr erfuhr ich nicht, wir waren einfach mit uns selbst beschäftigt.

Zum Baden ging es hinüber auf den Lido. Und Vater schwärmte vom Sonnenuntergang, die Sonne wechselte in Minutenschnelle von Gelb auf Rot und das Hell auf Dunkel, und er kam ins Schwärmen. Es schien ihm, so erzählte er, als ob Hephaistos selbst das Feuer seiner Schmiede immer stärker werden ließe. Dann schwieg er. Sie habe ihm die Wehmut des Lebensherbstes genommen, sagte er leise.

Aber es ging zu Ende. Der Verleger.

Mir fiel das Dreiecksverhältnis Richard Wagner-Bülow-Cosima ein.

Zum Kampf konntest du dich nicht aufraffen?

Er zuckte mit den Achseln. Vielleicht waren es auch die Dinge, die im Dunkeln lagen, ergänzte er, ohne seine Aussage zu präzisieren.

Ich muss zu Hause anrufen. Nur – was erzählen? Die Begegnung mit Robins Vater glaubt er mir nie. Ein abgekartetes Spiel, Betrug, Täuschung und das nach so vielen Ehejahren und so fort. Ich kenne ihn. Ich schiebe den Anruf auf. Nein, Ansgar werde ich nicht erwähnen, nicht getroffen. Dann werde ich ihn nach Vater fragen und das Gespräch kurz halten.

Wie gehe ich mit den beiden Bonefortes um? Man wird sehen. Robin wird doch eine familiäre Beziehung haben. Ich als Kurzzeitaffäre? Mit meinem Alter? Vergangenes auffrischen? Warum nicht? Man lebt nur einmal. Ich brauche ein Glas Wein. Aber allein an der Bar? Warum nicht, mich kennt hier niemand. Würde ich mich von ihm trennen? Aufbruch in eine neue Zeit? Noch ein Glas, bitte. Ich bin 50. Zwanzig Jahre im gleichen Trott. Nein, nicht Trott. Auf Gleisen, ohne Weichen, von A bis B, manchmal nach C. Ausbrechen. Noch ein Glas. Und er? Mit dieser Sekretärin war was. Mit dieser Silvia. Natürlich nicht. Natürlich doch. Ich muss lachen. Zuerst flog der Küchenschwamm, dann ein Teller, dann folgten Briefe unserer Anwälte. Und dann drei Tage Paris. Und jetzt? Egal. Zimmer 312.

Ich habe Migräne oder nur einen leichten Kater. Der Wein gestern. Um zehn der Stadtbummel mit dem Vater, Abendessen mit Rob. Und dann? Hoffentlich will er.

Der Vater, ein Gentleman. Ich muss ihn fragen, warum Rob nicht bei der Feuerbestattung seiner Mutter war.

Eine lange Geschichte. Ob er mich duzen darf? Ja. Seine Mutter, meine geschiedene Frau, war eine faszinierende Persönlichkeit. Unsere Welt war geordnet, genormt, das Haus perfekt. Lange Tafel, Kerzenschein, Bedienstete. Kein offenes Haus, nur geladene Gäste. Ob ich verstehe?

Ja. Ich kann es mir vorstellen.

Sie benötigte aber mehr. Frischluft war ein geflügeltes Wort.

Eine Umschreibung für Männer?

Ein Mann. Der Vizedirektor von Robins Fakultät. Eine Verstrickung besonderer Art, die Robin ins Ausland trieb und er ihr nie verzieh. Dann kam die Trennung, sie nahm ihren Mädchennamen an und verließ mich.

Wird mir ein Spiegel vorgehalten? Werde ich vor einem Abenteuer unbewusst gewarnt? Es ist doch jeder seines Glückes Schmied. Ich will mir den Abend mit Robin nicht verderben lassen.

Ob ich zum Franzosen gehen möchte?

Ja. Ich liebe doch Frankreich. Baguette, Pastis, Stierkämpfe und weiße Pferde der Camargue, Shopping in Paris.

Bist du abwesend?

Verzeih, Rob. Erzähle mir von dir.

Da ist diese Faszination der Unterwasserwelt. Da sind die Misserfolge im Kampf um die Tiefenwelt. Die inhaltslosen Sprüche der Politiker. Meine Begegnung mit Elisabeth Mann.

Und deine Familie?

Vater.

Du weißt was ich meine. Hast du niemanden teilhaben lassen an deiner Welt?

Es war niemand da. Vielleicht habe ich mich auch verrannt. Kampf gegen Windmühlen, nur unter Wasser.

Und du? Die Frage war überfällig.

Ich bleibe in deiner Welt. Jahraus, jahrein der Gleichklang der Wellen, manchmal ein Sturm, selten ein Unwetter, das eine oder andere Mal, dass ein Holz an den Strand gespült wurde, nie eine Flaschenpost mit einer Botschaft, steig in ein Boot und komm zu mir auf die Insel. Leonhard Cohen fällt mir dabei ein. Wir schweigen. Kommt jetzt die Frage? Komm mit?

Komm mit.

Wie lange kannst du bleiben? Der erste Satz am frühen Morgen. In einem Hotelzimmer in Zürich. Und darauf soll ich eine Antwort haben? Ein Parallelleben für einen, zwei oder viele Tage, immer wieder, nie enden wollend? Ich muss einmal telefonieren.

Julias Stimme war verändert. Sie wolle noch einige Tage bleiben. Ob ich nachkomme, wollte sie wissen. Nein. Eher nicht.

Sie möge doch die Tage genießen. Dann fiel doch der Name Boneforte. Sie erzählte von der Zugfahrt mit dem Vater, vom Treffen mit dem Sohn.

Caroline fiel mir in diesem Augenblick ein. Caroline, eine geschiedene Boneforte. Das konnte doch nur ein Zufall sein. Vater hatte den Namen einmal erwähnt und weil er so ungewöhnlich war, hatte ich ihn mir gemerkt. Vater kenne auch eine Boneforte, erklärte ich Julia.

Und dein Robin heißt Boneforte, seine Mutter Caroline Boneforte, geschiedene Boneforte?, berichtigte ich mich. Und der Vater von Robin Emil?

Nach wenigen Minuten fiel mir der Traum ein, den ich unter dem Olivenbaum geträumt hatte. Der erste Satz eines Romans sei der wichtigste. Der erste Satz.

Ich lachte, nahm ein Moleskineheft und begann zu schreiben. Gestatten, mein Name: Boneforte.

VATERS TAGEBUCH

Der Rückruf meines Bruders erfolgte spät abends. Wer mich aus dem Heim angerufen habe, wollte er wissen. Frau Engel, die Leiterin, persönlich.

Und hat Vater tatsächlich nach seinen Tagebüchern gefragt?

Ja.

Wusstest du, dass er ein Tagebuch geführt hat?

Ja.

Ich nicht. Dann ergänzte er, dass ich wieder einmal privilegiert sei. Er war mir aber nicht böse, nein, wir hatten uns immer schon gut verstanden.

Und was möchte er mit den Tagebüchern?

Ich nehme an, dass ich sie ihm vorlesen soll.

Du, fragte er, warum nicht wir beide?

Weil du in Wien wohnst und nur alle vier Wochen nach Graz kommst.

Und du liest sie ihm jeden Tag vor?

Nicht jeden Tag.

Er schwieg, dann beendete er das Telefonat.

Ich stellte mir die Frage, ob die Tagebucheintragungen nicht unter Verschluss bleiben sollten. Einen Blick in die Aufzeichnungen der Kinder, ja. Nicht aus Neugier, aus Sorge. Aber ins Tagebuch eines Elternteiles? Vielleicht würden sie Vater nach dem Tod seiner Frau, unserer Mutter, zu sehr aufwühlen. Auch schien mir, dass Tagebucheintragungen nur für den Autor bestimmt seien, es könnten Intimitäten beschrieben sein oder es würden sich Eintragungen finden, die unangenehm für den Vorleser selbst sein könnten, ein anderes Bild des Vaters ergeben, als man es sich selbst über Jahrzehnte gemacht hatte. Es wäre vielleicht eine Korrektur des Bildes, das man sich von seinem Vater gemacht, den man bewundert und geliebt hat, notwendig. Vielleicht würde einem auch der Spiegel vorgehalten werden. So denkt und urteilt man doch selbst auch, behält es aber für sich und schreibt es nicht nieder.

Und wenn Vater nichts ausgelassen hatte? Das Verhältnis mit seiner Sekretärin, von dem mir Mutter erzählt, das er aber nie eingestanden hatte? Vielleicht würde er es in seinen Tagebüchern klarstellen. Nein und nochmals nein. Oder ja. Und würde er über die schwierigen Wechseljahre der Mutter mit ihren schweren Depressionen berichten?

Über die letzten Wochen und Monate, die er an ihrer Seite verbracht hatte? Würde er seine Gedanken darüber offenbaren, wie es nach dem absehbaren Tod der Mutter für ihn weitergehen sollte? Selbstmord oder Aufbruch in einen neuen Lebensabschnitt? Und damit verbunden die Frage: Mit wem?

Aber wie sollte ich ihm den Wunsch abschlagen? Tagebücher nicht gefunden? Andererseits könnten seine Aufzeichnungen ihn in eine schöne Erlebniswelt entführen. Er würde darin doch sicher über seine Reisen berichtet haben. Aber unter Umständen war es auch nur der Wunsch eines Augenblicks. Ich beschloss, ihn morgen ohne seine Tagebücher zu besuchen. Mit einem Zwetschken-Marillen-Streuselkuchen, den er so liebte.

Was ich von der Idee der Vorlesestunden halte?, damit begrüßte er mich.

Viel, antwortete ich. Aus welchem Buch?

Aus meinen Tagebüchern sollst du mir vorlesen, sagte er etwas streng.

Ich gestand, dass ich sie vergessen hatte, weil ich direkt aus dem Verlagsbüro gekommen war.

Er umarmte mich und verzieh mir.

Nun zu deinen Tagebüchern. Die hast du doch für dich geschrieben, sie werden vielleicht auch Gedanken beinhalten, die nicht für Augen und Ohren Dritter bestimmt sind.

Du bist kein „Dritter", du bist „Zweiter", dabei lachte er mich an.

Nein, du missverstehst mich bewusst. Man schreibt doch in sein Tagebuch auch Intimes, ganz tief im Inneren Sitzendes, nicht für andere Bestimmtes, so im Augenblick Gedachtes, was man vielleicht eine Stunde später nicht mehr niederschreiben würde. Nur, einmal niedergeschrieben löscht man es eben nicht. Zumindest habe ich noch nie in meinem Tagebuch etwas gelöscht.

Seit wann ich Tagebuch führe, wollte er wissen.

Ich zuckte mit den Achseln. Seit einigen Jahren, aber nicht konsequent genug. Meistens schreibe ich etwas über die Kinder hinein, Zahnausfall, Masern, Sportunfälle und immer wieder etwas über Muttertagsgeschenke, antwortete ich.

Nein, gelöscht habe er noch nie etwas. Und natürlich finde man auch manch einen Kraftausdruck. Und Intimes? Da müsse er nachdenken. Stoße man beim Vorlesen auf einen Frauennamen, dann wünsche er, dass man den Absatz auslasse.

Papa!

Er sah lächelnd beim Fenster hinaus. Dann nahm er mir das Versprechen ab, beim nächsten Besuch die Tagebücher mitzubringen.

Die Tagebücher meines Vaters ließen mir keine Ruhe. Da wir ja in sein Haus eingezogen waren und dabei seinem Wunsch entsprechend sein Herrenzimmer, wie er es nannte, unangetastet gelassen hatten, fand ich auf Anhieb zwei Tagebücher. Er hatte doch immer von mehreren gesprochen.

Ich schlug das erste auf. *Tagebuch Nr. 3, Zeitraum 2005 bis ...*

Vater war damals 66. Sein erstes Pensionsjahr. Im Mai die Parisreise mit ihm. Ich erinnerte mich. Ich hatte natürlich nichts aufgeschrieben und war doch etwas aufgeregt, darüber zu lesen. Die Reise aus der Sicht meines Vaters.

Parisreise mit Anna. 8.5. bis 14.5. Mit dem Flugzeug Wien–Paris. Mit Anna verreise ich gerne. Vielleicht erfahre ich Ausschnitte aus ihrem Leben. Und wer weiß, ob wir nochmals eine größere Reise gemeinsam unternehmen.

Bei der Ankunft erinnert mich Anna, dass sie vor fünf Jahren hier gewesen sei. Aber viel zu kurz. Man müsse eigentlich ein halbes Jahr in dieser Stadt bleiben. Und ich habe ihr spontan geantwortet, ich sei ja in Pension und könne hierbleiben. Gut, mein Schul-Französisch ist bis auf wenige Wörter versickert. Bonjour! Bonsoir! Au revoir! S'il vous plait! Merci! Ich muss dabei lachen und an meine Schulzeit denken. Warum bleibe ich nicht wirklich?, frage ich mich. Keinen Mut dazu?

Am ersten Abend essen wir in einem kleinen Bistro gegenüber unserem Hotel. Und ich übe mich schon beim Bestellen. Soupe à oignon, moules, Fromages.

Ich erinnerte mich. Ja, er hat bestellt und war sehr charmant. Und dann! Paris ist doch so groß. Alfi!

An der Hotelbar treffen wir Alfi, eigentlich Alfred. Ihren ersten Liebhaber.

Er hatte es aufgeschrieben. Und auch das mit dem ersten Liebhaber wusste er. Ich war neugierig. Was hatte er noch alles notiert?

Dieser Alfi dürfte 45 mehr oder weniger sein. Schon leicht graue Schläfen. Er ist allein in Paris. Geburtstagsgeschenk seiner Kollegen. Samt Eintrittskarte für Roland Garros – French Open, wie er mir erklärt. Er wohnt in Wien. Über seinen Familienstand wurde nicht geredet. Um elf Uhr dann ins Bett, bin ja kein Jüngling mehr.

Anna nicht wie vereinbart beim Frühstück. Beim Weckruf um zehn ist sie ziemlich verschlafen. Meine Frage, ob es spät geworden sei, beantwortet sie nicht. Um elf sei sie für den Stadtbummel bereit.

Mir wurde beim Lesen ziemlich heiß. Natürlich schliefen wir miteinander und für zu Hause wurde ein Wiedersehen vereinbart. Ich musste ja immer wieder einmal nach Wien. Ich lobte Papa heimlich, dass er keine Details – ich war mir sicher, er ahnte es – festgehalten hatte.

Paris ist eine tolle Stadt, aber mit Anna ein Geschenk des Himmels. Mit Robert wäre eine solche Reise zu anstrengend. Der würde nur ans Essen und Trinken denken und sich in Saint-Germain-des-Prés in den Caféhäusern nach Französinnen umschauen wollen. Gut, ich würde es auch tun.

Also heute: Besuch des Louvre, Mona Lisa wegen der Menschentraube davor ausgelassen. Dafür das Original von Boschs Narrenschiff und das Bild Gabrielle d'Estrées' und einer ihrer Schwestern, das mit dem nackten Oberkörper und dem Griff zur Brustwarze, gesehen!!

Abends unter den Arkaden im Jardin du Palais Royal herrlich gespeist. Es war nicht gerade billig. Danach an der Bar kein Alfi.

Am nächsten Tag über die Pont Neuf! Mir schien, als begegnete ich Esther.

Wer war Esther?, Papa, Esther?

Dieses Kapitel würde unter „Weiterblättern" fallen, antwortete er.

Ich blieb hartnäckig. Außerdem sei mir die Begegnung auf der Brücke nicht in Erinnerung, sagte ich.

Er versprach mir, die Sache mit Esther später einmal zu gestehen. Aber eine CD müsste ich ihm mitbringen, mit *One Dance More*.

One Dance More, wiederholte ich.

Zu Hause angekommen, dachte ich an diese Frau, Esther. War Vater doch nicht nur der treue, einfühlsame, besorgte Ehemann? Klug, erfolgreich, beherrscht? Wie war er denn uns gegenüber?, fragte ich mich und kramte in meinen Erinnerungen. Mir fielen Kuschelabende, Theaterbesuche, spätabendliche Partyabholdienste, Drogenverwarnungen und sinnlose Rauchverbote ein. Auch noch das großzügige Maturaball-Sponsoring, das mir in Wahrheit unangenehm war, und die Sponsionsfeier im Promenade-Café. Und im Abschnitt „Neuzeit" die täglichen morgendlichen Telefonanrufe.

Dann fielen mir die restlichen Tagebücher ein. Ich fand bei den Unterlagen, die Vater im Hause zurückgelassen hatte, tatsächlich ein dickes Schulheft mit einer großen römischen Zahl I. Mit etwas stärkerem Herzschlag schlug ich die erste Seite auf. Und ich las:

10.12.1962, Beginn meiner Tagebuchaufzeichnungen. Café Fotter. Eine Begegnung, die mein Leben ändern wird, das sehe ich voraus. Sie ist kleiner als ich, zart, braunes Haar, zu einem Zopf geflochten, aber mit einer interessanten Ausstrahlung. Der Zufall wollte es, dass die anderen Tische besetzt waren. Mit einer Handbewegung hat sie mich eingeladen, an ihrem Tisch Platz zu nehmen. Ob draußen noch Schnee falle, wollte sie wissen. Habe ich auf diese Frage geantwortet? Jedenfalls folgte dann die zweite Frage, ob ich Student sei. Wieder, lautete meine Antwort. Welthandel in Wien abgeschlossen und nun Jus in Graz. Sie habe ich natürlich auch gefragt. Musikstudentin am Konservatorium sei sie. Sie heiße Hannelore, lieber sei ihr Hanni. Morgen um die gleiche Zeit?, hat sie mich dann gefragt. Und ich habe genickt.

Und sie stürzt mich in große Not. Immerhin bin ich mit Eva verlobt und das Leben läuft in geraden Bahnen.

Ich war, da ich in die Tiefen väterlichen Lebens eingetaucht war, auf besondere Art in einen Schockzustand versetzt worden. Nicht wegen der Details, sondern wegen des Umstandes, den ich vorhergesehen hatte, dass ich in das Leben eines anderen, in diesem Falle meines Vaters, ungefragt, unautorisiert eingedrungen war. Wie ein Spion. Und die familiäre Nähe verschärfte die Tat. Hätte ich in einem Roman darüber gelesen, hätte ich den Autor für seinen Text gelobt oder getadelt. Nun war ich aber – wie es mir augenblicklich schien – zur mitspielenden Figur eines besonderen Stückes geworden.

Ich schloss die Augen und resümierte, dass es vor Mutter eine Verlobung mit einer anderen Frau, Eva, gegeben hatte. Wer war diese Frau?, fragte ich mich. Vielleicht würde ich sie in einem der alten Fotoalben sehen. Und es bestand ja auch noch die Möglichkeit, ihn über Eva zu befragen. Ich öffnete die Augen und las weiter.

Eine schlaflose Nacht liegt hinter mir. Wie löse ich den Konflikt? Leider habe ich nie Basteiromane gelesen, dort würde ich die Anleitung dazu finden. Nun, ich werde erst einmal abwarten.

Heute Hanni getroffen. Ich habe eine Einführung in Musikgeschichte bekommen. Sie hat mich damit in eine andere Welt entführt. In eine mir fremde. Und dann haben wir uns wieder für den nächsten Tag verabredet.

Da ich nicht einschlafen kann, bringe ich meine Gedanken zu Papier. Über einen Vergleich. Da wandle ich in einer eingezäunten Parkanlage mit Ententeich und Parkbänken, Blumenbeeten und einem Pavillon, einer schattenspendenden Eiche inmitten eines gepflegten Rasenstückes.

Und plötzlich wandert mein Blick hinüber zu einem verwilderten Garten mit Wiese und Wildblumen, Mohn, Margeriten und wilden Stiefmütterchen. Ich sehe ein von Kletterrosen umranktes hölzernes Gartenhaus mit verwitterten Dachschindeln, Balken schlagen im Wind gegen die Holzwände. Und ich sehe auch zwei Buben, die auf ungeschnittenen Obstbäumen klettern und ein Bächlein, das die beiden mit Steinen aufstauen, wie ich es in meiner Jugend gemacht habe.

Mit Eva durch den Park wandeln oder mit Hanni in der Wiese liegen, an einem Grashalm kauen und den Vögeln lauschen. Oder einem Rabenpaar im Balzflug zusehen. Ich gestehe mir ein, die Entscheidung ist längst gefallen.

Beim Lesen dieser Zeilen rannen mir einige Tränen über meine Wangen. Nie war ich in meinem Privatleben auf einen Mann gestoßen, der so zu formulieren imstande gewesen war. Vaters Aufzeichnungen waren ein unschätzbares Geschenk für mich geworden. Alle Bedenken waren auf einmal verflogen, mich in ein anderes Leben unerlaubt einzuschleichen.

Am nächsten Tag besorgte ich die vom Vater erwünschte CD der Ofarims. CD gegen Esther?, fragte ich und lachte.

Nein, er schlug vor, immer wieder eine neue Seite aufzuschlagen und ihm vorzulesen. In verschiedenen Zeiten zu wandeln, sagte er.

Drei Tage Alt Aussee. Ringsum die Schneelandschaft, Holzhütten, ein zugefrorener See, eine Kirche, es ist Ende Jänner. Die Seevilla empfängt uns, ein Zimmer mit Blick über den See, auf die Berge, unten schwimmen beim Seeauslauf zwei Schwäne, die scheinbar zum Haus gehören, und einige Enten.

Am nächsten Morgen liegt über dem See Nebel, der nur langsam weicht und den Blick auf das Eis freigibt, das – wenn man näher hinsieht – ein Muster hat, als ob Missoni am Werk gewesen wäre.

Heute geht es zu Fuß zur Blaa-Alm, es hat in der Nacht geschneit, ein wenig, gerade so viel, dass wir beim Zurückblicken den frischen Abdruck unserer Schuhsohlen sehen. Ich erzähle Hanni die Sage von Wieland, dem Schmied. Wir machen einen Rundgang um den Ort, kommen am Friedhof vorbei, treten ein, lesen den einen oder anderen Namen, kommen am Grab von Karin Brandauer vorbei und verweilen stumm.

Seid ihr auch auf dem Loser gewesen?, fragte ich ihn. Er nickte. Aber im Sommer.
Ich möge weiterblättern und lesen.

Ausflug in die Oststeiermark. Dieses Jahr sind wir verschont geblieben von den großen Schneemassen.

Papa sah mich an. Er wisse nicht mehr, wann das gewesen war, aber er erinnere sich an seine Zeilen.

Starker Wind bläst die letzten Blätter von den Hainbuchenhecken. Über der Riegersburg jagen Wolken, ein himmlisches Schauspiel. Bei einem Vogelhäuschen beobachten wir die Tiere. Buntspecht, Grünspecht, Kohlmeise, Blaumeise, freche Spatzen, Amseln, Kernbeißer und Buchfinken. Unten in der Au zwei Rehe, ein Fasan fliegt kreischend auf. Ob wir wieder einen Seidelbast finden?, frage ich mich.

Dann entdecken wir dampfende Maische am Wegesrand und es riecht stark nach Alkohol. Hier wird in der Nähe gebrannt. Wir beobachten Männer vor einem Geräteschuppen, aus dem es raucht. Wir dürfen nähertreten und den Brand vom Vorjahr verkosten. Quitte?, frage ich. Die Männer lachen und nicken. Bald wird es keinen mehr geben, sagen sie, aus Furcht vor dem Feuerbrand müssen wir alle Bäume roden.

Dort seien sie auch noch mit Schmalzbroten und Most versorgt worden. Vater empfahl mir, im Jänner diese Gegend aufzusuchen.

Suche den Venedig-Ausflug, bat mich Vater dann. Das sei im selben oder nächsten Jahr gewesen.

Ich blätterte im Tagebuch und fand seine Zeilen mit der Überschrift *Venedig Ende Februar*.

Venedig leidet einmal nicht unter Acqua alta, im Gegenteil. Zu wenig Wasser in den Kanälen bei Ebbe, nur wenig Gondeln fahren, man sieht den grauen Schlick unter der Wasseroberfläche.

Vaporettostation Zattere, Blick auf die Giudecca. Vino biancho, Acqua minerale. Was biete ich dir?, frage ich Hanni. Und sie? Was biete ich dir?, frägt sie mich. Wir genießen schweigend die Abendstunde.

Der nächste Morgen. Es ist ruhig in Venedig Ende Februar nach dem großen Karnevalstreiben. Hie und da noch Konfetti in den Ecken. Einer alten Zigeunerin gebe ich alle meine Lire-Münzen. In den Auslagen sind noch immer Masken zu sehen. Kaffee im Quadri. Danach in den Dogenpalast. Im Cantinone del Vino in Dorsoduro danach Salami, Formaggio, Pane, zwei Gläser Wein. Hanni: Du bietest mir wirklich viel und ich bekomme einen Kuss. Nach zwei Espressi in einem Café am Campo S. Angelo ziehen wir uns ins Hotelzimmer zurück, wir sind müde.

Mit dem Vaporetto nach Murano. Dann noch auf die Friedhofsinsel San Michele. Hier wohnen und sterben?, fragen wir uns. Der aufziehende Nebel lässt uns die Frage verneinen. Abends ins Restaurant Ai Gondolieri, Vino biancho, Verdure cotte, Filetto di manzo barolo.

Wenn ich es selbst lesen würde, wäre es nicht so schön, meinte Vater, dabei streichelte er meinen Kopf, wie er es in meiner Jugend immer getan hatte. Und er ergänzte, dass ich eine wunderbare Stimme habe. Ich antwortete ihm, seine Stimme würde mich an die von Hans Hass erinnern. Darauf nickte er – das habe man ihm schon einmal gesagt.

Dann bat er mich zu gehen. Man müsse mit den Texten sparen. Er wolle sein vergangenes Leben und meine Stimme noch lange genießen.

Zuhause angekommen blätterte ich im Tagebuch Nummer I. In eigener Angelegenheit. Und ich wurde fündig.

Unsere Hochzeit im kleinen Rahmen. Standesamt mit Trauzeugen Uschi und Peter. Tafel im Schlossbergrestaurant.

Keine kirchliche Hochzeit?, fragte ich mich. Und das Datum der Hochzeit? Ich lächelte. Ich war schon dabei.

Ich bilde mir ein, den Herzschlag des Babys gehört zu haben.
22. Februar! Unsere Anna ist ein Fischlein. Rund und gesund. Und Hanni hat es gut überstanden.
Heute Hanni mit Anna vom Krankenhaus abgeholt.

Dann las ich nur mehr von mir. Anna ist lieb, Anna bekommt ihre ersten Zähnchen, Anna hat Schafblattern, Annas erster Geburtstag, Anna geht, Anna … Hätte Papa es nicht aufgeschrieben, er hätte sich kaum an diese ersten Jahre zurückerinnert. Ich fand es einmalig, über das eigene Leben ungeschönt zu lesen. Danke Papa!

Die nächsten Eintragungen fand ich sehr interessant.

Wir siedeln! Durch Zufall haben wir eine Wohnung in einer alten Villa in der Leechgasse gefunden. Die Kinder können im Garten spielen und Hanni darf endlich wieder ihr lange Zeit vermisstes Klavier ins Wohnzimmer stellen.

Kinder? Die Kinder? Natürlich, Robert ist ja schon in der Leechgasse aufgewachsen.

Das Siedeln ist anstrengend gewesen, ich habe wegen Hannis Zustand alles alleine gemacht. Wird es ein Bub? Ein Pärchen wäre schön.

Heute mit Frau Schreiber, unserer Vermieterin, die den ersten Stock bewohnt, gesprochen. Sie würde gerne, sofern Bedarf bestehe, die Kinder beaufsichtigen. Sie habe ja selbst drei aufgezogen.

Hannis Mutter ist über die Konkurrenz im Hause nicht glücklich. Wir schon.

Oma Schreiber! Die war wirklich lieb und fürsorglich. Ihre Palatschinken, ihre Marillenknödeln, ihr Trost, wenn wir uns verletzt hatten. Und ihre Verschwiegenheit, wenn etwas passiert war. Vor Oma Hermi hatten wir uns immer etwas gefürchtet.

Pianistin Hanni spielt mir als erstes Stück Mozarts „Rondo Alla Turca" vor, herrlich! Auch Anna „übt".

Ja, das Klavier. Es hatte eine magische Anziehungskraft auf mich. Ich fragte mich, warum ich nicht auch Musik studiert hatte. Mir fiel ein, weil Vater der Meinung war, es sei „brotlos". Also dann eben Germanistik. Was schreibt er über die erste Schulklasse?, fragte ich mich.

Annas erster Schultag. Ich habe mir freigenommen. Die Eltern sind aufgeregter als die Schulkinder. Reklametafeln und Zeitungsüberschriften kann sie schon lesen. Und zählen bis hundert.

Um Mitternacht wachte ich mit dem Tagebuch in der Hand auf. Die Frage, die ich mir stellte, war die, ob ich Robert von dem Fund berichten sollte.

Eine Woche später. Vater murrte, weil ich zu spät gekommen war. Zuerst gab ich ihm einen Kuss auf die Wange, dann packte ich seinen Lieblingsrotwein, einen Barbera, aus.

Das Zuspätkommen sei verziehen.

Das Weingeschenk habe aber einen Hintergrund, erläuterte ich. Esther!

Das reiße Wunden auf.

Egal, sagte ich, lächelte ihn an und streichelte seine Hand.

Kann ich meiner Tochter einen Wunsch abschlagen?, er zuckte mit den Achseln und begann.

Es war ungefähr drei Jahre vor Hannis Tod. Zu dieser Zeit verstärkten sich ihre Depressionsphasen. Sie bekam immer stärkere Tabletten, war daraufhin antriebslos, las weder Zeitungen noch Bücher, auch spielte sie nicht mehr Klavier. Im Gegenteil, sie entwickelte eine regelrechte Aversion dagegen. Ich möge es verkaufen, aus meinen Augen, schrie sie einmal.

Der Mann vom Klavierhaus, den ich kontaktierte, empfahl eine Kleinanzeige in verschiedenen Zeitungen unter Angabe des Herstellers und des Modells. Kurze Zeit später meldete sich eine Frau, sie habe Interesse an dem Steinberg-Klavier.

Esther?

Papa nickte.

Wir vereinbarten einen Termin. Hanni hatte ich unter einem Vorwand zu ihrer Mutter gebracht. Eine fremde Frau, die auf ihrem einst so geliebten Klavier spielt, das hätte sie sicher aufgewühlt, jedenfalls tief verstört.

Und, wie war diese Esther?

Hinreißend, jedenfalls war das mein erster Eindruck. Silberhaar mit schwarzer Strähne, ein paar Jahre jünger als ich, so alt wie Hanni, schätzte ich. Sie setzte sich ans Klavier, schlug zuerst einen Akkord an, dann spielte sie ein bisschen, schlug höhere und tiefere Töne an. Sie hatte eine bestimmte Art, die Klaviertasten zu drücken. Dann spielte sie eines von Mozarts Klavierkonzerten, wiegte dabei leicht den Kopf und warf mir, der der Musik lauschte, immer wieder Blicke zu. Nach wenigen Minuten klappte sie den Deckel zu und fragte nach dem Preis.

Ich hätte ihr das Klavier um jeden Preis verkauft, auch geschenkt. Nachdem ich nur meine Schultern leicht angehoben hatte, nannte sie mir eine Zahl, die ich zu hoch fand, und wir einigten uns weit darunter. Dann tranken wir ein Glas Wein und vereinbarten Details des Transportes.

Und?, fragte ich, das Kommende ahnend.

Das Klavier wurde abgeholt, ich begleitete den Transport und nahm den vereinbarten Kaufpreis bar in Empfang.

Sie bot mir ein Glas Wein an, das ich dankend annahm. Dann setzte sie sich ans Klavier und spielte. Ob ich wisse, dass man das Klavier noch stimmen müsse.

Ich bejahte.

Darf ich raten, was diese Esther dann spielte?

Papa nickte.

„Rondo Alla Turca"?

Wieder nickte er und sagte ja.

Und dann bist du dahingeschmolzen.

Ja.

Und dann?

Das erzählt man seiner Tochter nicht.

Ihr seid nach einigen Gläsern Wein ins Bett.

Papa sah beim Fenster hinaus und schwieg.

Und wie ging es dann weiter?, fragte ich.

Esther nahm eine Passivrolle ein. Sie nehme sich nur ein Stück vom Kuchen, meinte sie einmal launisch. Ich befand mich in einem inneren Zwiespalt, mit dem konnte ich nicht leben. Hanni mit ihrer Krankheit zu verlassen, wäre mir nicht in den Sinn gekommen. Wir trafen uns immer seltener, eines Tages war es dann aus.

Und als Mutter starb, hast du nicht den Kontakt zu Esther gesucht?

Ich war mit meiner Trauerarbeit beschäftigt und hätte auch nicht den Mut gehabt, euch so kurz nach dem Tod eurer Mutter mit einer anderen Frau zu konfrontieren.

Und jetzt, Jahre danach?

Darüber habe ich schon nachgedacht und auch schon im Telefonbuch nachgesehen, ihren Namen habe ich nicht gefunden.

Tot oder verzogen, warf ich ein.

Eine Weile schwiegen wir. Dann rief ich: Papa! Ich werde den Verlagschef überreden, das Tagebuch zu verlegen. Ich ändere Jahreszahlen und Namen.

Und?, fragte er.

Als Buchtitel nehmen wir „Suche nach Esther oder der Klavierkauf".

Und du glaubst, dass sie das auf sich bezieht und das Buch kauft?

Ja, antwortete ich.

Dann müssen wir aber auch alles über die Beziehung mit Esther hineinpacken.

Mehr noch, ergänzte ich, dass du auf der Suche nach ihr bist.

Und das Finale?

Ganz einfach. Sie liest den Titel, kauft das Buch und ruft mich als Autorin, die deinen Namen trägt, an und fragt nach dir. Dann treffen wir uns und man wird weitersehen.

Und wie lange sollen wir warten?, fragte Papa mit glänzenden Augen.

Die Hoffnung sterbe zuletzt, sagt man. Jetzt müsse zuerst einmal das Manuskript verfasst, das Buch gedruckt und dann in die Buchhandlungen gebracht werden. Und dann müsse man warten.

Natürlich ging das Ganze nicht so schnell. Allein schon deswegen, weil ich die Tagebücher sogar mehrmals las, es war ja auch meine Welt, mein Leben. Manches musste ich auslassen, einiges ergänzte ich, um zu vermeiden, dass die eine oder andere Person zu erkennen war. Nur beim Teil „Esther" hielt ich mich an die Erzählungen meines Vaters.

Nach drei Monaten, es war dennoch ein Rekord, lag das Buch zwischen Dutzenden anderen Neuerscheinungen in den Bücherregalen. Die Zeit des Wartens begann.

In den ersten Wochen nach dem Erscheinen rief mich Papa täglich an, dann wartete er die Wochenenden ab.

An einem Freitagnachmittag erreichte mich der Anruf einer Frau. In welchem Kaffeehaus man sich treffen könne?, fragte sie. Ich war zuerst sprachlos. Und bevor ich etwas antworten konnte, verwies sie auf den Schluss des Buches, in dem auf das Treffen von Esther mit der Tochter des Klavierverkäufers Bezug genommen wird.

Esther! Es hatte geklappt. Morgen, schlug ich vor.

Sie wohne in Wien. Café Landtmann? Elf Uhr?

Ich sagte spontan zu, rief meinen Mann an und setzte mich ins Auto. Auf nach Wien.

Ich fand eine ältere, aber fantastisch aussehende Frau vor. Der Stil des Buches habe sie gefangen, natürlich auch der Inhalt.

Ich verwies auf die Tatsache, Lektorin zu sein.

Aber es gebe einen Unterschied, ob man einen fremden Text oder eine Familiengeschichte lektoriere.

Ich nickte.

Man nenne es Herzblut.

Wir lachten beide.

Wir sprachen über Literatur, über Musik, über Wien und Graz, über unsere Reisen, über Wanderungen und über Männer. Und vereinbarten für Sonntag einen längeren Spaziergang im Lainzer Tiergarten.

Auf der sonntäglichen Heimfahrt resümierte ich meine Begegnung mit Esther. Dass Papa ein wunderbarer Mensch gewesen sei, sie aber einen nochmaligen Verlust nicht verkraften würde. Aber sie habe ja mich kennengelernt. Und wir hatten für mehrere Wochenenden Termine abgestimmt. Aber ich hatte für mich beschlossen, das Treffen mit ihr zu verschweigen, ihn aber mit Esthers Gedankenwelt zu beglücken.

DURCH DAS KORNFELD SCHREITEN MÄHER

Zwischen dicken Bänden meiner Bibliothek fand ich einen kleinen Lyrikband von Joachim Fernau. Nun lag er auf meinem Nachtkästchen. Ich nahm das Büchlein zur Hand, blätterte darin, eigentlich suchte ich nach einem bestimmten Gedicht, das mich schon vor Jahren gefesselt hatte. Ich fand es und las:

Durch das Kornfeld schreiten Mäher,
ihre scharfen Sensen singen.
Staunend steht der Tod am Wege.
Unbewußt und in Gedanken
Prüft er die Bewegung nach.

Ich las es noch einmal, dann konnte ich es auswendig hersagen. Darauf schlief ich ein.

Im Traum saß ich in einem Kaffeehaus, ich hatte mir Kaffee und Kuchen bestellt und blätterte in einer Tageszeitung. Als ich kurz aufsah, bemerkte ich eine Frauengestalt, schwarz gekleidet, die auf mich zukam. Der Gang und die Bewegung der Hände waren mir vertraut, vor mir stand meine verstorbene Mutter.

Warum bist du hier, fragte ich, unter den Lebenden?

Dich zu holen, sagte sie. Sie komme ihrer Aufgabe nach.

Deiner Aufgabe?, fragte ich.

Sie nickte.

Ich stand auf, dabei bemerkte ich, dass ich in das gleiche schwarze Gewand gekleidet war wie meine Mutter.

Sie nahm mich bei der Hand und führte mich hinaus. Wir gingen schweigend eine verlassene Landstraße entlang, dann bogen wir in eine Eichenallee ein, an deren Ende ein großes, flaches Gebäude stand. Wir überquerten den vor dem Anwesen vorbeiführenden Fluss auf einer schmalen Brücke und kamen zu einem großen Tor. Männer, auch Knaben standen abseits, als warteten sie auf ihren Einlass. In einem großen Saal gingen ebenso schwarz gekleidete Frauen mit Knaben und Männern, nur durch ihre Größe zu unterscheiden, in einem großen Kreis umher. Manche Frauen alleine.

Ich sah meine Mutter an. Das sei im Jenseits so, flüsterte sie. Mütter seien verpflichtet, die von ihnen geborenen Söhne aus dem Diesseits abzuholen und sie hierher zu begleiten.

Und die Männer und Knaben vor dem Haus?, fragte ich.

Deren Mütter sind noch nicht gestorben, antwortete sie.

Die ersten Sonnenstrahlen des Tages weckten mich. Schnell schloss ich wieder die Augen, als ob ich dadurch eine Fortsetzung des Traums erreichen könnte. So viele Fragen blieben ungestellt, dachte ich. Wenn ich mich nun am Abend wieder dem Gedicht Fernaus widme, vielleicht führte der Traum wieder in das Anwesen beim Fluss. Styx?, fragte ich mich und musste dabei lächeln.

Ich sehnte den Abend herbei, ging früh schlafen, las Goethe- und Schillergedichte, auch eines von Börries von Münchhausen und widmete mich dann wieder dem ersten Satz *Durch das Kornfeld schreiten Mäher.*

Und tatsächlich schlief ich ein. Da war die Allee wieder, das Haus, der Fluss, die schwarzen Gestalten und ich begleitete meine Mutter beim Gehen im Kreis.

Ist das das Jenseits?, fragte ich, das endgültige? Ich erinnerte mich an den Religionsunterricht, an manche Predigt von der Kanzel, da war vom Jüngsten Gericht die Rede, und stellte mir die Frage, ob das noch vor uns liege.

Erinnerst du dich an das Bild Michelangelos vom Jüngsten Gericht in der Sixtinischen Kapelle im Vatikan?, fragte meine Mutter. Du warst 15, wir waren zu zweit, wie jetzt, ergänzte sie. Und jetzt fragst du wie damals nach dem Jüngsten Gericht. Was habe ich dir damals geantwortet?, fragte sie.

Ich dachte nach, es fiel mir nicht ein.

Ich habe dir das Bild erklärt. Maria, Johannes den Täufer, das Urteil über Gut und Böse nach unserem irdischen Leben, du hast keine Erinnerung daran?

Ich erinnerte mich dunkel. Doch, sagte ich, das Oratorium von Telemann, im Konzerthaus. Ich fragte dich, es war Wochen vor deinem Tod, warum dir Tränen über die Wangen laufen. Du hast mir die Schwere deiner Krankheit verschwiegen.

Dann fiel mir auch noch Kandinskys Komposition des Jüngsten Gerichtes ein.

Und bevor ich weiterfragen konnte, war der Traum zu Ende. Ich fluchte. Gleichzeitig aber hoffte ich darauf, abends, nach der Lektüre von Joachim Fernau, an die beiden Traumnächte anschließen zu können.

Ich hätte es gerne erzählt, Elfi und den Kindern. Aber ich fürchtete, die einmal aufgenommene Verbindung zum Jenseits – Traumreise fiel mir dazu ein – könnte durch unbedachte Schilderungen abgebrochen werden.

Abend, Nacht, ich sehnte sie herbei. Fast begierig griff ich zum Lyrikband, obwohl ich die knappen Zeilen längst auswendig konnte – und ich schlief ein.

Wieder war da die Allee, das Haus, die schwarz Gekleideten. Welche Fragen hatte ich mir vorgenommen an Mutter zu richten? Mir fiel das Fegefeuer ein. Liegt das noch vor uns?, fragte ich. Und ich erinnerte mich an den Besuch der Münchner Frauenkirche, auf einem Grabstein befindet sich die Darstellung des Fegefeuers. Es hatte mich damals schon der Begriff *Fegefeuer* beschäftigt. Die Leiden und Strafen der Armen Seelen, erklärte eine Tafel. Nun richtete ich meine Frage an Mutter. Fegefeuer, erklär es mir, nachdem sie bislang dazu geschwiegen hatte.

Sie wisse es nicht. Man sei eben hier. Gute und Böse. Arme und Reiche.

Ich nickte. Dann war auch diese Traumnacht zu Ende.

Ich war von meinen Traumausflügen fasziniert. Wie lange konnte ich diese Verbindung aufrechterhalten? War es mir vergönnt worden, den Blick ins Jenseits zu werfen, wie noch keinem vor mir? War es wahr oder Fiktion? Entsprang das Gespräch, das Erlebte meiner Fantasie? Der Mensch sucht nach Beweisen, so auch ich.

Dann kam die vierte Nacht. Kaum hatte ich die ersten Worte des Gedichtes auf meinen Lippen, schon schlief ich und war in der Traumwelt. Ich trat wieder durch das Tor und sah die schwarz gekleideten Frauen mit ihrem Anhang. Nur meine Mutter fehlte. Ich irrte herum, lief durch den riesigen Saal, fragte und fragte und bekam keine Antwort. Ich fragte mich, ob dies der Warteraum zum Jüngsten Gericht sei, Himmel, Hölle und Fegefeuer doch existieren. Fort, dachte ich, nur fort. Doch ich fand keinen Ausgang, so sehr ich auch suchte.

Schweißgebadet wachte ich auf. Ich nahm den Lyrikband und warf ihn in eine Ecke des Zimmers. Ich war mir sicher, im Jenseits gewesen zu sein.

Autorenporträt

GERHARD GAEDKE

Prof., 1948 in Graz geboren. 1977 Bestellung zum Steuerberater und danach Partner einer Steuerberatungskanzlei.
Autor zahlreicher Fachbücher. Von 1998 bis 2007 war Gerhard Gaedke Landespräsident der Kammer der Wirtschaftstreuhänder Steiermark und ist Vorsitzender des Kontaktkomitees der KWT/Bundesministerium für Finanzen.

Fernab steuerlicher Themen schreibt Gerhard Gaedke anregende Kurzgeschichten und Novellen (Der steinerne Knabe und weitere Novellen, Graz 2013). Inspiration holt er sich in entspannter Atmosphäre auf einer kroatischen Insel.
www.gaedke.co.at